# LAISSEZ ENTRER LES IDIOTS

Kamran Nazeer, autiste, a vécu à New York, Islamabad et Glasgow où il a étudié le droit et la philosophie ; il est aujourd'hui haut fonctionnaire pour le gouvernement anglais. *Laissez entrer les idiots* est son premier livre.

Kamran Nazeer

# LAISSEZ ENTRER LES IDIOTS

Témoignage d'un autiste

DOCUMENT

*Traduit de l'anglais*
*par Édith Soonckindt*

*Oh ! Éditions*

Ce titre a paru en 2006, aux éditions Oh ! Éditions, sous le titre :
*Laissez entrer les idiots, le témoignage fascinant d'un autiste.*

TEXTE INTÉGRAL

TITRE ORIGINAL
*Send in the Idiots*
ÉDITEUR ORIGINAL
*Bloomsbury, U.K.*



ISBN 978-2-7578-0208-3
(ISBN 2-915056-44-7, 1re publication)

# Introduction

Mlle Russell avait cessé de lire le journal en 1982.

Elle n'avait jamais été du genre à le parcourir au petit déjeuner, à cause de son problème de vue : une déformation du relief qui perdurait encore une heure après son réveil. Aucun mot n'était au même niveau et les titres des deuxième et quatrième colonnes lui faisaient l'effet d'être une grille de mots croisés flottant dans les airs. Pour les tâches simples – tourner le robinet de la douche, boutonner un vêtement –, elle se fiait à son toucher et à sa mémoire, mais préparer le petit déjeuner, ne serait-ce que faire griller du pain, s'avérait périlleux.

Une fois sortie de son grand immeuble en briques de l'Upper West Side, à Manhattan, elle demandait à Mme Wilson, une voisine qui aimait s'asseoir sur son perron, de vérifier si elle n'avait pas oublié de boutons ou étalé du fond de teint sur ses cheveux. À ce moment-là, sa vision commençait tout juste à redevenir normale. Elle s'installait sur les marches pendant une dizaine de minutes et papotait avec Mme Wilson des programmes télé ou de chanteurs folks. Enfin seulement les rues lui semblaient suffisamment stables pour qu'elle se rende à pied à son travail.

Tous les matins, au coin de la rue juste avant l'école où elle travaillait, Mlle Russell achetait son journal à un vendeur qui louchait sur sa poitrine en lui rendant la monnaie. Enseignante, elle avait toujours de quoi s'occuper à son arrivée – parent à recevoir ou activité à préparer – et le premier cours avait lieu de 9 h 30 à 11 heures.

Ce n'était ni le harcèlement discret mais systématique du vendeur de journaux ni de devoir attendre jusqu'à 11 heures pour lire des nouvelles qui, du coup, ne lui semblaient plus si fraîches qui l'avaient poussée à cesser de lire le journal. Non, c'était plutôt un garçon prénommé Craig.

Mlle Russell enseignait en maternelle à des enfants autistes. Certains ne parlaient pas. D'autres ne prenaient pas la main de leurs parents sur le chemin de l'école ou pour traverser la rue. L'un d'eux insistait pour s'asseoir sur la ligne blanche du tapis multicolore de sa classe et refusait d'aller ailleurs.

La classe de Mlle Russell était la seule du genre, dans l'une des rares écoles new-yorkaises à avoir mis en place un programme spécial. Sa création, très récente, avait été rendue possible par des dons privés.

Lors de l'entretien d'embauche de Mlle Russell, le bâtiment était en cours de rénovation. Les murs de la salle où il s'était déroulé, devenue par la suite le bureau de la directrice, n'étaient pas encore peints et il n'y avait pas de table pour les membres du comité chargés de la questionner.

À l'époque, un organisme qui s'occupait d'enfants autistes estimait que, dans soixante-quinze pour cent des cas, la maladie n'était pas diagnostiquée. Les premières recherches d'importance commençaient tout juste et *Rain Man*, le film pour lequel Dustin Hoffman a gagné un oscar grâce à son interprétation d'un autiste, n'était pas encore sorti. Peu de gens étaient au courant du problème, y compris dans le corps médical.

Les premiers élèves venaient essentiellement de milieux aisés. Ils avaient déjà vu les quelques spécialistes en la matière, et leurs parents avaient les moyens de régler les honoraires élevés de ces consultations, ainsi que les droits d'inscription de l'école, qui l'étaient tout autant. Chercheurs universitaires et dirigeants d'autres établissements venant régulièrement, la directrice avait demandé à son corps enseignant d'imaginer que l'école était placée sous un microscope, et d'accepter l'observation de leurs moindres faits et gestes.

Mlle Russell faisait partie d'un noyau dur composé de trois enseignantes. C'était seulement après le premier cours de la matinée, alors que les enfants prenaient leur collation de 11 heures, qu'elle avait le temps de lire le journal.

Elle s'asseyait devant l'une des fenêtres en saillie avec un verre de lait, tandis que l'une des autres institutrices surveillait la récréation. Le rituel avait débuté un beau matin lorsqu'une des élèves, une enfant de quatre ans prénommée Elizabeth, lui avait demandé de lire le journal à voix haute. Dès que Mlle Russell s'était exécutée, les autres élèves avaient tendu l'oreille. Ils l'avaient écoutée posément cette première fois, et les suivantes, tandis qu'elle prenait plaisir à sa lecture. Du coup, c'était devenu un rituel, une activité scolaire en bonne et due forme. Leurs réactions à cette lecture avaient d'ailleurs été consignées dans les rapports des psychologues scolaires.

C'est à ce moment-là que Craig s'était mis à montrer des signes d'écholalie – usage constant et isolé d'un mot ou d'une expression bien particulière. C'est un exemple de comportement rythmique ou répétitif, un trait commun aux autistes souvent décrit comme étant une réponse à un désir de « cohérence locale ». Les autistes affichent souvent une préférence pour une forme limitée, mais immédiate, d'ordre, qui agit comme une protection contre la complexité ou la confusion. Un enfant autiste demeurera totalement insensible à la colère ou à la joie d'une autre personne, ou encore à une dispute entre ses parents, pour peu qu'il soit autorisé à s'assurer que ses petites voitures sont parfaitement alignées le long des plinthes. De nombreux autistes font face aux événements déconcertants grâce à un rituel qui peut aller du simple balancement à la multiplication de nombres premiers à trois chiffres. Une liste de « comportements unificateurs » établie par un clinicien fait état des rituels suivants : tourbillonner de son propre chef ou bien quand l'on vous fait un signe de tête, courir d'avant en arrière, sauter, marcher sur la pointe des pieds ou suivant d'autres manières bizarres, se frapper la tête ou la faire rouler, fourrer des objets dans sa bouche pour les sucer, grincer des dents, cligner de l'œil, bouger les doigts comme s'ils étaient collés ou tout mous, et rester debout ou assis au même endroit des heures durant.

Il s'agit de tics, de petits comportements obsessionnels qui offrent une protection contre le monde extérieur. Et cette vision des choses n'a rien de ridicule. Les autistes sont effectivement confinés, dans une mesure plus ou moins large, dans un monde qui leur est propre. Le terme « autisme » vient d'ailleurs du grec *autos,* « soi-même ».

Durant les lectures de Mlle Russell, l'écholalie de Craig s'est focalisée sur l'expression « Laissez entrer les idiots ». Personne n'est jamais arrivé à comprendre d'où il la tenait, et personne n'est jamais parvenu à l'empêcher de l'utiliser.

« Les tensions se poursuivent entre la Maison Blanche et le Congrès…

– Laissez entrer les idiots.

– Les pompiers se préparent à une troisième journée pour tenter de circonscrire les énormes incendies de forêt en Californie du Sud.

– Attendez, mademoiselle.

– Oui, Craig ?

– Laissez entrer les idiots. »

Les idiots ne sont jamais entrés, mais Mlle Russell a fini par renoncer. Le seul moment de la journée où elle pouvait lire son journal a été réduit à néant par un enfant qui n'aurait pas compris qu'elle le réprimande, ce qu'elle n'a donc jamais fait. Elle s'est contentée de cesser ses lectures à voix haute. Et comme les enfants ne la laissaient pas davantage lire dans son coin, elle s'est définitivement arrêtée.

Craig a quitté l'école l'année suivante, ses parents ayant décidé de l'inscrire dans le système éducatif classique. Il s'agissait d'une école jésuite, comme celle où son père avait fait ses études. Ce dernier lui avait appris des extraits des œuvres de saint Thomas d'Aquin. Mauvaise idée, car Craig répétait inlassablement ces phrases et, bien qu'au départ les curés en aient été impressionnés, ça l'a rapidement mené à se faire envoyer au coin. Les frères enrageaient plus encore en le voyant caresser l'angle des murs de bas en haut ou bien en travers, Craig expliquant patiemment au directeur que ces derniers n'étaient pas vraiment perpendiculaires et que le bâtiment avait peut-être des problèmes de structure.

Ces temps-ci, Craig est cité de temps à autre dans les journaux. Ses propos ne lui sont jamais attribués, mais il les reconnaît, tout comme le font ceux de sa profession. Craig rédige des discours, essentiellement pour le parti démocrate.

Elizabeth, la première à avoir demandé à Mlle Russell de lire le journal à voix haute, s'est suicidée en 2002. Il y avait aussi André. Et Randall. Et au moins une douzaine d'autres enfants. Celui qui insistait pour s'asseoir sur la raie blanche du tapis, c'était moi. Nous ne nous souvenons pas très bien les uns des autres. Randall considère que repenser à cette époque revient à faire tourner les pages d'un *flip book* – ces livres qui, si on les feuillette très rapidement, permettent de voir une animation. Sauf que, pendant que les pages tournent, l'enfant sur la photo devient quelqu'un d'autre, et puis encore quelqu'un d'autre, et l'on ne parvient à se rappeler ni le prénom de l'un ni celui de l'autre, ni même à reconnaître s'il s'agit de l'enfant vu il y a trois jours dans le parc lorsqu'il s'approchait avec précaution d'un canard, ou alors de l'un d'entre nous…

Dans ce livre, je raconterai l'histoire des quatre enfants déjà évoqués, de ce qu'ils sont devenus à l'âge adulte. Avant le début de sa rédaction, je n'avais revu aucun d'eux depuis vingt ans, à l'exception de Craig – lui, je ne l'ai croisé qu'une seule fois, l'été précédant mon entrée en fac, et nous nous étions à peine parlé, résistant au désir de nos parents de nous voir copiner sur-le-champ.

Retrouver mes camarades de classe allait se révéler facile – nos parents avaient échangé leurs adresses –, mais j'ignorais s'ils accepteraient de figurer dans ce livre. Je leur avais assuré que je changerais noms et détails, que je protégerais leur vie privée, mais ça pouvait ne pas suffire. Je ne savais rien du regard qu'ils posaient sur leur état. Ils pouvaient en tirer une certaine force, tout comme ne pas le faire sans pour autant l'exprimer clairement ; un peu à l'image de la noyade d'un ami d'enfance à laquelle on ne repense que lorsqu'il faut monter en bateau. On est alors incapable de mettre ce souvenir de côté, on tremble, on avance une excuse et on n'embarque pas.

Je raconterai aussi l'histoire de Mlle Russell – je peux l'appeler Rebecca maintenant que je suis adulte moi aussi –, qui travaille toujours avec des enfants autistes et s'est mise à lire des hebdomadaires, de temps à autre, mais plus jamais de journaux.

Certaines choses sont éternellement absentes de la vie des autistes. Craig, par exemple, n'arrivait pas à sentir que Rebecca prenait plaisir à lire le journal à voix haute, et que ce plaisir, il le lui gâchait. Les autistes ont du mal à développer intuition ou empathie.

En retrouvant mes camarades de classe et en écrivant leur histoire, j'ai souhaité comprendre les différences d'une vie à laquelle il manque ces éléments. Beaucoup de ce qui fait le sel de nos existences – conversation, pensées, créativité, amitié, politique –

dépend de la compréhension que nous avons du monde des autres ; or les autistes ne sont probablement capables de se reposer que sur un seul *autos*, le leur.

En finissant par laisser entrer les idiots, ainsi que Craig l'avait si souvent suggéré, j'espère avoir fait la lumière non seulement sur la substance intrinsèque de leur vie, mais aussi sur la nature d'un monde qui ne cesse de leur échapper.

# 1.

Nous regardions André s'éloigner d'un pas décidé, penché en avant comme s'il bravait une tempête, les mains remontées dans les manches de son sweat. Je ne savais pas si je devais m'asseoir ou rester debout, lui courir derrière ou pas. J'ai fini par donner un petit coup de pied dans mon sac, puis je me suis rassis lourdement. Je devais encore passer le contrôle de sécurité et André avait raflé ma carte d'embarquement. « Il lui faudra quelques minutes », m'a prévenu sa sœur, Amanda.

J'avais passé trois jours pleins chez lui à Boston, et André avait déjà eu ce genre de réaction une demi-douzaine de fois. J'étais énervé par mon incapacité à mesurer mes paroles et à anticiper ses colères. Lors de la deuxième, des verres avaient valsé contre un mur. À la troisième, il m'avait enfermé à clé dans la salle de bains. Puis j'avais cessé de m'excuser immédiatement après mes faux pas : ça ne faisait qu'empirer les choses.

J'avais oublié qu'il avait sale caractère. Quand je repensais à André dans notre classe new-yorkaise, je me rappelais surtout sa grande taille. Assis à côté de lui devant l'école, alors que nous attendions nos parents, je cherchais à étaler mes jambes sur trois marches, comme lui. Je me souvenais lui avoir demandé quelle était sa pointure, ses pieds me paraissant tellement plus grands que les miens. Je me revoyais aussi jetant un œil en coin sur ses livres de maths, plus complexes que les miens. André était plus âgé que la plupart des autres élèves. À Boston, j'ai appris qu'il n'avait pas intégré une école normale avant l'âge de dix ans. Et, même là, sa maîtrise langagière était limitée : quand il ne parvenait pas à parler, il grognait très fort.

Les enfants autistes ont des problèmes pour s'exprimer verbalement. L'objectif majeur de nombre de nos leçons avec Mlle Russell était de nous faire développer des aptitudes à la conversation. Il y avait toujours beaucoup de jouets à l'école, mais s'amuser avec n'était pas simple. On nous demandait régulièrement de commenter notre jeu ou alors de tenter de décrire celui d'un camarade. Les jeux sont fort utiles pour développer le langage car, comme lui, ils reposent sur la mise en place de catégories et sont basés sur l'interaction d'une chose avec une autre.

Pour faire entrer un cube dans un trou rond, par exemple, on n'essaiera pas cent sept ans de forcer avec un petit marteau, mais on finira par expliquer – à un enseignant dans notre cas – que le trou « n'est pas carré ». Cela permet non seulement d'apprendre un nouveau mot, « rond », et de prendre conscience d'une différence entre les deux formes, mais cela aide aussi à saisir une évidence : le monde n'entre peut-être pas tout entier dans les seules catégories que nous connaissons. La négation, pour sa part, est une forme éloquente d'expression, offrant la possibilité de distinguos subtils. Si l'on traverse une maison déserte après minuit, on ne lancera pas à ses amis : « Je vais bien », mais plutôt : « Je n'ai pas peur. »

La conversation est naturellement essentielle à nos vies, et à nos esprits. On élabore une vision de soi-même et du monde en conversant avec les autres. Les autistes, eux, considèrent que l'acquisition d'une langue, quelle que soit sa forme, est très difficile, et que la conversation l'est plus encore parce que les gens disent les choses de diverses manières.

André avait trouvé une manière inhabituelle de surmonter ses difficultés à converser. Plusieurs années durant, il s'était entraîné comme marionnettiste. Il avait fabriqué ses propres marionnettes avec du bois et de la ficelle, et avait donné des spectacles dans le quartier. Il les utilisait également dans d'autres circonstances : quand il était au téléphone, par exemple, une de ses marionnettes était généralement assise sur ses genoux ; il se rendait aux réunions de son club d'échecs avec Boo ; il s'était vu refuser l'entrée d'une soirée de *speed dating* parce qu'il y était arrivé avec une nouvelle marionnette, prénommée Sylvie.

Il était interdit d'interrompre une de ses marionnettes, c'était la règle. On pouvait couper André – il y avait alors un temps d'adaptation et l'on avait la vague impression de lui avoir marché sur le pied –, mais il était hors de question de faire de même avec l'une de ses marionnettes.

L'incident à l'aéroport était le sixième du genre ; je l'avais une nouvelle fois interrompu alors que j'étais sur le point de prendre congé. Il avait alors saisi ma carte d'embarquement et avait disparu.

« Il te reste combien de temps ? m'a demandé Amanda.

– Je devrais déjà être à la porte d'embarquement. »

Elle a souri et haussé les épaules.

J'avais été présenté à Boo le soir même de mon arrivée.

« Voici Boo, m'avait annoncé André tandis que je regardais d'un air dubitatif le verre d'eau que je venais de me servir au robinet.

– Ne bois pas ça ! » avait lancé Boo.

Et j'avais levé les yeux. La voix avait changé. Ce n'était pas celle d'un ventriloque – il n'y avait ni accent ni intonation de fausset –, mais la voix de Boo était différente de celle d'André, plus monocorde ou semblant provenir de plus bas dans la gorge. Pour Amanda, cette voix évoquait l'intérieur d'un seau. André en avait ri. La voix de Boo n'était ni plus basse ni plus haute que la sienne, en fait, mais elle montait plus fréquemment dans les aigus, surtout au début des mots. André m'avait parlé des marionnettes au téléphone, avant même mon arrivée à Boston, mais je ne pensais pas qu'il me les présenterait aussi vite ou que leurs voix seraient différentes.

« Sais-tu ce que les scientifiques ont découvert en analysant un verre d'eau comme celui-ci ? » a poursuivi Boo.

J'ai secoué la tête.

« On ne va pas se lancer là-dedans, a répliqué André en souriant, ouvrant la porte du frigo de sa main libre et me montrant du doigt un pichet avec filtre.

– André ?

– Oui ?

– Non, attends. Boo ? »

Je testais.

« Décide-toi, mon vieux ! » s'est exclamé Boo.

André a eu un large sourire.

Difficile de croire qu'il ne prenait pas un malin plaisir à me mettre délibérément mal à l'aise.

« Donne-moi une bonne raison de ne pas boire ce verre d'eau.

– L'arsenic, a répondu Boo. La voilà, la raison, mon gars.

– Ah bon ?

– Le taux d'arsenic dans l'eau courante des villes américaines grimpe régulièrement et scandaleusement. Il y a plus d'arsenic dans un verre d'eau que dans soixante pour cent des déchets industriels légers.

– Tu plaisantes ? »

Boo a hoché la tête, j'avais marqué un point.

« Tu n'aurais pas dû le chauffer », m'a alors fait remarquer André avec un sourire.

Il a débarrassé ses doigts des ficelles et a déposé la marionnette sur le plan de travail. Boo était bien conçu, probablement en bouleau, et plutôt petit – pas plus d'une quinzaine de centimètres. Les fils étaient fins et incolores. Il portait un chapeau et avait un air vaguement amish. André m'a versé un verre d'eau provenant du pichet dans le frigo.

« Tu ne bois jamais d'eau du robinet ? »

Je me suis alors demandé si le fait de filtrer l'eau faisait partie d'un rituel. Les autistes en mettent souvent au point des complexes pour effectuer des tâches toutes simples. Par exemple, chaque fois que je prends une douche, je frotte les différentes parties de mon corps rigoureusement dans le même ordre.

« Je n'aime pas le goût. »

Puis il s'est dirigé vers le salon et je l'ai suivi.

Cela faisait une vingtaine d'années que je n'avais pas revu André. Son père avait longtemps travaillé dans la banque, comme le mien, et ils se croisaient de temps à autre, échangeant des théories sur le prix de l'essence et les dettes des entreprises. Mais André et moi ne nous étions pas revus depuis que j'avais quitté notre école new-yorkaise, en 1984, à l'âge de six ans, lorsque ma famille avait déménagé.

Lui y était resté six mois de plus, jusqu'à ses dix ans ; après quoi, ses parents avaient décidé qu'ils ne pouvaient plus lui éviter le cursus scolaire classique. Cela étant, ils avaient dû l'inscrire dans une école privée et, après de grandes négociations avec le directeur, il était entré juste une classe en dessous de son âge.

Il était bon en maths, en lecture, en géographie, en fossiles, en tables de Mendeleïev, en éléphants d'Inde et d'Afrique et en masses atomiques, mais il ne parlait pas beaucoup. Il était maladivement timide, maladivement, oui. Il aimait jouer avec les trombones – en déplier un, puis le faire glisser sous un ongle pendant toute la durée d'une phrase. Ça l'aidait à se concentrer, ou alors c'était un tic purement mécanique. À l'entendre, pousser le trombone sous l'ongle forçait les mots à sortir de sa bouche.

Durant la récréation, il aimait faire le tour de l'école et glisser un doigt le long de chaque rebord de fenêtre. Parfois, sa mère venait lui rendre visite à l'heure du déjeuner et il s'asseyait à côté d'elle dans la voiture où elle avait laissé la radio allumée. Il avait rapidement fait la connaissance d'Heloise, que ça ne gênait pas de faire le tour des fenêtres ou de se faire taquiner en sa compagnie. Il était resté en contact avec elle, d'ailleurs. Et ils étaient parvenus à la conclusion qu'ils ne s'étaient pas rendu compte à l'époque qu'ils étaient censés être malheureux, que les enfants comme eux, sans amis et avec de drôles d'habitudes, devaient beaucoup souffrir ; or ça n'avait pas vraiment été le cas.

Ils auraient pourtant pu accréditer cette version. On leur avait renversé des pots de peinture sur leurs cartables plus d'une fois, André levait souvent le doigt pour donner une réponse qui ne sortait pas, suscitant le rire de ses camarades et le mépris de certains de ses enseignants, et, à une occasion, Heloise n'avait pas filé aux toilettes assez vite. Mais ils ignoraient qu'ils étaient censés haïr l'école et n'en parlaient pas en ces termes. Ils se tenaient compagnie, aimaient les livres et, de retour chez eux, retrouvaient des parents qui les épaulaient.

André avait étudié les sciences de l'informatique. Il y excellait et avait décroché un poste de chercheur à la fin de ses études. Je connais des informaticiens qui portent des pantalons avec des trous de toute évidence gênants, dont les salons sont le théâtre d'expériences sur des puces de microprocesseur super-refroidies, ou encore qui peuvent réciter *Les Métamorphoses* d'Ovide à l'envers ; or aucun d'eux n'est autiste. J'avais beau savoir qu'André l'était, à le voir dans son salon avec de jolies lampes et un bouquet de fleurs, assis sur son canapé en cuir marron dont les bras en bois étaient assortis à la table basse, il m'avait l'air plus normal qu'aucun des informaticiens en question. Puis j'ai noté qu'il y avait trois marionnettes supplémentaires posées sur la table basse et j'ai reconnu ce qui était écrit sur le poster au-dessus de sa tête, une citation du *Manuel diagnostique et statistique des désordres mentaux* publié par l'American Psychiatric Association.

> Avant l'âge de trois ans, le patient présente un fonctionnement ralenti ou anormal dans l'un ou plusieurs des domaines suivants :
> – Un défaut de développement des attachements sociaux.
> – Un trouble de la communication.
> – Un défaut de développement de l'activité de jeu.

« Et le poster ? ai-je lancé.
– Oh ! c'est ma sœur qui l'a mis.
– Ça ne te dérange pas ?
– Non. »

Puis il a pris une marionnette sur la table.

« Pourquoi laisser les gens se demander si je suis autiste ou pas ? C'est pas vraiment un jeu », a souligné la marionnette, dont je devais apprendre par la suite qu'elle s'appelait Ben Gourion.

Le lendemain de mon arrivée, je me suis réveillé tard et n'ai trouvé André nulle part. J'étais déçu d'avoir perdu du temps à dormir. J'étais un peu nerveux à l'idée de loger chez lui et j'avais espéré préparer mon petit déjeuner puis accomplir d'autres tâches. Et voilà que j'avais loupé le petit déjeuner et qu'André, mon hôte, s'était volatilisé.

J'avais redouté de me sentir comme un intrus dans les maisons, les lieux de travail et les cafés préférés de mes anciens camarades de classe, et voilà que c'était le cas ! Le simple fait qu'ils m'aient autorisé à leur rendre visite ne cessait d'ailleurs de m'étonner. André, par exemple, avait été incroyablement facile à convaincre. Je lui avais expliqué le concept du livre une seule fois et il avait accepté. J'avais l'impression de l'avoir berné, d'avoir présenté les choses de telle manière que d'éventuelles objections en étaient minimisées. Alors je l'ai rappelé, lui ai réexpliqué mon projet, et il m'a confirmé qu'il acceptait.

Tout ce que mes parents avaient pu me dire à son sujet était que, une fois le diagnostic d'autisme posé, ses parents avaient songé à le faire adopter. Leur mariage battait de l'aile et ils ne pensaient pas être en mesure d'élever un enfant autiste. Peut-être n'en auraient-ils rien fait, ou que les services d'adoption s'y seraient opposés ? Toujours est-il que, la nuit précédant leur premier rendez-vous avec une assistante sociale, ils avaient fait des cauchemars homériques. Ils s'étaient réveillés les jambes flageolantes et couverts de sueur froide ; après quoi, ils avaient annulé le rendez-vous.

Quand j'ai appelé André une troisième fois, c'est sa sœur qui m'a répondu. Elle se prénommait Amanda. Elle était chauffeur de taxi et vivait avec lui depuis quelques années, peu après avoir rompu ses fiançailles avec un homme qui la trompait depuis un an et demi. Je lui ai demandé si André lui avait parlé de ma visite. Elle m'a répondu qu'ils avaient eu vent du livre par leur mère, qui elle-même tenait l'information de ma propre mère, cela avant même que j'aie téléphoné ! André et elle en avaient discuté et ils se réjouissaient de me voir.

Mais voilà que ce premier matin André et Amanda étaient invisibles et que mes doutes ressurgissaient. Nous ne nous étions pas dit grand-chose la veille au soir. Amanda n'était pas là ; j'étais fatigué, André aussi. Nous avions évoqué un petit peu Boston, puis nous nous étions couchés tôt. Je me suis repassé notre conversation, en quête de gaffes possibles, mais n'en ai découvert aucune.

Après avoir fait le tour de toutes les pièces, j'ai ouvert une porte dans la cuisine. Elle menait au garage où, à mon grand soulagement, j'ai trouvé André. Les murs étaient couverts de posters encadrés.

André m'a expliqué plus tard qu'ils avaient été réalisés à partir d'un cours du Massachusetts Institute of Technology déniché sur le Net qui expliquait l'apprentissage d'un langage aux ordinateurs. Sur l'un d'eux, il était écrit :

> Nous pouvons considérer les grammaires comme une série de règles permettant de réécrire des chaînes de symboles : S > NP VP ; NP > Nom ; NP > Art N.

« Je suis envahi par les papillons de nuit », a lancé André alors que je pénétrais dans le garage.

Il en avait attrapé quelques-uns qu'il observait sur son bureau. J'ai jeté un coup d'œil par-dessus son épaule. Ils étaient plutôt gros.

« Tu peux m'aider à les prendre ? m'a-t-il demandé. Il faut trouver d'où ils viennent. »

Bien que nous nous soyons lancés avec énergie, nous jouions plutôt de malchance dans notre capture. Soit il n'y en avait pas tant que ça, soit ils avaient senti qu'une chasse avait été engagée ! Il nous fallait aussi nous arrêter chaque fois que l'un de nous en tuait un, pour décider si c'était le même que ceux déjà capturés, ou une nouvelle espèce.

Au beau milieu de cet exercice, Amanda est rentrée et s'est assise à l'ordinateur pour vérifier ses mails. En une heure de temps, André avait rempli toutes ses boîtes en plastique et son bureau était couvert des objets qu'elles contenaient précédemment. André avait suspendu Boo à sa main gauche.

« Tout va bien, a déclaré ce dernier. Ça pourrait être pire. Avec un petit effort, ça pourrait être pire. On n'a pas encore touché le fond. Il faut découvrir l'origine de cette invasion. Et…

– Je ne pense pas que les papillons de nuit vivent en groupe », l'ai-je interrompu.

J'en avais assez. J'avais faim. J'étais toujours en pyjama. J'avais suggéré à trois reprises qu'André fasse appel aux services d'hygiène.

À peine avais-je dit cela qu'il a filé en trombe, laissant ouverte derrière lui la porte menant à la cuisine. J'ai scruté le garage, m'attendant presque à voir un papillon de nuit géant dont André aurait fui la vengeance à toutes jambes, mais je n'ai aperçu qu'Amanda riant sur sa chaise.

« Quelle tête ! m'a-t-elle lancé. Au moins, tu n'as pas commis cette erreur hier soir. Bravo !

– Il est parti où ?

– Il ne faut pas interrompre les marionnettes, m'a-t-elle expliqué. Ça n'en vaut pas la peine. Prends sur toi si tu es en colère. Essaie surtout de ne pas le faire malencontreusement. Ça le met hors de lui.

– Pourquoi ?

– Mais enfin, tu sais parfaitement pourquoi ! s'est-elle exclamée en se levant.

– Parce qu'il est autiste ? Ça ne veut pas forcément dire avoir sale caractère.

– Oh ! s'il te plaît… Tu veux ton petit déjeuner ?

– Je ne mets pas tes paroles en cause. Mais peut-être y a-t-il une autre explication ?

– Quand tu l'auras trouvée, tiens-moi au courant ! » m'a-t-elle répondu en me lançant un regard par-dessus son épaule.

Je l'ai suivie dans la cuisine. Amanda et son frère se ressemblaient, à ceci près que si l'on avait dû faire un portrait d'Amanda, on aurait utilisé des pastels. Ses traits n'étaient pas aussi anguleux que ceux d'André et son teint était plus laiteux. Et puis les muscles de son cou ne ressortaient pas autant. Elle m'a parlé de son métier – elle conduit des taxis la nuit.

André n'est revenu vers nous qu'après le petit déjeuner. Il s'est approché de la table et s'est assis sans ouvrir la bouche.

« Je suis désolé », ai-je dit.

André ne m'a rien répondu et a tourné les yeux vers la droite. Juste au moment où j'allais réitérer mes excuses, Amanda m'a donné un coup de pied – ce n'était pas plus opportun que d'interrompre les marionnettes. Alors, à la place, je l'ai questionné sur les posters.

André travaillait sur un projet de développement d'une vision artificielle pour les ordinateurs et les robots. Ce qui le passionnait le plus dans ses recherches, c'était ce qu'il apprenait sur la différence entre vision et langage.

Ce n'est pas la complexité d'une langue qui pose problème aux autistes. En fait, il est probable qu'elle les aide plutôt, dans la mesure où plus il y en a, moins un mot risque d'être polysémique. Plus il y a de règles et de structures, et moins un autiste doit se reposer sur son intuition et sur le contexte. Un sens/un mot serait pour eux l'idéal.

Amanda est intervenue en gloussant pour raconter l'anecdote d'André appelant les femmes des « dames » et les filles des « jeunes dames ». Il n'y avait là rien d'incorrect. Mais ce n'était pas tout à fait correct non plus. « Dames » n'était pas vraiment le terme approprié et s'adresser à quelqu'un en lui disant « jeune dame » pouvait susciter des rires. Et pourtant, à d'autres occasions, quand le ton était ironique ou blagueur, ou encore quand il s'agissait d'accompagner une amie au théâtre, on pouvait bel et bien parler de « dame ». Mais il n'y avait pas de règles pour délimiter quand c'était acceptable, et peut-être même drôle, et quand c'était sujet à caution ou désuet.

À un moment donné, il m'a montré des enregistrements effectués par un tachymètre. Ces derniers sont parfois installés dans les taxis ou les semi-remorques afin de mémoriser les mouvements du véhicule – à quel moment il s'est arrêté, pour combien de temps, à quelle vitesse il a roulé et quelles pointes il a effectuées. Sa sœur et lui s'y intéressaient de près : elle, parce qu'elle était chauffeur de taxi, bien qu'elle n'utilise pas ce genre d'appareil, et lui parce qu'il était doué pour l'interprétation de données enregistrées. Ça lui permettait d'observer des variations dans la circulation. Alors que comprendre le sens du texte et de la parole était bien plus compliqué.

Tandis qu'André m'expliquait les différences entre système dynamique et système statique, je m'interrogeais sur le rôle des marionnettes. Il semblait difficile pour lui, même maintenant, de gérer un système dynamique – celui du langage ou de la conversation. Et donc, par les marionnettes, il visait peut-être à multiplier les rôles qu'il pouvait endosser. Plutôt que de gérer plusieurs positions à l'intérieur du système – ce qui demandait un niveau d'agilité dans l'utilisation du langage qu'il ne possédait pas –, il avait augmenté le nombre de positions possibles. Donc, quand il ne saisissait pas complètement ce qu'on lui disait, quand il ne pouvait pas s'exprimer correctement ou quand trouver le moyen d'y parvenir allait s'avérer trop long, il cessait d'être lui-même, laissait tomber les obligations du rôle et en endossait un nouveau.

Par le biais des marionnettes, il pouvait être, par exemple, ironique. De cette manière, lui ne disait rien qui ne soit pas littéralement vrai ou qui contredise ce qu'il avait pu dire plus tôt : c'était la marionnette la responsable.

« On devrait aller boire un verre plus tard », a suggéré Amanda.

André avait l'air sceptique et a épousseté avec fermeté une poussière imaginaire sur son épaule gauche.

« Peut-être dans un endroit tranquille, alors. Je souffrirai sûrement encore du décalage horaire ce soir », ai-je répondu en essayant, à mes yeux en tout cas, de proposer un compromis entre le frère et la sœur.

Amanda a hoché la tête et souri, puis elle s'est levée.

« Je vais aller dormir un peu », a-t-elle expliqué en quittant la pièce.

André et moi sommes restés assis quelques instants, terminant tranquillement nos verres. Puis il a de nouveau accroché Boo à sa main.

« Tu veux bien contacter l'hygiène pour les papillons ? » a demandé Boo.

J'ai acquiescé.

En entendant Amanda m'appeler depuis l'autre bout de la maison, j'ai frappé de nouveaux coups sur la porte de la salle de bains dans laquelle j'étais enfermé depuis un moment déjà. Franchement, j'aurais dû tambouriner dessus à coups de poing, mais j'étais tellement mal à l'aise à l'idée de ne pas être chez moi que je me suis contenté de frapper comme à la porte d'un bureau avant un entretien d'embauche.

J'ai beau être grand, je ne me comporte pas comme si je l'étais. Des années durant, j'ai marché tellement plié que j'en avais des douleurs sciatiques. Je me cogne souvent aux chambranles des portes et aux coins des tables tellement je sous-estime ma taille. Je suis assez grand pour interrompre des conversations et, quand je prends place à une table, je devrais attirer les regards. Ce qui me paralyse – en même temps que les bonnes manières et la pudeur, que j'espère conserver –, c'est ce qu'André a peut-être essayé de surmonter avec ses marionnettes. Que se passerait-il si j'attirais l'attention de quelqu'un mais qu'ensuite je n'aie pas assez de choses à dire pour nourrir la conversation ? Et si je me retrouvais coincé ? Ma confiance en moi avait suffisamment grandi, puisque je rendais visite à André et Amanda, mais chez eux je me sentais timide.

J'ai frappé de nouveau à la porte de la salle de bains, peut-être un peu plus fort cette fois-ci. J'étais plongé dans le noir, André avait éteint la lumière de l'extérieur et la seule chose que je parvenais à voir, c'était la lumière verte de sa brosse à dents électrique indiquant qu'elle était complètement rechargée. Je me sentais méchant et mesquin de ne pas retirer la prise pour leur économiser, à Amanda et à lui, le peu d'électricité que cela consommait.

Je savais qu'il était plus de 21 heures et que c'était pour ça qu'Amanda était revenue nous chercher – nous aurions dû la rejoindre à cette heure-là au bar du coin de la rue. Ce qui signifiait que j'étais enfermé dans cette salle de bains depuis environ une heure ! Peut-être André avait-il quitté la maison et filé ailleurs. Ou peut-être l'avais-je mis sérieusement en rogne cette fois-ci.

Durant le premier quart d'heure, je m'étais appuyé contre le radiateur pour y réchauffer mes jambes et mon dos. J'étais sûr qu'André reviendrait ouvrir la porte, tout comme j'étais sûr que je ne devais pas faire de scandale parce qu'il m'avait bouclé. Amanda m'avait prévenu et je n'avais pas écouté ses mises en garde. Ben Gourion m'expliquait le déroulement de la soirée, énumérant les endroits où nous pourrions aller, quand j'avais jeté un œil à ma montre et l'avais interrompu d'un : « On ferait mieux de se dépêcher. »

Tandis que la pièce se faisait étouffante, je m'étais mis à frapper sur la porte à intervalles réguliers en appelant André. Amanda risquait de se dire que nous avions opté pour une autre sortie – nous ne l'avions pas revue depuis 16 heures environ – et que nous étions partis ailleurs.

Assis sur le bord de la baignoire, je repensais à André qui ne s'était pas contenté de refermer la porte, d'y coincer une chaise, puis d'éteindre la lumière, mais qui m'avait poussé d'abord dans la salle de bains.

Je me suis levé et, dans l'obscurité, j'ai essayé d'enlever la poignée, sauf qu'elle était solidement accrochée, vissée à fond. J'ai cherché un tournevis sur les étagères, ou quoi que ce soit qui, au toucher, aurait le tranchant nécessaire. Pour finir, j'ai abandonné la lutte et me suis allongé dans la baignoire.

Même si je me retrouvais coincé dans une salle de bains parce que j'avais interrompu une de ses marionnettes, je ne pouvais m'empêcher de considérer leur utilisation comme tout à fait logique. La conversation peut être comparée à un spectacle et André, incapable de s'engager totalement dans une discussion normale, avait accentué cet aspect spectaculaire.

Étendu dans la baignoire froide et enfermé dans le noir, je me suis rappelé à quel moment précis je m'étais rendu compte pour la première fois que la conversation était une forme de spectacle.

J'étais avec des amis de fac, à Glasgow, et j'observais le démantèlement de notre amitié. Ils avaient changé leur façon de bouger les mains. Ainsi que leur manière de s'exprimer. L'une s'était mise à parler des livres qu'elle avait lus, enfant. Nous en avions déjà discuté, mais nous l'avions fait un livre après l'autre, en évoquant nos souvenirs de lecture. Cette fois-ci, elle prétendait qu'il y avait trois catégories de livres pour jeunes filles : ceux où l'héroïne portait une robe rose, ceux où elle en portait une bleue, et ceux où elle était en salopette. Mais ce n'était pas ce qu'elle m'avait dit la fois où nous avions parlé de livres de jeunesse. Il m'a semblé qu'elle venait juste d'inventer ces catégories, sauf que tout le monde a embrayé comme s'il s'agissait là de catégories officielles ; après quoi, ils se sont mis à broder sur d'autres aspects de chacun des livres en question.

Tandis que la conversation s'animait, mes amis ont déployé tout à coup des connaissances sur le fantastique et le mystérieux, ainsi qu'un intérêt pour des choses dont je savais pertinemment qu'elles ne les intéressaient pas vraiment, tout ça dans le but de poursuivre la conversation ! Ils ont réussi à tenir dix minutes sur les bar-mitsva, alors qu'aucun d'eux n'était juif et qu'aucun d'eux n'avait jamais assisté à une seule de ces fêtes ! Ça a été suivi de dix minutes encore sur les rites nuptiaux des Inuits, l'un d'eux ayant lu un article là-dessus, rites qui furent ensuite comparés à ceux d'autres cultures traditionnelles. Et la conversation s'est poursuivie ainsi sans parvenir à la moindre conclusion.

Enfant, j'estimais que ces pratiques manquaient furieusement d'authenticité – je me souvenais par exemple de cet ami de mes parents qui avait fait semblant de s'intéresser à mes BD. J'estimais même qu'elles étaient destructrices, parce qu'à mes yeux l'analyse se devait d'être totale et complète, ou de ne pas être. Ces gens et leurs interlocuteurs ne méritaient guère plus qu'un mépris boudeur.

Mais, après cet après-midi passé à observer mes amis, j'avais fini par comprendre : une conversation est un spectacle. C'est pourquoi ça n'avait pas d'importance de perdre son ton de voix unique ou encore de paraître différent. En fait, ça faisait même partie du jeu !

La conversation requiert l'absence de sincérité. Ou plutôt, elle est souvent indifférente au fait qu'un énoncé soit sincère ou non. Ce qui importe, c'est qu'elle soit drôle ou agitée, ou encore étonnante, voire triste. Peu importe que mon amie ne croie pas vraiment que les livres destinés aux jeunes filles soient à classer en trois catégories. Peu importe qu'elle ait inventé un tel distinguo à brûle-pourpoint. Cela a débouché sur une conversation distrayante autour des livres pour enfants, a permis aux gens de se souvenir d'autres détails sur des livres qu'ils avaient lus et, sous un jour un peu plus sérieux, ça leur a même permis de critiquer les livres publiés à l'intention des jeunes filles, qu'il s'agisse de leur portée limitée ou des idéaux véhiculés – soyez belle, charmante et maligne en jolie robe rose, ou bien un peu bourrue et garçon manqué en salopette.

Donc, et bien qu'une conversation soit en mesure de soulever de tels thèmes, elle ne doit pas viser de conclusion ni être trop fermement axée sur un sujet particulier. Elle doit plutôt effectuer des cercles, s'arrêter, puis repartir sous un angle résolument différent. En dehors des rassemblements formels tels que réunions ou conférences, une conversation n'est jamais qu'une suite de juxtapositions. L'objectif de ces dernières n'est pas d'établir un point de vue collectif ; elles le peuvent bien sûr, mais ce n'est pas leur but premier. Si je vous raconte une histoire et qu'une expression dans mon discours, un sujet ou un point de vue, entre en résonance avec un élément qui vous est propre, alors vous dites quelque chose. Et nous poursuivons ainsi.

Le plus important peut-être, c'est que la conversation soit distrayante. C'est comme avec le manque d'authenticité : il n'y a rien de mal ou d'immoral à tenter de distraire les gens. Lors d'une conversation, il n'est pas impératif de faire écho aux sentiments ou points de vue exprimés par autrui, ni de le faire avec une quelconque profondeur. Si le thème ou le sujet de votre histoire est suffisamment proche du thème de la précédente, vous avez le droit de vous exprimer. Regroupez ces interventions, revenez sur un thème, une expression, ou sur une blague, encore et encore : c'est ça, la conversation, c'est distrayant et ça peut durer des heures !

Je ne m'étais pas pleinement rendu compte de ce que j'avais appris là-dessus jusqu'à ce que je vienne habiter et travailler à Cambridge. Il y avait là-bas deux modèles dominants, tous deux différents de la conversation comme spectacle. Il y avait la politesse – « Tu étudies quoi ? », « Comment s'est passée ta journée ? », « Tu as lu quoi ? » – et, d'ordinaire, c'était le prélude à l'utilisation d'un second modèle, l'échange d'informations – je te parlerai de l'agriculture paysanne en Mongolie si tu me parles du roman français au XIXe siècle. L'art de la conversation n'était pas grandement pratiqué.

Le problème de l'intelligence universitaire qui m'entourait à Cambridge était son côté trop policé, en réaction au manque de sincérité, à l'hyperbole, à la provocation et au jeu de mots, tous essentiels à l'art de la conversation. Si le but est d'assener une vérité, alors, bien sûr, tous ces éléments doivent être maîtrisés. Mais tel est rarement le but d'une conversation. Cambridge était par ailleurs un environnement hautement compétitif. Il était donc toujours plus sage de demeurer silencieux ou de s'exprimer avec réserve, rarement conseillé d'aborder des sujets légers, et jamais une bonne idée d'adopter la position perdante pour le plaisir de divertir ou simplement pour permettre à la conversation de se poursuivre.

Plus jeune, je condamnais silencieusement les passagers qui abordaient des inconnus dans les trains ou dans les bus. Pourquoi ne pouvaient-ils pas rester tout seuls dans leur coin ? m'écriais-je intérieurement. N'avaient-ils pas suffisamment de ressources personnelles pour se distraire le temps de ce court voyage ? Je percevais leur loquacité comme une faiblesse. Mais depuis, j'ai compris : ils osaient ! Ils étaient constamment désireux de spectacle, d'une nouvelle corde raide sur laquelle avancer.

Quelques semaines avant ma venue à Boston pour y rencontrer André, j'avais noué une conversation avec un inconnu ; deux, en fait. Ce qui ne m'arrive pas très souvent. Je me sens sûr de moi et capable de converser dans le cadre de circonstances formelles, que ce soit au travail ou quand je fais des courses : il y a alors un but évident à la plupart de ces conversations, et disons qu'au travail je peux faire usage à la fois de mon intelligence et de mon expérience. Pas de problème non plus avec les amis ou la famille, parce que je les reverrai, qu'ils me connaissent déjà, et que donc les conséquences d'une conversation avortée sont négligeables. Mais s'adresser à des inconnus représente un risque considérable. C'est après mes premiers mots qu'ils décideront de poursuivre ou non ; ils se feront une opinion de moi sur la seule base de notre échange et, si je me retrouve dans une impasse, ce sera trop difficile d'expliquer pourquoi. Engager une conversation avec des inconnus est l'équivalent, pour un autiste, de se lancer dans un sport à haut risque.

Et pourtant, de temps à autre, je me lance. Les deux inconnus auxquels j'ai parlé avant d'aller à Boston étaient mes voisins de siège dans l'avion. Il s'agissait d'un couple de vieux Israéliens. Après avoir appris que mes parents venaient du Pakistan et que j'avais vécu au Moyen-Orient, ils m'ont très vite confié qu'ils étaient tous deux antisionistes et qu'ils ne pourraient plus jamais vivre en Israël. Je suis, globalement, antisioniste moi aussi : je doute que ce soit une bonne idée pour un État de fonctionner entièrement en accord avec les préceptes d'une religion.

Parce que ça ne m'intéressait pas d'avoir le dessus mais que j'avais plutôt envie d'une conversation, je leur ai parlé des éléments importants du nationalisme, de la solidarité et de la notion de patrie. J'ai comparé Israël et le Pakistan. Il y a bien sûr des différences entre les deux, mais ceci était une conversation, donc peu importait.

Le couple m'a résisté quelque temps. Puis, petit à petit, ils m'ont parlé de leur emménagement en Israël, du soulagement que ça leur avait apporté au départ, du bonheur d'avoir vécu en kibboutz, de la façon dont leurs enfants avaient vécu ce pays, surtout le service militaire. L'un avait aimé, l'autre pas. Ils m'ont parlé des amis restés là-bas, de leur insécurité, de leur malaise. Ce vol s'est révélé fort distrayant.

J'ai aussi glané plein d'histoires à replacer dans d'autres conversations. Ainsi que le dit l'écrivain anglais George Meredith : « Les anecdotes sont portables ; on peut les ramener chez soi, puis les déverser sur d'autres tables. » J'ai aussi tout bonnement beaucoup appris et mieux compris certains problèmes. Simplement parce que j'ai abordé la situation sous l'angle de la conversation, et pas sous celui de la discussion. Et nous ne nous sommes pas comportés non plus comme s'il s'agissait là d'un échange d'informations ; nous en avons fait un spectacle, un événement en soi.

Le genre de conversation que j'ai eue avec ce couple excite d'ordinaire les philosophes politiques – selon un courant de pensée, la conversation profite à un système politique. Jürgen Habermas avance que si nous étions tous mis en « situation idéale de prise de parole » (la classe économique d'un 747 ?), nous finirions par tomber d'accord sur n'importe quel problème. Tout au moins, nos désaccords seraient clarifiés, et les malentendus éliminés. Il est probable que de telles propositions comportent des failles, parce qu'en fait nous ne tomberions pas tous d'accord ou n'évoluerions pas tous dans l'appréhension de « nos problèmes ». Peut-être que, si l'homme et la femme de l'avion avaient été de fervents sionistes, nous nous serions rabattus très vite sur les distractions mises à notre disposition à bord de l'avion, ou bien que nous nous serions disputés et aurions demandé à changer de place.

Une idée similaire se retrouve dans cette remarque de l'écrivain anglais Thomas Hardy : « La discussion est impuissante face au parti pris ou au préjugé. » Une version plus noble laisse entendre que les diverses traditions contiennent différentes conceptions de la raison, et nourrissent différentes formes d'expérience et de connaissance, avec pour résultat que certains désaccords pourraient bel et bien se révéler insolubles. Y a-t-il quoi que ce soit qu'un agnostique ayant vécu la terrible épreuve d'un parent atteint d'une maladie incurable puisse partager avec un fervent catholique au sujet de l'euthanasie ?

Avec de tels modèles de démocratie, le problème supplémentaire pourrait bien être la conception de la conversation non comme spectacle, mais comme processus. Elle aurait alors pour but explicite de déboucher sur un accord. Mais souhaiterions-nous prendre part à un tel échange ? Le plaisir serait-il toujours de la partie ? Je connais des tas de gens qui adoreraient, tout simplement parce que leurs conversations sont axées en permanence sur la vérité et qu'ils savent donc qu'ils y excellent – je veux parler des conseillers politiques ou des universitaires. Le reste d'entre nous aurait-il envie de converser avec eux ? Et si nous ne tombions pas d'accord, s'ouvriraient-ils suffisamment au point que nous puissions les convaincre ? La limite de cette démocratie conversationnelle pourrait bien être que les gens qui excellent dans l'art de la conversation seraient par ailleurs de très mauvais démocrates conversationnels. Ceux susceptibles de se distinguer seraient ceux doués pour la polémique. Et, parmi eux, les gens logiques, résolus, dominants n'émettent-ils pas parfois des opinions redoutables ?

Ce qui ne veut pas dire que l'art de la conversation – l'idéal performatif qu'André représentait en un sens, avec ses marionnettes – n'ait pas d'implications politiques. Ce qui pourrait avoir une valeur politique dans la conversation, c'est l'insécurité qu'elle suscite. Les amis de mes parents ne s'intéressaient pas du tout aux BD que je lisais, mais c'était bien qu'ils me questionnent. Leur effort était important. Le mien, en essayant de convaincre le couple d'Israéliens de redevenir sionistes, l'était aussi. La conversation s'épanouit quand on se distrait mutuellement. Elle requiert parfois que nous posions des questions dont la réponse ne nous intéresse pas forcément, même si nous sentons que notre interlocuteur pourrait y prendre plaisir ou apprécier l'occasion ainsi offerte.

La conversation, en clair, promeut la politesse. Et une société marquée par de forts désaccords et caractérisée par un niveau élevé d'hétérogénéité ferait certainement bien de placer la politesse parmi ses priorités. Il est possible que nous ne tombions pas d'accord. Mais il est possible aussi que nous le fassions de manière distrayante et que nous soyons capables de ne pas tomber d'accord de telle manière que nous puissions percevoir, et même élargir, le point de vue de chacun.

Les marionnettes d'André ne représentaient pas tout à fait différents points de vue, pas plus que, pour autant que je puisse en juger, des aspects fort distincts de sa personnalité. Boo n'était pas, par exemple, la quintessence de son esprit taquin, et il pouvait être sociable même sans Sylvie. Mais j'imaginais qu'il y avait probablement un schéma qui lui faisait utiliser une marionnette à certains moments, et une autre à d'autres. J'avais espéré qu'en sortant avec lui, en voyant quelles marionnettes il emportait et comment il s'en servait à l'extérieur, je comprendrais les corrélations.

Mais pour le moment, toujours enfermé dans la salle de bains, je commençais à me dire qu'Amanda avait dû abandonner ses recherches et partir ailleurs, et qu'André ne reviendrait pas sur sa décision avant le lendemain matin. J'étais précisément occupé à jouer avec cette désagréable pensée quand j'ai entendu la porte d'entrée claquer et la voix d'Amanda appeler son frère, puis moi.

Petit à petit, sa voix s'est rapprochée et mes coups de poing sont devenus plus audacieux. Devant la porte de la salle de bains, elle a frappé et j'ai frappé à mon tour. Et je l'ai entendue rire, un rire qui allait crescendo, un rire de véritable délectation. Je me suis assis en tailleur par terre, juste derrière la porte, et j'ai ri aussi tandis qu'elle enlevait la chaise et me délivrait.

« Allez », m'a-t-elle lancé avec un signe de tête, et nous sommes partis à la recherche d'André.

Nous l'avons trouvé dans le salon. Il était accroupi derrière un des canapés, le dos appuyé contre un des accoudoirs, Ben Gourion sur les genoux.

« Il faut que j'arrête de faire ça », ai-je dit.

J'étais sincère.

Mener le spectacle tout du long était dur pour André. Il ne pouvait pas y arriver tout seul, il avait besoin des marionnettes, ainsi que de l'aide de ses interlocuteurs. Peut-être l'étendue de sa colère était-elle excessive – couché dans une baignoire inconfortable, je m'en étais convaincu –, mais j'en percevais les raisons.

Je me souviens d'avoir assisté à une conférence publique quelques mois avant de venir à Boston, que j'ai dû quitter au bout d'un quart d'heure. J'étais en désaccord avec trop de choses dans le discours du conférencier. Je jugeais difficile d'emmagasiner tous ces désaccords, sachant que je ne serais pas capable de me lever à la fin et de soulever tous les points que j'aurais aimé soulever. Même si j'étais invité à poser une question, je me mettrais à parler, puis me rendrais compte que je faisais face à un public dont certains membres pourraient être en désaccord avec moi ou me trouver embêtant, ce qui m'arrêterait tout net. Je suis quelqu'un de modéré et pourtant je ne voyais pas d'autre solution que de quitter la salle. Souvent, au travail, quand j'ai une série de réunions, j'ai besoin d'en abandonner une en avance pour aller m'asseoir dans les toilettes quelques minutes ou filer dehors. Peut-être tout le monde éprouve-t-il ce besoin de temps à autre. En ce qui me concerne, ce ne sont pas la frustration ou la fatigue qui me poussent à agir ainsi, mais le sentiment que je joue dans un spectacle et donc que je dois réfléchir à la manière de m'y prendre, ainsi qu'à mes objectifs, sinon je ne serais peut-être pas capable d'y arriver.

Amanda et moi sommes restés silencieux un instant. Puis André s'est levé et m'a brièvement serré dans ses bras. Ainsi réconciliés, nous sommes sortis.

« Écoute, j'entends ce que tu me dis à propos de l'importance d'Hector, acquiesçait Ben Gourion, mais défendre un film avec une bande-son aussi mauvaise, j'espère que tu plaisantes ! »

Les gens avaient différentes sortes d'expressions quand André exhibait une de ses marionnettes – dans ce cas-ci pour tenter d'avoir le dessus lors d'une discussion autour du film *Troie*. Je n'arrêtais pas de regarder dans la direction d'Amanda chaque fois que Ben Gourion jaillissait du manteau d'André, m'attendant à ce qu'elle ait l'air gêné ou se tienne prête à intervenir, mais elle semblait tout bonnement intéressée. Intéressée par les réactions des voisins de table. Intéressée par ce que son frère, *via* la marionnette, disait. Et intéressée par ce que, moi, je pourrais penser. Tout simplement intéressée. Et, voyant son intérêt, je me suis détendu à mon tour. Au départ, j'avais imaginé de l'hostilité. Je me préparais à ce que les gens crient : « Abruti ! » et même que dans certains endroits on nous mette à la porte.

« Vous l'avez fabriquée vous-même ? » a demandé une femme assise tout près.

André a hoché la tête.

« Super. C'est génial. Il y a des tas de détails.

– Il s'appelle Ben Gourion, a ajouté André.

– C'est quel genre de bois ? »

Il s'avérait que le grand-père de cette femme était menuisier. Elle a alors entrepris de raconter à André les souvenirs qu'elle gardait de lui et de son travail. André lui a expliqué la fabrication des marionnettes. Et Amanda et moi avons discuté entre nous.

« Personne n'a jamais fait de scandale ? lui ai-je demandé, une fois André parti aux toilettes. Personne ne lui a jamais arraché sa marionnette quand vous sortez comme ça ?

– Si, c'est arrivé quelques fois.

– Et il se fâche, à ce moment-là ?

– À l'extérieur, il est timide. Il n'est féroce qu'à la maison.

– Que s'est-il passé ces fois-là ?

– J'ai été étonnée !

– Pourquoi ?

– À ces deux occasions, ce sont d'autres gens – des inconnus, je veux dire – qui ont rapporté la marionnette !

– Ah bon ?

– De leur propre chef ! On n'a pas eu besoin de faire un scandale, et je ne suis pas sûre que nous en aurions fait un, d'ailleurs. Maintenant, je le ferais, parce que j'ai l'impression que les gens sont prêts à lui venir en aide. La première fois, je suis restée dans mon coin et partie sans faire de vagues, mais deux types qui avaient suivi la scène sont allés voir l'autre gars – ils ne le connaissaient pas, c'était un crétin – et ont récupéré la marionnette.

– Tu leur as parlé ensuite ?

– Bien sûr. On les a remerciés.

– Et ils ont dit quoi ?

– L'un d'eux a demandé à André s'il était autiste. Il a répondu que oui. Ils ont discuté de ça un moment. »

J'étais sur le point de poursuivre quand André est revenu. Il s'est assis et a épousseté quelque chose sur l'épaule de sa sœur.

« Je lui racontais la première fois où quelqu'un t'avait dérobé Boo. Que tu t'étais battu contre quatre types d'un mètre quatre-vingts chacun pour le récupérer. »

André a marqué un temps d'arrêt. Il me semblait qu'Amanda venait de faire un faux pas. Avait-elle trop bu ? J'étais sûr que c'était une mauvaise idée de rappeler cet incident à André.

« Ils étaient cinq, non ? » a répondu Ben Gourion.

Puis André s'est mis à rire.

Durant le restant de la soirée, nous avons instauré une règle selon laquelle, quand l'un de nous se lançait dans une activité compulsive, on lui tapait sur la main. Amanda y était moins sujette qu'André ou moi. À un moment donné, j'ai entrepris de plier plusieurs fois ma paille, me concentrant vraiment très fort là-dessus, et Amanda m'a donné une tape sur la main juste avant André. Nous comptions les points. André a mené tout du long, mais je n'étais pas loin derrière. À la fin, ça a donné 15-10-4. J'ai pris Amanda en faute à une occasion, quand elle a tiré sur sa manche droite. Elle a rétorqué que ce n'était pas un tic. Je lui ai signalé qu'elle l'avait fait en moyenne toutes les cinq minutes. André s'est fait taper par nous deux en même temps chaque fois qu'il époussetait quelque chose sur l'une de ses épaules, et Ben Gourion a tranché sur qui l'avait tapé en premier.

J'ai évoqué plus haut la façon dont les autistes sont en quête de cohérence locale. Le refrain de Craig : « Laissez entrer les idiots », en était un exemple. Pour ma part, je sors rarement sans une pince crocodile dans ma poche, bien que depuis peu mon téléphone portable fasse office de substitut. Je joue avec la pince pour avoir un objet sur lequel me concentrer pendant que j'essaie de faire quelque chose de plus difficile, comme expliquer à une amie pourquoi je ne l'ai pas rappelée, par exemple.

J'ai remarqué, au fil de la soirée, qu'André cherchait une cohérence locale seulement quand Ben Gourion ne participait pas à la conversation. Il faisait alors courir son doigt de manière répétitive le long du bar, ou bien tournoyer les glaçons dans son verre. Et il enlevait des poussières imaginaires sur ses épaules.

Un des bars dans lequel nous sommes allés arborait une pancarte « chiens interdits ». C'était l'énoncé d'une règle. Les stratégies que les autistes utilisent pour négocier avec le monde des autres – notamment quand ils sortent dans des bars – ressemblent aussi à des règles. Comme toutes les règles, celle du gérant du bar se heurtait à quelques obstacles. D'abord, elle était « sursaturée », son but étant d'interdire l'entrée à des animaux qui pourraient s'avérer gênants, ce qui n'est pas le cas de *tous* les chiens. La règle s'appliquait à des animaux non concernés, dans le seul but d'être complètement efficace. Cette règle était également « sous-saturée » car, son but étant d'interdire l'entrée à des animaux qui pourraient être dérangeants, elle ne concernait pas d'autres espèces qui pouvaient tout aussi bien l'être. Mais, en dépit de ces problèmes de forme, la règle fonctionnait probablement plus ou moins. Elle permettait en tout cas d'assurer la cohérence locale. On la comprenait. Certes, il aurait pu y avoir un conflit si quelqu'un s'était pointé avec son ours domestique, mais, dans l'ensemble, elle répondait à l'objectif pour lequel elle avait été conçue.

Les stratégies que les autistes adoptent peuvent connaître un même succès. Après que ma famille a quitté New York, je me suis retrouvé dans une école classique. Il n'y avait là qu'un autre enfant autiste, une fille, dans la classe au-dessus. Une enseignante m'avait parlé d'elle – une enseignante qui, je m'en souviens, avait été informée que j'étais autiste et s'attendait à ce que je fasse des choses extraordinaires en classe, qu'il s'agisse de découvrir une nouvelle particule subatomique pendant qu'on dessinait des macaronis, ou bien de réciter par cœur des chapitres entiers de livres pendant la séance de lecture, et qui avait bien évidemment été déçue que je n'en fasse rien.

J'ai commencé à remarquer la fille à l'heure du déjeuner. Je pense qu'on avait dû lui dire la même chose sur moi : « Il est comme toi. » Nous nous impressionnions mutuellement. Nous ne sommes jamais devenus amis. Je me rappelle néanmoins que, lorsque nombre d'écoliers sont passés par une phase d'échange frénétique de leur « boîte à casse-croûte » – une période intrigante pour moi et durant laquelle j'ai souvent hérité de pain de seigle noir et de galettes –, son souhait à elle était de remplir sa boîte avec des aliments qui débutaient par la même lettre. Si elle optait pour le « B », par exemple, elle échangeait sa pomme contre une banane. Elle disait aux autres quelle était sa lettre de la journée et celle-ci devenait la base de l'échange. De toute évidence, sa règle était sursaturée, parce que certains aliments commençant par la lettre qu'elle avait choisie n'étaient sûrement pas à son goût. Et cette règle était sous-saturée parce qu'elle avait peut-être une envie folle d'un sandwich au fromage mais que sa lettre du jour était le « B ». Quoi qu'il en soit, tandis que moi je m'agitais au milieu de tous ces échanges, posant des questions et passant des accords, elle s'en sortait bien grâce à une seule et unique règle.

Dans un bar, la cohérence locale peut être plutôt difficile à obtenir. Le gérant qui veut en interdire l'accès aux chiens a un but bien défini en tête et peut se servir d'une règle pour le faire respecter. La fille avec la boîte à tartines alphabétisée voulait certaines choses que ça ne la dérangeait pas de manger, et elle pouvait prendre une lettre de l'alphabet qui rendait cela possible. Mais aller dans un bar répond sans doute à plusieurs objectifs : s'amuser, y retrouver des amis ou encore s'en faire de nouveaux. Il est facile de décréter à quel résultat la règle sur les chiens est censée parvenir, mais à quoi est-on censé parvenir dans un bar ?

Le fait est que n'importe quelle réponse peut entrer en conflit avec les autres possibilités. Un des buts pourrait être de se distraire, mais cela veut-il dire que, si vous n'appréciez pas la compagnie de vos amis, vous ne devez pas leur parler ? Probablement pas. Ou probablement n'avez-vous pas besoin de leur parler tout au long de la soirée, juste un peu. D'où la confusion des objectifs. Et la cohérence locale devient encore un peu plus difficile à atteindre.

L'autre problème avec une virée dans un bar, c'est que vous ne contrôlez rien. Le gérant peut empêcher les chiens d'entrer dans son établissement. La fille qui était « comme moi » pouvait refermer sa boîte à tartines si elle n'arrivait pas à ses fins. Mais si vous adoptiez une règle telle que « ne parler qu'aux gens vêtus de vert », vous ne pourriez pas obliger ces gens à vous répondre ! En fait, ça pourrait même tourner au vinaigre si vous expliquiez à vos interlocuteurs que vous vous êtes avancé vers eux pour la seule raison qu'ils portent du vert ! Et que feriez-vous si quelqu'un vêtu d'une autre couleur vous abordait ?

Le problème de la cohérence locale demeurait donc irrésolu. Les solutions d'André – jouer avec les glaçons dans son verre, dessiner quelque chose sur le bar du bout des doigts – ne sont pas sophistiquées, mais elles remplissent leur modeste office, qui est tout simplement de lui permettre de garder le contrôle. Il ne peut transformer toute cette expérience du bar en une boule de pâte cohérente, mais il peut faire d'autres choses moins ambitieuses et, alors qu'il les accomplit, tout le reste passe au rang de toile de fond. Ça s'appelle la cohérence locale. Et y parvenir peut s'avérer relativement facile. C'était en tout cas l'impression que donnait André.

Pourtant, Ben Gourion avait dû sortir de manière récurrente. Les meilleures occasions d'observer André et son utilisation de ses marionnettes m'ont été offertes quand Amanda s'est mise à parler.

À un moment donné, elle a expliqué comment, après avoir rompu avec son fiancé, elle était entrée dans une brève phase obsessionnelle durant laquelle elle avait acheté des manuels sur les revolvers et les cordes, comparant différents revolvers ou s'exerçant à faire des nœuds avec la corde. C'était un récit déconcertant, surtout pour son frère. J'ai alors observé André s'essayant à de microcomportements, de simples tentatives pour retourner à la cohérence, que ce soit en jouant avec la fermeture Éclair de la poche de son manteau ou en essuyant l'extérieur de son verre avec des mouvements circulaires du pouce et de l'auriculaire. Après quoi, Ben Gourion est sorti, et non seulement André a paru plus à l'aise, mais il s'est mis à questionner sa sœur par le truchement de la marionnette. Certaines de ses questions tentaient d'alléger la situation. Ben Gourion lui demandait quels types de cordes elle avait achetés, et lui avouait qu'il avait souvent flirté avec l'idée d'adhérer à la *National Rifle Association**. Amanda n'a pas relevé la plupart de ses questions, mais, très délibérément à mon avis, lui a donné quelques réponses pour l'aider.

Plus tard, elle a parlé aussi de leur père. Ils ne l'avaient jamais beaucoup vu. Peut-être parce qu'il avait passé la majeure partie de sa vie dans la banque d'investissement, il avait voulu devenir missionnaire. Il avait étudié l'espagnol et était allé au Brésil. Là, il s'était rendu compte de son erreur et avait filé vers l'Argentine. Il avait fini par développer un cancer et était retourné aux États-Unis avant de ne plus pouvoir être en mesure de le faire. Ils avaient appris à le connaître un peu, dans des chambres d'hôpital, le dernier mois de sa vie. Bien qu'André soit partie prenante dans cette histoire, il n'a pas ajouté un mot au récit d'Amanda mais s'est agité et a entrepris de se caresser le ventre. Puis Ben Gourion a pris de nouveau la parole.

Il me semblait que les marionnettes sortaient quand il n'arrivait pas à trouver de cohérence locale. Au début, André essayait par lui-même. Mais quand il n'y parvenait pas, une des marionnettes prenait le

* Association américaine qui encourage le port d'armes.

relais. Voilà ce qu'elles lui offraient, un soutien puissant par rapport aux ressources plus conventionnelles dont disposent les autistes.

Je me suis demandé si c'était douloureux pour Amanda d'être incapable de partager un tel récit avec son frère, ou bien si elle s'était entraînée à ne plus rien ressentir. Elle vivait avec lui, mais avec de nettes limites à leur intimité.

Les marionnettes continuaient d'intervenir, surtout quand elle soulevait un sujet difficile, en particulier une chose pour laquelle elle pourrait avoir besoin de sa version. Une fois que les marionnettes prenaient la parole, elle n'avait pas le droit de les interrompre. Ni d'être spontanée, en colère ou frustrée. Entre lui et qui que ce soit d'autre, y compris Amanda, se dressait cet obstacle à l'intimité : la conversation devait être en permanence méthodique.

La soirée s'est terminée dans leur jardin. Tout à fait par hasard, nous avons croisé deux collègues d'Amanda qu'elle a invités à la maison. Ellc a fait fondre des tranches de fromage sur du pain et nous nous sommes assis dehors pour manger et discuter. André a sorti ses marionnettes pour une minireprésentation. Il l'a annoncée avec beaucoup de mises en garde, précisant que ce n'était pas encore au point : il travaillait toujours dessus et n'en ferait peut-être jamais un spectacle satisfaisant. Après quoi, il nous en a joué des extraits. Avec Boo et Sylvie.

Dans la pièce, Sylvie était la fille de Boo. Il lui avait acheté des cubes, mais, une fois rentrés à la maison, voilà qu'elle s'était endormie. Il était déçu et avait essayé de la réveiller doucement, bâillant bruyamment dans son oreille Mais elle avait déjà sombré dans un profond sommeil et ronflait. Il avait alors quitté son chevet et commencé à s'intéresser aux cubes. Il s'était mis à en faire quelque chose – difficile d'imaginer de quoi il s'agissait, mais c'était haut plutôt que rond. Depuis qu'il avait été signalé que Sylvie ronflait, l'action était interrompue toutes les dix secondes environ par un ronflement émis par André. Cet acte de la pièce se terminait sur la construction de Boo prenant vie, puis disparaissant. Très inquiet d'avoir gâché son cadeau, Boo partait à sa poursuite.

Tout le monde a applaudi et André a eu l'air très content. Pour la première fois de la soirée, il s'est départi des marionnettes et s'est assis dans l'herbe. Je suis allé à la cuisine avec Amanda chercher les derniers toasts au fromage fondu et elle m'a conseillé de ne pas interroger André sur la pièce, ce qui avait été mon intention première. Cette dernière m'avait étonné. Les marionnettes offraient un système permettant de faire face, m'étais-je dit jusque-là. Et pourtant, elles étaient devenues ce soir-là un mode d'expression. Quelque chose de créatif, et non plus de simplement thérapeutique, était en jeu. Mais Amanda m'avait demandé de ne pas le questionner plus avant et j'ai acquiescé. De toute façon, il se faisait très tard et André avait l'air calme, un peu comme s'il avait été assis au fond d'une piscine, se délectant temporairement de la sensation d'être immergé dans de l'eau fraîche et entouré par le silence des profondeurs.

Après avoir fini de manger, nous avons décidé de dormir dehors. Amanda est allée chercher un chauffage électrique, et André et moi l'avons aidée à sortir des sacs de couchage et quelques vieilles couettes qu'il avait achetés autrefois dans une brocante. André et moi nous sommes installés côte à côte. Il s'est de nouveau mis à évoquer son travail, me racontant les recherches en cours sur la compréhension par les ordinateurs du langage des signes, un autre pas vers le développement de la vision artificielle.

Tandis qu'André parlait, j'essayais de déterminer s'il me disait ça pour m'expliquer ses propres difficultés avec la langue, ou parce que c'était un problème intéressant et central de ses recherches. J'ai tenté de l'imaginer au travail. Je me demandais si, dans un laboratoire d'informaticiens, son autisme et son utilisation des marionnettes étaient vus comme une excentricité, du même ordre que travailler dans un tube en papier alu, comme le faisait un autre de mes amis informaticiens.

Je n'ai pas été autorisé à l'accompagner à son laboratoire. Amanda avait été très stricte à ce sujet dans un mail qu'elle m'avait envoyé avant mon arrivée à Boston. Je m'inquiétais du fait que, si tous me fermaient des pans de leurs vies de cette manière, je ne parviendrais jamais à terminer le livre. Et j'avais insisté là-dessus dans ma réponse à Amanda. Mais, après une nuit chez eux et cette soirée, ma préoccupation me semblait tout à coup déplacée. À la fin du petit déjeuner, le lendemain matin, elle me paraissait même carrément ridicule : il n'y avait pas de cachotteries. De toute façon, Amanda m'avait raconté qu'elle n'allait jamais au laboratoire d'André non plus. Elle sentait qu'il avait besoin d'un espace bien à lui, où il n'aurait à se préoccuper ni de son aide ni de mes analyses.

J'ai donc laissé André finir de parler de son travail, puis nous avons contemplé le ciel, dont les bords se déchiraient pour laisser entrer la lumière matinale, nous échangeant mille et une questions rapides sur de récentes missions spatiales. Je ne me rappelle plus lequel de nous deux s'est endormi le premier.

Nous nous sommes retrouvés autour du petit déjeuner le lendemain matin, nous plaignant de nos gueules de bois. Tandis qu'André préparait des *pancakes* dans le micro-ondes, j'ai vérifié si l'interdiction d'Amanda, la veille, à propos des marionnettes, était levée. Elle m'a fait signe que oui et, tandis que je préparais les œufs et elle les jus de fruits, j'ai demandé à André à quand remontait son intérêt pour les marionnettes. Avait-il lu un livre ? Vu une publicité pour un cours ?

Il n'a pas répondu tout de suite. Après un moment de silence, il a essayé de changer de sujet et m'a parlé d'un entretien d'embauche où il avait emporté Boo : la réceptionniste avait bien tenté de le renvoyer, mais le professeur l'avait reçu malgré tout. Il lui avait expliqué avoir fait passer des entretiens à des gens qui mentaient sur leurs diplômes ou sur des articles « à paraître », et que, puisqu'il n'y avait vraiment aucun moyen d'être certain de qui était le meilleur candidat ou le plus capable, ni de savoir avec lequel il serait sensé de travailler, il offrirait le poste à André qui s'était servi d'un nouveau truc – une marionnette – pour faire impression. André avait quitté ce poste au bout de six mois, quand le professeur avait épousé une étudiante de troisième cycle et s'était envolé pour une lune de miel d'une année, avec pour conséquence le retrait des sponsors du projet.

Amanda avait attendu qu'André finisse son histoire.

« Il a rencontré quelqu'un qui s'intéressait aux marionnettes », a-t-elle expliqué à sa place.

André s'est raclé la gorge et s'est concentré de nouveau sur sa nourriture.

« Ils sont devenus très proches.

– C'était quelqu'un au travail ? » ai-je demandé à André.

Il a secoué la tête.

« Il a connu ce type dans un centre pour jeunes délinquants », a poursuivi Amanda.

J'ai reposé ma fourchette et levé les yeux vers elle.

« André s'y est retrouvé pendant une année. »

J'ai jeté un coup d'œil vers lui. Il avait poussé son assiette sur le côté et se tenait des deux mains aux bords de la table, comme s'il cherchait à l'empêcher de glisser sur son ventre.

« André avait un milk-shake dans les mains, un gars l'a bousculé et le milk-shake lui a coulé dessus, m'a raconté Amanda, et il se peut que ça n'ait pas été par accident mais bien par pure méchanceté. Quoi qu'il en soit, André a perdu son sang-froid. Il s'est mis à tabasser le gars, l'a mis à terre et n'a pas cessé de frapper. Il a fallu l'emmener. »

Elle s'est arrêtée un moment pour avaler une gorgée.

« Il a fallu un bout de temps pour tirer ça au clair, mais on a eu de la chance que l'avocat général ne plaide pas la tentative d'homicide. André avait massacré ce garçon. Il lui avait cogné la tête contre le trottoir. Il y a eu hémorragie interne. On a mis cela sur le compte de ses antécédents médicaux. »

Amanda a soupiré, puis elle a soulevé son assiette et l'a déposée sur le plan de travail derrière elle. Par la fenêtre de la cuisine, elle a jeté un coup d'œil dans le jardin où nous avions passé la nuit. Les sacs de couchage mouillés par la rosée avaient été mis à sécher. La tête me tournait. J'ignorais tout de cette histoire. André pleurait. J'ai essayé de tendre la main vers son épaule, mais il a tressailli et s'est écarté de moi. Il s'est levé et a quitté la pièce.

« Pourquoi me raconter ça ? » ai-je demandé.

Amanda n'a rien répondu.

« Je n'avais pas besoin de cette info. Tu aurais pu me la donner en son absence.

– Il faut lui rafraîchir la mémoire, Kamran, il le faut. Il a failli tuer quelqu'un ! Il ne peut pas se permettre de l'oublier. C'est trop grave. »

Elle avait parlé avec précipitation, puis m'a dévisagé fixement, ne me lâchant pas jusqu'à ce que je réagisse. Ça m'a pris au moins une minute.

« Tu es la seule qui puisse te le permettre », ai-je constaté.

Elle s'est retournée pour regarder une nouvelle fois par la fenêtre. Nous sommes restés assis en silence quelque temps, puis avons débarrassé la table. Pendant que je faisais la vaisselle, Amanda s'est mise à la recherche de son frère.

Amanda et moi étions plantés près des balustrades d'où nous regardions les gens arpenter le hall de l'aéroport, se cherchant les uns les autres ou vérifiant les tableaux d'affichage des départs. André n'était toujours pas revenu et l'embarquement de mon vol venait d'être annoncé. Ni Amanda ni moi ne voulions aller à l'accueil expliquer ce qui s'était passé, alors j'ai décidé d'accepter de perdre mon billet et d'en réserver un autre pour plus tard dans la journée.

Amanda a longuement insisté sur le fait qu'André gagnait bien sa vie maintenant, et que je devais l'obliger à payer. Mais je n'en avais pas envie. J'aurais aimé être en colère, sauf que je n'y arrivais pas. J'avais aussi envie de croire, comme Amanda l'avait suggéré, qu'André voulait peut-être me voir rester un peu plus longtemps et que ceci, bien que mû par la colère, était plutôt amical, un genre de blague. Mais je n'y arrivais pas non plus. Alors je me suis retrouvé planté là à contempler le mouvement fluide des allées et venues, hochant la tête de temps à autre et discutant avec Amanda.

Au début de mon séjour, je m'étais dit que les marionnettes étaient comme des intermédiaires, qu'André se débattait avec la conversation, mais que, par le biais des marionnettes, il avait trouvé accès à la notion de conversation comme spectacle. C'était ce que j'espérais en tout cas. À voir sa pièce dans le jardin, l'autre soir, il m'avait encore semblé que ça pouvait être ça.

On effectue tellement de choses en conversant. On essaie de se faire rire mutuellement, on construit des intrigues, on partage des idées, et, tout aussi important peut-être, on critique et on analyse, on lance même de petites piques !

L'autre élément de la conversation – ce à quoi André, à mon sens, aurait dû avoir accès, plus que tout, même –, c'était la spontanéité. À travers la conversation, on adopte des points de vue et des idées auxquels l'on n'aurait jamais songé sinon. Vous avez lancé quelque chose durant une dispute, peut-être même de manière véhémente, que vous ne saviez pas jusque-là avoir en vous. Vous avez raconté une histoire que vous aviez oubliée, ce qui n'est pas toujours une bonne idée. Et j'ai du mal à affirmer que le véritable pouvoir de la conversation, c'est de vous apprendre l'authenticité. Après tout, vous avez aussi regretté ce que vous avez dit sous le coup de la colère. Et l'avez modifié. Vous êtes revenu dessus, vous êtes excusé, vous êtes même demandé d'où c'était sorti !

Pourtant, il y a quelque chose de puissant en jeu ici, et j'avais espéré qu'André en serait conscient, ne serait-ce qu'à travers les marionnettes. C'est à cause de la nature spontanée de la conversation, par exemple, que les débats sont plus intéressants que les discours. Ce sont les élections présidentielles nord-américaines qui en offrent peut-être la meilleure illustration. Les discours de campagne sont importants et, quand ils sont bien faits, ils vous dévoilent vraiment quelque chose sur la personnalité du candidat. Mais les débats sont mieux. Comme souvent avec la politique nord-américaine, c'est le feuilleton télévisé *The West Wing** qui en offre la meilleure illustration.

Le président Bartlett se présente contre le gouverneur Ritchie. Les parallèles entre Gore et Bush en 2000 sont voulus. Ritchie est un conservateur charismatique qui dirige une bonne compagnie, il a du bagout, sait motiver ses fidèles et séduire les électeurs modérés au cœur du pays. Bartlett, d'un autre côté, bien qu'il soit le candidat sortant, est perçu comme professionnel, fier, intelligent, libéral, mais pas vraiment en contact avec les valeurs traditionnelles. À la veille du seul débat de la campagne, les sondages d'opinion donnent les deux candidats pratiquement *ex æquo*.

* Série télévisée américaine autour de la politique américaine et intitulée, en France, *À la Maison Blanche*.

Avant le débat, Bartlett a passé vingt-quatre heures en huis clos à se concentrer avec ses conseillers et à répéter ses phrases. Il offre un bon spectacle, mais Ritchie aussi. Puis, vers la fin du débat, une question est posée sur la criminalité, une question cruciale, et Ritchie offre une réponse fabuleuse, courte, précise. C'est au tour de Bartlett. Il fait une pause. La caméra zoome avant et Bartlett lance : « Il l'a donnée, la réponse en dix mots. Alors que mes conseillers l'ont cherchée toute la semaine ! Ce genre de réponse est censé être le point clé d'une élection. Mais j'ai une question à poser au gouverneur Ritchie. Quels sont ses dix mots suivants ? »

C'est une réplique superbement arrogante. Ce qui la rend encore meilleure, c'est que, plus tôt dans le feuilleton, on a vu les conseillers de Bartlett essayer de trouver leur propre version de la fameuse réponse en dix mots. Ils l'ont désespérément cherchée, et n'y sont pas parvenus. Donc, ce n'est pas que Bartlett rejette la tactique en soi. Il demande simplement : Pouvez-vous tenir une conversation ? Ne craignez pas les pressions. Faites-vous confiance. Exprimez la prochaine chose qui vous vient à l'esprit. Et dites-moi, quels sont les dix prochains mots ? C'est ça, le défi conversationnel ! Il faut les dix prochains mots. Et on n'a pas le temps de les préparer à l'avance.

Bartlett dit en substance à Ritchie, et aux électeurs américains par la même occasion, qu'il sait pertinemment que ce sont ses conseillers qui lui ont soufflé la réponse en dix mots. Les siens ont tenté de faire de même, d'ailleurs. Mais Ritchie a-t-il sa réponse, lui ? La question implicite est : « Êtes-vous suffisamment intelligent ? » Mais, plus important encore : « Êtes-vous doué pour la conversation ? »

Bartlett vient de le faire – il a parlé de manière libre – et tout à coup c'est Ritchie qui a l'air bête, non seulement parce qu'il n'a pas plus que les dix mots écrits par ses conseillers pour répondre aux préoccupations des électeurs, mais parce qu'il ne fait pas confiance à son instinct. Ritchie avoue en aparté à Bartlett, à la fin du débat : « Vous m'avez tué, ce soir. » Bartlett a ôté les carapaces empilées par ses conseillers et a simplement fait la conversation. Ritchie, en revanche, n'a pas été à la hauteur.

André n'est pas à la hauteur non plus. Il ne peut pas se dérober. Il ne peut pas s'élancer. Pas même avec ses marionnettes. Ces dernières offrent plutôt une défense supplémentaire contre la rupture de sa cohérence locale qu'un moyen d'émancipation.

Alors il essaie, ainsi que je l'ai vu faire à l'extérieur, d'abord d'atteindre la cohérence locale, puis de se protéger en mettant les choses les plus complexes à l'arrière-plan et en se concentrant sur l'acte de tapoter un crayon contre la surface d'une table, ou bien sur celui d'aligner des verres vides. En cas d'échec, les marionnettes sont l'étape suivante de sa stratégie. Et quand celles-ci ne fonctionnent pas non plus, si quelqu'un les interrompt par exemple, quand la cohérence locale lui échappe, il perd immédiatement son sang-froid, sans même prendre le temps de réfléchir.

Il y aurait un autre moyen d'appréhender la première rupture de cohérence locale. André pourrait ramener sur le devant de la scène les choses qu'il a tenté de mettre au second plan. Il pourrait carrément admettre la défaite, se débattre avec les aléas de la vie, comme tout le monde. Mais il ne le fait pas. À la place, quand il est confronté à une forte émotion ou à une expérience déconcertante, il sort une marionnette. Il se sert de la technique de soutien. Il l'a développée pour la première fois lors de son enfermement en institution, après qu'il avait frappé le crâne de quelqu'un à plusieurs reprises contre un trottoir…

Mais Amanda n'avait pas envie de me parler de ça tandis que nous attendions son frère. Je n'allais rien apprendre de plus sur le temps qu'il avait passé enfermé. Et je n'avais pas envie de me focaliser là-dessus non plus. Alors nous sommes restés plantés là, à scruter le hall de l'aéroport et à contempler la lumière changeante du coucher du soleil, observant le ballet du personnel dans les boutiques et les kiosques, les bonjours et les au revoir, le temps que les gens attendaient après avoir accompagné quelqu'un.

Ont-ils croisé les bras et soupiré ? Sont-ils restés plantés là à regarder d'autres personnes pendant quelque temps, ou ont-ils inspiré une bonne fois pour toutes avant de reprendre le cours de leur vie ?

# 2.

« Livraison spéciale », gazouillait le radio-réveil chaque matin à 4 h 30 pour réveiller Randall, qui essayait de l'éteindre avant qu'il se remette à parler. Randall prenait sa douche dans la salle de bains au bout du couloir, où il avait laissé ses vêtements de travail, pour éviter de troubler le sommeil de son compagnon, Mike. Ce dernier travaillait d'ordinaire mieux tard le soir, après que Randall s'était couché. Il écrivait son premier roman et il pouvait lui arriver de s'endormir une heure avant que Randall se lève.

Ils avaient néanmoins décidé qu'il était important de partager le même lit, et tous deux avaient appris à se mouvoir dans l'obscurité et à enlacer l'autre juste pour lui offrir un sentiment de proximité sans le réveiller.

Une fois prêt, Randall mangeait deux fruits, prenait son sac, et se plantait près de la fenêtre de la cuisine pour regarder le jardin. Ensuite, il attachait son casque et se mettait dans la position de départ du sprinter. Il prenait sa montre, attendait que les aiguilles soient sur 3, 6, 9 ou 12, puis filait. Il détachait son vélo, faisait trois ou quatre foulées à côté, sautait dessus et se mettait à pédaler. Il roulait au milieu de la rue, les yeux fermés, occupé à compter jusqu'au moment où il savait qu'il lui faudrait tourner.

Mike et lui vivaient dans une banlieue chic de Chicago dont les habitants ne s'activaient que bien plus tard dans la matinée. Quand, de temps à autre, il y avait un véhicule, Randall l'entendait – c'était un bruit bien particulier qui contrastait généralement avec le bourdonnement continu des lampadaires, et il le percevait assez clairement pour deviner sa position et la direction qu'il allait prendre. C'est à regret qu'il ouvrait les yeux, laissant derrière lui les rues des quartiers huppés. Il n'avouait pas à Mike qu'il les ouvrait de plus en plus tard chaque matin, même si ce dernier le soupçonnait.

Tandis qu'il se rapprochait de la ville, le lever de soleil se profilait et les sons se faisaient de plus en plus variés. Entre le soprano des lampadaires et la percussion d'un système d'arrosage laissé ouvert durant l'été, l'espace se remplissait du mugissement des camions et du vrombissement des voitures. Randall aimait les bruits de la ville – ils le calmaient car ils étaient extérieurs à lui, et continus. Les sons lui donnaient l'impression qu'il y avait un filet de sécurité, si bien que, même s'il fermait de nouveau les yeux, il imaginait qu'il atterrirait sans égratignures.

Il lui fallait environ une heure pour arriver au travail. Et il était généralement le premier cycliste. Il travaillait comme coursier. Sa routine consistait à garer son vélo, à manger un *doughnut* pris dans le paquet que son chef achetait chaque matin, à frotter ses jambes avec le baume que la mère de Mike lui préparait, puis à aider son chef à organiser les livraisons de la journée.

La compagnie qui l'employait effectuait de nombreuses livraisons nationales ou internationales pour les quartiers d'affaires de Chicago, et prenait aussi des appels pour des livraisons en ville. Et, parce que les entreprises avaient des demandes et des heures de livraison différentes, organiser ces dernières ainsi que les itinéraires des coursiers s'avérait plutôt délicat.

Son chef était un homme beaucoup plus âgé qui appréciait l'aide de Randall. Ils travaillaient côte à côte en silence jusqu'à ce qu'ils aient terminé ; après quoi, ils buvaient un café et mangeaient d'autres *doughnuts* avant que le restant des cyclistes arrive et que, avec Randall, tous se mettent en route pour la matinée.

Randall s'acquittait bien de sa tâche, même s'il faisait des erreurs de temps à autre. Il se sentait, par exemple, incapable de s'approcher à grandes enjambées d'une réception quand il y avait du monde et se plantait donc dans un coin jusqu'à ce que les gens se dispersent. Ça pouvait prendre cinq, dix ou vingt minutes. Si ça se reproduisait plusieurs fois dans une matinée, Randall dépassait les délais de ses livraisons. Il n'aimait pas davantage pédaler si les bruits et les textures ne lui convenaient pas. Si ses freins étaient un peu grippés, ou si la chaîne ne tournait pas aussi facilement qu'elle aurait dû, il descendait alors de son vélo, sortait ses outils et entreprenait des réparations. À cause de cela aussi il dépassait les délais. Il savait qu'il était important de les respecter et l'imminence d'un retard le rendait nerveux, mais il le devenait encore plus si son vélo n'était pas en parfait état de marche. Il perdait alors ce talent qu'il avait pour manœuvrer entre les véhicules, oubliait les raccourcis et se révélait incapable de gérer les nouveaux colis que les clients lui confiaient. Mais, quand il avait eu une mauvaise journée, son chef le défendait. Ce n'était pas pour ça que Randall arrivait avant les autres cyclistes chaque matin, mais c'était pour ça qu'il ne l'en empêchait pas, par contre !

Les coursiers ne savaient pas ce que renfermaient leurs paquets. Parfois, une personne était tellement impatiente d'ouvrir un colis qu'elle le faisait sur-le-champ, et le coursier en apercevait alors le contenu ; il arrivait aussi qu'un colis à enlever ne soit pas encore tout à fait prêt. Mais généralement ce n'étaient que des paquets anonymes, ne se distinguant les uns des autres que par leur forme, leur taille, l'écriture ou bien les caractères imprimés sur l'étiquette. Le jour où je suis venu à Chicago, Randall avait eu l'occasion de voir le contenu de deux de ses colis.

Le premier était sa toute première livraison de la journée, qui était souvent pour la même boîte, un cabinet d'avocats près de la Sears Tower. Randall connaissait bien ce building ; il savait quels réceptionnistes travaillaient quel jour, et même à quel moment l'avocat, qui demandait parfois à recevoir le paquet en main propre, prenait ses vacances annuelles en Alaska. Ce matin-là, Randall avait été dirigé vers le bureau de l'avocat en question. Ce dernier, occupé à rédiger un mail, a demandé à Randall s'il pouvait ouvrir le paquet en attendant sa signature, afin qu'il puisse s'assurer que ce colis était bien celui qu'il attendait. Randall a hésité – il n'avait jamais eu à satisfaire une telle requête –, puis il a finalement ouvert le paquet avec beaucoup de précautions. À l'intérieur, il a découvert un pull en laine verte qu'il a sorti et déposé sur le bureau. Quand il a levé les yeux, l'avocat a eu un large sourire, puis a déclaré : « J'espère que c'est la bonne taille, les filles à la réception avaient l'air de penser que oui. »

Quant au second contenu, il l'avait vu avant la fermeture du paquet. Il récupérait souvent des colis en même temps qu'il en livrait d'autres et, plus tard dans la matinée, il avait effectué une livraison auprès d'un autre client régulier. Ce dernier, propriétaire d'un magasin porno, l'a remercié puis a déposé un revolver sur la table.

« Pouvez-vous me livrer ça ? À l'autre bout de la ville ? »

Randall a expliqué que tous les enlèvements devaient passer par la compagnie. Son client a acquiescé et a passé un coup de téléphone, s'arrêtant pour évaluer le poids du revolver en le soupesant et donner son estimation au chef de Randall à l'autre bout du fil. Puis il a glissé le revolver dans l'une des enveloppes mises à la disposition des clients réguliers et la lui a tendue.

« Est-ce qu'il a dit à ton chef qu'il s'agissait d'un revolver ? » lui ai-je lancé tandis que Mike, Randall et moi attendions le début du film dans leur cinéma de quartier.

Ils y allaient toujours le mercredi soir et j'étais content qu'ils m'invitent à les accompagner.

Randall a secoué la tête :

« Généralement, si c'est un client régulier, on ne pose pas de question. On sait ce qu'ils envoient. »

Cette réponse faisait preuve de la même littéralité que celle d'André. Ce dernier nous avait un jour parlé d'un voisin qui, peu de temps après son emménagement, lui avait demandé qui il était un soir où il montait les marches de sa propre maison. André lui avait montré sa clé, et l'incident avait été clos. L'homme avait tourné les talons et lancé : « C'est simplement qu'il n'y a pas beaucoup de gens de couleur par ici. » Amanda et moi étions choqués quand il nous avait raconté ça, nous voulions savoir qui était cet homme et dans quelle maison il habitait. Mais André ne nous comprenait pas : l'homme en question n'avait pas été impoli avec lui. Il était même plutôt ravi que les gens surveillent le quartier avec vigilance. Et, c'était vrai, Amanda et lui étaient bel et bien les seuls « gens de couleur » de la rue.

On ne pouvait imputer cette réaction à de la simple innocence. André avait été en butte à des attitudes racistes auparavant. On l'avait déjà insulté bien plus ouvertement. Ce n'était pas non plus qu'il ait eu en lui une conception heureuse et souriante du monde. De la même manière, Randall savait bien qu'il fallait demander si le revolver était chargé et la sécurité en place. Il s'y connaissait un peu en armes, puisque Mike et lui allaient parfois chasser quand ils rendaient visite aux parents de ce dernier à la campagne. Donc, ce n'était pas comme s'il ne se rendait pas compte de ce qu'était un revolver ou n'avait pas la moindre idée de son utilisation.

C'était du littéral, effectivement. Un client lui avait demandé de livrer un colis. On ne l'avait jamais informé jusqu'ici qu'il pouvait refuser une livraison. La seule règle était simplement que le service des enlèvements devait être prévenu : son chef devait au préalable vérifier que le coursier aurait bien le temps d'effectuer la livraison, après quoi seulement le paquet serait encodé. Ce qui avait été fait. Il n'y avait donc aucune raison pour que Randall n'emporte pas le paquet en question. Il y avait une interprétation possible de la situation selon laquelle il était parfaitement acceptable de livrer un colis contenant un revolver, et c'était celle-là que Randall avait suivie, parce que c'était la plus simple, la plus étroitement en accord avec sa manière de fonctionner en tant que coursier.

À la fin du film, Randall et Mike sont restés assis au premier rang. Nous avons regardé la liste des remerciements se dérouler jusqu'à la fin et ils n'ont toujours pas bougé. Puis Mike s'est levé et a jeté un regard circulaire dans la salle vide.

« Bon, voilà ce qu'on va faire », a-t-il lancé, et Randall et lui se sont mis à sauter par-dessus les fauteuils du premier rang. Puis ceux du suivant. Et du suivant encore. Tous les deux riaient en faisant la course. J'ai suivi derrière, observant leur technique et essayant de ne pas perdre de terrain. Mike a gagné haut la main, Randall est arrivé deuxième, et moi je me suis traîné en dernière place. Tous deux m'ont présenté leur main pour que je tape dedans. On était debout, haletants, contemplant la salle vide et les fauteuils qui s'étalaient sous nos yeux comme des champignons.

« Prêts ? » a dit Randall.

J'ai de nouveau perdu. Randall a attrapé le pied gauche de Mike à mi-course et lui a dérobé sa chaussure. Mike a crié, mais c'est son rire qui a pris le dessus. Il a récupéré sa chaussure, qu'il a lancée vers l'avant de la salle tout en continuant de sauter par-dessus les fauteuils. Randall a gagné et nous attendait, rayonnant, la chaussure de Mike à la main tel un trophée.

En sortant du cinéma, Randall a rallumé son portable et l'a tendu à Mike, qui a vérifié ses messages.

« Hé, est-ce que tu as donné ton numéro au gars du revolver ? lui a demandé Mike.

– Il voulait vérifier quand le colis avait été livré.

– Et c'était en fin de journée ? »

Randall a hoché la tête. Mike a secoué la sienne, puis il a gloussé.

« Je viens d'entendre deux autres types sur ton portable qui veulent que tu livres des paquets pour eux. Et ils disent "paquets" d'une drôle de manière, comme si c'était un nom de code. Tu sais de quoi il s'agit ? »

Randall s'est assis sur un banc. Il a posé les mains à plat sur ses genoux et fixé un point entre ses pieds.

« Merde de merde ! Randall va devenir coursier de flingues ! » s'est exclamé Mike.

Il s'est tourné vers moi, l'air interrogateur : pourquoi ne riais-je pas ? Je regardais Randall. Il était complètement immobile.

« Tu peux les appeler, s'il te plaît, Mike, et leur dire de contacter le bureau ? »

Mike a acquiescé et s'y est attelé immédiatement. Je me suis assis à côté de Randall et lui ai demandé s'il avait besoin de quoi que ce soit. Il a marqué un temps d'arrêt et m'a prié de bien vouloir m'éloigner de lui. Je me suis levé. Mike s'est avancé vers moi, le téléphone à la main.

« Tu peux m'appeler le second numéro ? m'a-t-il lancé. Attends, j'ai le premier en ligne. »

Puis il s'est éloigné à nouveau. La conversation n'a pas duré très longtemps.

« OK, d'accord. Hé, tu peux m'appeler le second ? Ça sera drôle quand ce type entendra un accent *british* au bout du fil. Qu'est-ce que tu en penses, Randall ? »

Randall a levé les yeux et hoché la tête. J'ai haussé les épaules et pris le téléphone des mains de Mike. Il sonnait déjà. J'ai fermé les yeux et me suis concentré sur mon pied gauche qui tapait la mesure. Je n'étais pas doué pour les appels téléphoniques, que j'évitais autant que possible. Je les trouvais difficiles, parce que j'étais alors dans l'incapacité d'observer la réaction de mon interlocuteur et m'inquiétais de ne pas être en mesure de capter suffisamment d'informations d'après le ton de voix. Du coup, j'envoyais plus volontiers des mails. Au travail, j'allais voir les gens dans leur bureau et, à la maison, je laissais souvent le téléphone sonner dans le vide ; après quoi, je vérifiais le numéro et rappelais le correspondant, comme ça je savais au moins à l'avance à qui je m'adressais.

J'ai été renvoyé vers une boîte vocale. J'y ai laissé un bref message et j'ai raccroché. Mike a avancé très lentement la main vers la tête de Randall.

« Ça va aller, mon cœur, ça va aller », lui a-t-il dit doucement.

Il a posé sa main sur la tête de Randall et l'a passée dans ses cheveux en cercles doux, lui murmurant de temps à autre quelque chose d'incompréhensible. Au bout d'un moment, Randall s'est levé et ils se sont pris dans les bras. Mike m'a adressé un clin d'œil par-dessus l'épaule de Randall. Quand ils se sont reculés, il a conclu : « Rentrons à la maison. »

À mon arrivée, Randall et Mike étaient au beau milieu de leur « francisation ». Avant chaque voyage à l'étranger, ils utilisaient cette technique d'acquisition intensive d'une langue. Ils réglaient tous les menus de leurs appareils dans la langue du pays qu'ils allaient visiter, que ce soit leurs portables, la télévision ou le lecteur de DVD. Ils achetaient des journaux et des magazines du pays concerné et les laissaient traîner, enfin, ils collaient des Post-it sur tout.

Mike m'a initié à leur méthode le lendemain en me faisant faire le tour du propriétaire. L'étiquetage était pour le moins exhaustif. Le moindre objet était répertorié, qu'il s'agisse des bibelots dans la vitrine à côté de leur table de salle à manger ou des nombreux produits de toilette dans leur chambre à coucher ! Ils avaient déjà fait ça pour l'allemand et l'espagnol, et maintenant, avec un voyage à Nice en perspective, les voilà qui apprenaient le français.

En fait, ce n'était pas vraiment de l'apprentissage. L'objectif essentiel de l'exercice était la reconnaissance de termes courants. Randall s'en tirait parfois un peu mieux – il possédait quelques rudiments de grammaire. Pour Mike, l'enjeu était de connaître le mot français pour *towel*, par exemple. Ainsi, une fois devant la femme de ménage à l'hôtel, il pourrait reconnaître le mot et, à partir de ses gestes ou du contexte, deviner le reste.

« Et quel est le mot français pour *towel* ? » lui ai-je demandé tandis que nous étions dans la troisième des sept salles de bains.

C'était une maison immense. L'escalier principal était tellement large qu'on aurait pu y tourner une scène de film d'espionnage. Il ne manquait plus qu'un cochon de lait posé sur un plateau d'argent au centre de la table de la salle à manger pour compléter l'effet.

« En fait, pour *towel*, c'est un peu difficile. »

Mike a haussé les épaules. C'est dur de coller un Post-it sur une serviette. Mauvais exemple.

« Et ça marche, pour Randall ?

– Il est incroyablement doué pour reconnaître les mots. D'ordinaire, il les comprend tandis que moi j'essaie de saisir le reste. C'est un bon équilibre. C'est comme ça que les relations fonctionnent, non ? »

J'ai hoché la tête. Plusieurs fois. Je sentais que Mike s'attendait à ce que je trouve leur relation suspecte. Il savait que j'avais parlé aux parents de Randall, et qu'ils n'étaient pas convaincus – leur manque de conviction ne tenant ni au fait que leur fils soit homosexuel ni à celui qu'il soit en couple. Randall et Mike étaient ensemble depuis près de quatre ans. Ils s'étaient rencontrés un été où Mike avait travaillé dans l'entreprise en bâtiment de son père, pour laquelle Randall effectuait des livraisons. C'était leur première relation à tous les deux. Ils avaient emménagé ensemble six mois après.

Les autistes ne sont généralement pas doués pour les relations amoureuses, qui regorgent de difficultés de communication. Les relations sont complexes, pas vraiment propices aux règles ou à la cohérence locale. Mais les barrières peuvent aussi être plus simples que cela : de nombreux autistes fuient le contact physique, ils ne le supportent pas, ça leur est impossible à gérer.

Enfant, durant plusieurs années, j'ai fait des crises qui empiraient si mes parents cherchaient à me calmer en me prenant dans leurs bras. Et je me souviens d'un enfant croisé avec sa mère dans un parc, à l'époque où j'étais étudiant. Il ne disait rien – il ne savait pas encore parler. Il faisait beau ce jour-là, et sa mère a voulu lui enlever ses chaussures pour qu'il sente l'herbe sous ses pieds. Mais, dès qu'elle l'a fait, il s'est mis à pleurer et s'est hissé avec difficulté sur un banc. Au début, elle n'a pas compris : elle croyait qu'il avait besoin d'être convaincu et a donc enlevé ses propres chaussures, qu'elle lui a montrées. Puis elle l'a soulevé du banc pour le remettre debout, par terre. Il a fait quelques pas, puis a cherché ses bras afin qu'elle le soulève. Elle a tenté de lui résister, mais il s'est mis à crier et elle a dû céder. Il ne supportait pas cette nouvelle sensation sur la plante de ses pieds. Quand ce genre de chose m'arrive, j'ai l'impression qu'on m'a renversé de l'eau dessus et que je dois essayer de l'absorber avec des Kleenex, mais il y a trop d'eau et les Kleenex deviennent spongieux tandis que l'eau continue de couler.

Alors que certains autistes font l'expérience de ce genre de surcharge sensorielle, d'autres préfèrent être serrés très fort. Pour ceux-là, Temple Grandin, qui a écrit sur son autisme et dessine parallèlement des plans d'abattoirs, a mis au point la « boîte à câlins ». Cette dernière est composée de deux planches rembourrées et fixées au fond de façon à former un V à l'intérieur duquel l'utilisateur s'allonge ou s'accroupit. Un levier pousse un cylindre à air comprimé, qui à son tour pousse les planches l'une contre l'autre. La machine offre alors une forte pression qui stimule de manière égale les parties latérales du corps. On s'en sert dans de nombreuses écoles pour autistes. Les écoliers qui ont eu une mauvaise journée ont la priorité. Certains enfants apprécient davantage de courtes périodes, d'autres y restent jusqu'à une demi-heure. Mais la boîte à câlins me dérange : je n'aime pas imaginer de jeunes autistes grimpant dans cette machine et « s'automédicant » de cette manière. Il ne me paraît pas sage de les encourager à rechercher l'enfermement sur eux-mêmes.

La veille au soir, j'avais vu un type de contact différent lorsque Mike avait caressé les cheveux de Randall. J'avais observé comment ils avaient fonctionné quand Randall s'était agité à cause des messages sur son portable. Randall était content d'être touché et, plus que tout, de l'être par Mike.

Nous nous sommes avancés vers les pièces suivantes. C'était étrange de penser qu'ils vivaient dans une maison aussi grande. En un sens, ça donnait l'impression que leur relation était une expérience, comme si la maison était le cadeau de producteurs d'un programme de télé-réalité, truffée de caméras cachées. En fait, Mike en avait hérité du frère cadet de son père, Stephen, ou Onc'Tevey, ainsi qu'ils le surnommaient.

Onc'Tevey s'était suicidé après avoir découvert qu'il avait été adopté. Mike m'en avait parlé à condition que je n'en conclue pas que son oncle était autiste. Il était architecte comme le père de Mike, mais dans un autre cabinet qui marchait très bien. Il vivait seul, collectionnait des photos d'ovnis mais n'y croyait pas, et construisait des maquettes qu'il détruisait ensuite. Il écrivait de longs essais philosophiques qu'il gardait dans un tiroir fermé à clé. Son testament contenait deux instructions : « La maison doit aller à Mike ; il faut brûler toutes mes affaires. »

C'est lors d'une réunion de famille qu'Onc'Tevey avait découvert qu'il avait été adopté. Le père de Mike lui avait dit quelque chose en l'appelant par son prénom et leur mère, qui vieillissait rapidement depuis une attaque six mois auparavant, avait annoncé tout à trac : « Ce n'est pas son prénom. C'est celui qu'on lui a donné, nuance. Personne ne le connaissait, au départ. »

Après quoi, Onc'Tevey a disparu pendant près de trois semaines. À son retour, il avait l'air bien. Il n'a pas raconté où il était allé. Aucune lettre n'est arrivée ensuite laissant entendre qu'il était parti en quête de ses parents naturels. Il est revenu, a repris son travail, et a continué à voir sa famille. Et puis, quatre mois plus tard, assis sur un banc dans un parc en fin de soirée, il s'est tiré une balle.

« Il marmonne l'anglais dans sa barbe », a poursuivi Mike.

On était en haut des escaliers et on regardait par les Velux. J'étais occupé à me demander si, au crépuscule, des rayons lumineux descendaient jusque dans le couloir.

« Pardon ?

– Quand on est à l'étranger et qu'il entend un mot familier, il le traduit sur-le-champ et le marmonne dans sa barbe.

– Tu fais ça, toi ? »

Mike s'est retourné vers moi.

« Bien sûr que non.

– Pourquoi lui le fait, alors ?

– Il est très rapide pour ça. S'il connaît un mot, il trouve sa traduction en un rien de temps. »

Mike a sursauté. On frappait à la porte. Il s'est arrêté un instant, puis est allé répondre. Debout en haut des escaliers, je me suis rendu compte que les yeux de Randall et ceux de Mike étaient de la même couleur, un gris-bleu qu'on aurait dit récemment mélangé, et qu'ils étaient vifs et très mobiles. Ni l'un ni l'autre n'avaient de poils sur les mains, et tous deux avaient de longs doigts fins.

Une fois de retour, Mike avait l'air mal à l'aise.

« C'était qui ? ai-je demandé.

– Un type. En costume bleu marine et avec une coupe de cheveux élégante. Il voulait voir Randall et m'a lancé : “Dites-lui que beaucoup de gens estiment qu'il a bien fait son travail.” Rien d'autre. »

Je me suis appuyé contre la balustrade. J'avais repensé à cette histoire de revolver.

« Randall s'y connaît un peu en armes, non ?
– Pas mal, même.
– Donc, c'était un revolver ordinaire, pour autant qu'il puisse en juger ?
– C'est ce qu'il m'a dit.
– Pourquoi lui demander de le livrer à l'autre bout de la ville, alors ? Pourquoi ne pas le faire soi-même en voiture ? Pourquoi payer une course si c'est juste une arme ordinaire, ce qui semble être le cas ? »

Mike a hoché lentement la tête. Puis il s'est retourné et a dévalé les escaliers en courant.

« Gros connards ! » a-t-il crié.

Il a ouvert la porte en grand et l'a crié une nouvelle fois. Mais l'homme était déjà loin. Je l'ai rattrapé et il a claqué la porte.

« Des gros, gros connards.
– C'est surtout connement méchant », ai-je rétorqué.

On était arrivés à la même conclusion : ces types s'étaient amusés aux dépens de Randall. Ils voulaient voir la suite, où ça mènerait. C'était l'équivalent du petit jeu consistant à envoyer le nouvel employé dans la réserve pour y chercher un article imaginaire, ou à proposer un rendez-vous galant à une fille au physique ingrat pour lui poser un lapin ensuite. Mike s'est frotté le front et a remonté les boucles blondes qui lui tombaient régulièrement sur les yeux (Randall avait des cheveux noirs et raides).

« J'aurais dû m'en douter. J'aurais dû m'en douter ! Ce n'est pas la première fois. Il y a eu des réceptionnistes qui lui ont acheté des cadeaux et l'ont emmené dans des bureaux vides pour le mettre à l'épreuve. Et quand Randall a révélé son homosexualité, il y avait un type qui n'arrêtait pas de lancer des insinuations, de le provoquer avec des mimiques, des trucs vraiment immatures. Randall a finalement cessé d'aller dans le bureau de ce type. Il sonnait et attendait sur le seuil. »

Nous nous sommes levés tous deux en secouant la tête.

« Je vais appeler sa boîte pour les informer. »

Mike a sorti son téléphone et il est parti passer son coup de fil.

Tandis que je le regardais s'éloigner, j'ai revu le moment où j'avais commencé à jouer avec la faisabilité de ce livre. J'en avais parlé à mes parents, déplorant de ne pas être vraiment en contact avec quiconque. Nous étions tous trop jeunes à l'époque où nous fréquentions cette école. Comment retrouver mes camarades ? Mon père avait ri et était parti chercher un ancien carnet d'adresses. Il contenait une page avec de vieux numéros barrés plusieurs fois, des bouts de papier collés autour, et la liste de tous les parents de mes camarades. Eux étaient restés en contact, alors que nous, non. S'ils l'avaient fait, c'était surtout parce qu'ils partageaient les mêmes angoisses et aimaient être tenus au courant des soucis de chacun. Ils savaient que leurs enfants luttaient et que leur handicap était à vie – il était peu probable qu'un beau jour tout soit résolu comme par enchantement !

Quel sentiment éprouve-t-on quand on fait éclore une vie aussi fondamentalement différente de la sienne ? Et ce n'est pas une affaire de centres d'intérêt opposés, d'opinions divergentes sur la religion ou d'un partenaire qu'on n'approuve pas forcément, mais bien d'une vie autre, d'une personne qui ne peut tout simplement pas faire les mêmes choses que vous, une personne qu'il faudra protéger jusqu'à ce que vous ne le puissiez plus physiquement. Qui prendra la suite ?

La mère de Randall m'avait parlé du moment, au mariage de la fille d'une amie, où elle s'était rendu compte que son fils ne serait sans doute jamais capable de vivre avec quelqu'un, qu'il ne connaîtrait pas ces étapes de vie-là. Pourtant, il avait rencontré Mike, qui s'était mis à venir à la maison, à bavarder poliment avant de l'emmener au cinéma ou au restaurant. Randall avait commencé à découcher. Et puis, quand le testament d'Onc'Tevey avait été exécuté, Mike avait invité les parents de Randall à venir voir la maison. Ces derniers avaient de l'argent, ils étaient à l'aise sans pour autant être riches, mais n'étaient pas habitués à des demeures de ce genre. Leur fils était censé vivre avec eux, dans cette chambre qui était la sienne depuis ses douze ans, pas dans un lieu pareil. Ce n'était pas un drame – c'était loin d'en être un –, mais ça demandait un temps d'ajustement.

Tout à coup, leur fils était devenu adulte, faisait partie d'une autre famille et ils n'étaient, hélas ! pas convaincus qu'il soit à la hauteur. Bien qu'il ait déjà embrassé des filles et, plus récemment, des garçons, il n'avait jamais eu de relation suivie. Ils étaient au courant, pour les garçons. Par le biais de voisins ou d'amis qui estimaient de leur devoir de rapporter ce qu'ils avaient vu, comme si Randall était une jeune fille dont il fallait surveiller l'honneur ! Il n'avait jamais vécu loin de ses parents. Parfois, il se battait même avec les invités parce qu'ils perturbaient ses habitudes.

Mais ça fonctionnait, dans les grandes lignes. Durant leur première année de vie commune, Randall était parti à quelques reprises, et sans expliquer pourquoi. Il débarquait simplement chez ses parents – qui ne l'ont jamais bousculé –, sans aucune affaire ou aucun vêtement. Il dormait dans sa chambre quelques nuits, puis Mike débarquait et ils discutaient à n'en plus finir. Chaque fois, quelques soirs plus tard, Randall repartait vivre avec lui. Ses parents ne souhaitaient que son bonheur. Mais ils s'inquiétaient. En attendant le retour de Mike, je me faisais l'effet de compiler dans ma tête un rapport à leur remettre. Je brûlais déjà, ô combien, de leur téléphoner pour les prier de cesser de s'inquiéter, vraiment. Tout allait bien. Leur fils était aimé.

Leur histoire a débuté par un « jeu parallèle ». Du point de vue de Randall, c'est ainsi que le processus par lequel il est entré en relation avec Mike s'est ébauché.

Les enfants autistes préfèrent jouer seuls, encore que ce ne soit pas une préférence officielle : ils préfèrent jouer seuls parce qu'ils ne comprennent pas qu'il soit possible de jouer avec un autre enfant.

Quand nous avons commencé à fréquenter notre école new-yorkaise, nous avons remarqué les jouets, mais nous n'avons exprimé aucun intérêt les uns pour les autres. Nous n'avons pas jeté de coups d'œil observateurs par-dessus nos épaules. Nous ne nous sommes pas questionnés mutuellement. Nous n'avons pas comparé nos « boîtes à casse-croûte ».

Pour nous faire rattraper notre retard, nos institutrices usaient de techniques rudimentaires, en un sens. Elles essayaient de faire en sorte, par exemple, que deux d'entre nous s'intéressent aux mêmes cubes. Si l'un se mettait à assembler tous les cubes rouges, certains des cubes rouges restants étaient poussés vers la pile de l'autre enfant. L'assembleur de rouge avait alors besoin de s'approcher de ce dernier, et il lui fallait alors communiquer avec un autre esprit. Le défi, pour les autistes, est qu'ils sont déjà dépassés par le leur.

Il est classique pour eux de remarquer plus de détails que la moyenne des gens. Je connais quelqu'un qui peut dessiner de mémoire des bâtiments comprenant tous les détails architecturaux – c'est-à-dire non seulement les pièces, mais aussi les gaines d'ascenseur, les couloirs et les cages d'escalier –, après n'en avoir fait le tour qu'une seule fois. Elizabeth, qui était dans notre classe et dont je reparlerai plus tard, pouvait jouer un morceau de musique du début jusqu'à la fin après l'avoir entendu une seule fois. Il y a également une incidence élevée de cas de synesthésie (trouble de la perception sensorielle), une mise en corrélation de certains sons, goûts ou textures, et couleurs. Parallèlement, l'habileté des autistes à catégoriser ou à traiter cette information est plus limitée, et leur aptitude à la parole est moins développée. Ils ne savent pas comment demander de l'aide aux autres. Face à ce mélange d'acquisition élevée et de restitution faible – un surplus d'informations doublé d'une incapacité à toutes les traiter – se produit inévitablement une sorte de court-circuit : beaucoup de choses restent en plan. En conséquence, les autistes essaient de se focaliser sur des tâches faciles ou n'impliquant pas d'autres personnes. De cette façon, ils peuvent espérer régir le débit des données sensorielles.

Le simple fait de contrôler notre propre cerveau étant un tel défi, il n'était pas surprenant que nous ne soyons pas curieux les uns des autres. Nous avions déjà un fameux quota sur les bras ! Des tâches simples et solitaires étaient suffisamment stimulantes. Ne pas explorer d'autres univers et jouer seul faisaient partie d'une stratégie d'enfermement sur soi. Parce que nous étions trop jeunes pour y avoir songé, c'était pragmatique, prémonitoire et pessimiste, comme si nous connaissions nos limites et étions réconciliés avec elles.

Hélas ! personne d'autre ne l'était, qu'il s'agisse de nos parents ou de nos enseignantes. Alors elles se sont mises à nous faire jouer à ces « jeux parallèles ». Elles volaient nos cubes rouges et plaçaient un autre enfant, donc un autre esprit, entre eux et nous. De toute évidence, nous protestions. Nous n'avons pas appris très vite. Plutôt que d'essayer d'obtenir les blocs rouges de l'autre l'enfant en l'amadouant, ma première tactique avait été de pousser ce dernier hors de ma vue de toutes mes forces. J'avais acquis une réputation dans ce domaine – certains parents en avaient d'ailleurs parlé aux miens. Nos institutrices avaient même dû organiser une réunion afin d'expliquer qu'elles seraient toujours là pour contrôler une situation en partie nécessaire. Il y aurait des bagarres et certains enfants auraient à faire ces sacrifices pour que les autres se développent. Quelques-uns hurlaient quand nos jeux étaient « améliorés ». Parfois, le projet de tour rouge était tout bonnement abandonné, ou alors la frustration s'exprimait par une démolition incontrôlée.

À l'époque où nous avons commencé à écouter Mlle Russell lire le journal, nous avions déjà tous fait d'énormes progrès. L'école était ouverte depuis une année environ et la plupart d'entre nous y étaient pratiquement depuis le début. Nous nous asseyions et nous l'écoutions en groupe. Nous étions conscients de nous comporter tous de la même manière. Si l'un de nous devenait bruyant pendant la lecture, un autre se plaignait. Afin d'entendre, nous nous installions les uns près des autres, plus proches que nous n'en avions strictement besoin. Mais il flottait un élément irréel autour de chacun de nous, une sorte d'autonomie résiliente. Nous écoutions peut-être Mlle Russell lire le journal, mais nous poursuivions nos activités solitaires, qu'il s'agisse de dessiner sur un bout de papier ou de défaire une chaussette en tirant sur un fil. Moi, je traçais le contour de la raie blanche sur le tapis multicolore. Craig criait : « Laissez entrer les idiots. » Mais c'étaient des progrès tout de même.

Le point depuis lequel nous avions progressé est souvent décrit comme celui de la « scotomisation », la cécité mentale. Selon la croyance dominante des cliniciens qui travaillent avec les enfants autistes, l'une des caractéristiques majeures de l'autisme est l'absence d'une théorie psychique. Les enfants autistes ne comprennent tout bonnement pas qu'il y ait des esprits autres que le leur, susceptibles d'avoir des pensées différentes des leurs. C'est pourquoi ils montrent tellement peu d'intérêt pour les autres. Et aussi pourquoi il est tellement difficile de les faire fonctionner de manière cohérente en tant que groupe. Ce compte rendu hégémonique repose sur une série d'expériences dont je donnerai un exemple.

On montre à un enfant un tube de Smarties. Quand on lui demande ce qu'il y a à l'intérieur, l'enfant répond : « Des bonbons. » Puis on ouvre le tube et il découvre non pas des bonbons, mais un crayon. Le capuchon du tube est remis en place et l'on pose alors une question à l'enfant : si son copain Alex, qui joue dehors, devait entrer et qu'on lui montre le tube, que croirait-il trouver à l'intérieur ? Quand on pose cette question à des enfants qui ne sont pas autistes, ils ont tendance à répondre correctement, c'est-à-dire, bien évidemment : « Des bonbons », Alex ayant de grandes chances de faire la même erreur qu'eux. Les enfants autistes, eux, ont tendance à donner la réponse opposée. Quand on leur demande ce qu'Alex s'imaginera trouver dans le tube, ils répondent : « Un crayon. »

Cette expérience est utilisée comme preuve de la thèse sur la scotomisation : les enfants autistes ne conçoivent pas l'esprit des autres, et supposent donc qu'Alex aura la même pensée qu'eux au même moment. Si c'est dans leur esprit, ça doit être dans le sien aussi.

Je suis sceptique sur cette explication. Pour commencer, je doute que ces expériences soient totalement fiables. Les enfants autistes sont souvent les sujets de nombreux tests ; il est donc possible que les sujets de ces expériences soient tendus. Il se peut qu'ils sachent qu'on les teste. Il se peut aussi qu'ils sachent qu'on les a déjà testés. Ils ont peut-être même le vague soupçon d'avoir donné les « mauvaises réponses » par le passé. La première partie de l'expérience a déjà été une mauvaise réponse. Ils sont donc peut-être inquiets à l'idée de renouveler ça. On les a coincés une première fois. Les conclusions tirées de la seconde partie de l'expérience sont donc sujettes à caution. Les réponses des enfants sont-elles affectées par une nervosité liée au test ? Essaient-ils de deviner ce que les examinateurs attendent d'eux ? Peut-être pensent-ils bel et bien « des bonbons » au départ, mais changent-ils leur réponse parce qu'ils ne veulent pas avoir tort une nouvelle fois de la même manière. Cette explication me séduit davantage, parce qu'elle sous-entend que les enfants en question sont plus intelligents, plus malins, et moins passifs que ne l'admettent les cliniciens chargés de les observer. J'ai fait partie de ces enfants. J'aime à imaginer que nous valons mieux que cela. J'aime à imaginer que nous étions des gagnants.

Malgré tout, je mettrai de côté cette explication subjective, parce que je crois qu'il y a une alternative bien plus intéressante. Trois choses m'encouragent dans ce sens : tous les enfants autistes ne répondent pas la deuxième fois : « un crayon » ; mes camarades et moi avons assez rapidement appris à nous asseoir côte à côte en groupe ; et Randall, encore authentiquement autiste de mille manières, vit en couple avec Mike.

L'alternative est la suivante : les enfants autistes ne sont pas les seuls auxquels il manque une théorie psychique. C'est le cas de *tout le monde* au départ, car il ne s'agit pas de quelque chose d'inné. Les enfants de trois ans répondent généralement : « un crayon », eux aussi ; seuls les enfants plus âgés répondent systématiquement bien à ces tests. Quiconque a joué à cache-cache avec des enfants de deux ou trois ans sait que s'ils se couvrent les yeux, ou se cachent la tête derrière un canapé, ils présument que, puisqu'ils ne peuvent pas vous voir, vous ne les voyez pas non plus. Ils supposent que votre esprit est à l'image du leur.

Tout le monde a besoin de clés pour déchiffrer l'esprit de l'autre. Et les enfants autistes – parce qu'ils apprennent à parler plus tard, plus lentement, parce que leur propre esprit est tellement difficile à gérer – n'apprennent pas aussi vite que les autres et ont besoin de plus d'aide pour y arriver. Et, même une fois l'apprentissage effectué, leurs aptitudes ne sont peut-être pas aussi aiguisées que celles des autres, parce qu'ils ont appris plus tard, plus lentement, qu'ils se sentent moins sûrs de ce qu'ils ont retenu que les autres. Et, comme leur esprit continue de se remplir tellement vite et que le différentiel entre la capacité d'acquisition élevée et de restitution faible demeure – imaginez une personne coincée dans une pièce se remplissant d'eau –, parfois, même en tant qu'adultes, qu'ils travaillent ou qu'ils aient des relations, il leur faut reprendre la lutte.

Ils ont besoin de s'asseoir, comme Randall au cinéma ce premier soir où je les ai accompagnés, ou alors de fuir, comme André quand on interrompait l'une de ses marionnettes, et de se focaliser sur quelque chose de bien plus simple, jusqu'à ce qu'ils puissent à nouveau faire face à la situation.

Je me souviens de mon apprentissage du clignotant automobile. Une de nos voisines m'avait emmené faire une balade à pied – nous habitions encore New York. C'était en milieu de journée et il y avait beaucoup de circulation. Mais ma voisine savait quand une voiture était sur le point de tourner ou pas. Moi, je voulais attendre à chaque fois que le feu piéton passe au vert, mais elle, même quand il y avait des voitures tout près, savait que l'on pouvait traverser quand même. J'ai fini par l'interroger et nous nous sommes assis sur un banc dans Central Park pour qu'elle m'explique les clignotants. Et à partir de ce moment-là, je me suis mis moi aussi à pouvoir lire les esprits des conducteurs new-yorkais, presque aussi bien qu'elle.

Toute lecture d'un autre esprit prend cette forme. On apprend à chercher des indices, puis ce qu'ils nous révèlent. On ne sait pas que quelqu'un est dans la douleur ou dans l'angoisse, mais on peut évaluer son état d'esprit à partir d'expressions ou de gestes. Certaines personnes sont plus compétentes dans ces déductions que d'autres. Et parfois, tous autant que nous sommes, nous nous trompons sur ce qui se passe dans l'esprit d'une autre personne. Les comédiens tablent là-dessus ; ainsi que les menteurs, les espions et les vendeurs.

J'ai compris, avec le recul, qu'il s'agissait là du pari majeur qui sous-tendait la proposition mise en place par notre école. Nos enseignantes ne pensaient pas qu'il nous manquait la capacité de comprendre l'esprit d'autrui, mais plutôt que, comme tous les enfants, nous avions besoin de la développer et que, pour nous, ce processus serait simplement plus ardu, qu'il offrirait des résultats plus tardifs, et qu'il nous faudrait davantage d'encadrement.

Ça a commencé avec les « jeux parallèles ». L'étape suivante consistait à nous faire parler des sentiments des autres. Parfois en groupe, parfois individuellement, nos enseignantes nous faisaient écouter une cassette mettant en scène deux personnages, Tom et Maureen, en grande discussion. J'ai réécouté ces cassettes il y a peu, et Tom et Maureen m'ont semblé plutôt cloches, alors qu'à l'époque je les trouvais mystérieux. Ils parlaient de leur fille, qui vivait loin et ne venait pas souvent les voir, ainsi que de leurs petits-enfants qui étaient sales. La cabane à outils de Tom avait besoin d'être réparée, Maureen avait cassé sa chaise préférée. Ces cassettes passaient et l'on nous demandait de repérer les éventuels sentiments des deux protagonistes. De nous concentrer sur les expressions et les inflexions, les mots clés et les phrases révélatrices.

Depuis, les outils pédagogiques sont devenus plus sophistiqués que de simples cassettes audio. Il existe des logiciels d'ordinateur qui montrent des expressions du visage selon une échelle de 1 à 10, ainsi que des jeux de cartes qui permettent un entraînement régulier – dans la voiture, au parc ou sur le chemin de l'école.

L'étape ultime, pour nous, était de converser avec un thérapeute. Même après notre départ de l'école, l'équipe donnait à nos parents des noms et des numéros de téléphone. Cet échange était paraît-il vital pour le développement de notre expression émotionnelle. La plupart des enfants discutent entre eux de divers ressentis. Nous, pas trop. Et donc nous avions besoin d'en parler avec des adultes. Ce que nous ne faisions pas spontanément et qui avait donc besoin d'être structuré, avec un rendez-vous dans nos calendriers et un brin de pression.

« Je pense qu'il s'agit de gens à des années-lumière de nous », m'a expliqué Mike alors que nous étions assis sur un banc – lui et moi avec les yeux ouverts, Randall avec les siens fermés.

Nous étions venus en ville prendre un café avec lui durant sa pause, et il nous avait emmenés au parc. Nous discutions d'organisations qui offraient soutien et suivi aux familles ou partenaires d'autistes. Pendant ce temps, Randall essayait de prouver qu'aussi longtemps que les gens arrivant de l'extrémité nord et sud du parc ne déviaient pas de leur trajectoire, ne s'arrêtaient pas ou ne rencontraient pas d'obstacles, il pouvait déterminer le moment exact où ils se croiseraient.

« Ce qui les intéresse, eux, dans la vie avec un autiste, c'est qu'il aime construire des maquettes, a poursuivi Mike, ou bien qu'il mange la moitié de son dessert, boive son café, puis finisse ledit dessert, sans jamais envisager de procéder autrement ; qu'il apprécie le café jusqu'à un certain niveau dans une tasse qui demeure toujours la même, et qu'il ne prenne jamais ni plus ni moins de trois sucres, qu'il met dans son café avec cette pince à sucre spéciale que sa sœur lui a achetée. »

L'idée m'a traversé en un éclair que Randall n'avait ni sœur, ni frère, ni cousins. Ses yeux étaient toujours clos.

« Est-ce important ? En tout cas, c'est de ça qu'ils parlent. Va sur n'importe lequel de ces sites Internet ou à ces réunions, et tu verras que c'est ça le sujet de leurs conversations. »

À ce stade, Mike a tendu les mains dans un geste d'exaspération.

« Je peux comprendre qu'il soit peut-être plus facile de discuter sur ces sujets-là. Et, tu sais, il est possible que ces groupes soient une sorte de genre. Que discuter de ces choses-là soit l'un des must du genre en question. »

Mike écrivait un roman. Après avoir réfléchi à la question, il avait décidé de ne pas suivre une formation d'architecte, comme son père et son oncle. Il passait le plus clair de son temps à la maison. Il apportait souvent son déjeuner à Randall et préparait leur dîner. Il y avait des jours où, de son propre aveu, la seule autre chose qu'il faisait était de peler une orange ou de piquer une tête dans la piscine chauffée du sous-sol. Mais il consacrait de plus en plus de journées à son roman. Et il réfléchissait beaucoup sur le genre, justement.

« C'est un concept drôlement puissant. Mais le souci, c'est qu'il n'y a rien de remarquable à n'avoir du café que jusqu'à un certain niveau dans sa tasse et, si le niveau est dépassé, à aller verser le surplus dans l'évier. C'est facile, ça. Ça ne pose aucun problème. Ce dont il faut parler, si l'on tient vraiment à discuter de sa relation devant des inconnus, c'est de ce qui arrive quand la pince à sucre casse par accident. Sort-on pour tenter d'en trouver une exactement semblable ? Décrit-on cette aventure au groupe ? Ou l'avoue-t-on à son partenaire autiste en lui annonçant : "Tu vois la pince, je l'ai cassée" ? C'est ce que ces gens voudraient savoir des uns et des autres. »

Randall était silencieux, comme il l'avait été durant tout le laïus de Mike. La conversation avait pris cette tournure quand Randall avait laissé entendre que Mike n'aimait pas reconnaître que ça puisse être difficile de vivre avec un autiste. Les yeux de Randall étaient toujours fermés. Les deux personnes qu'il pistait ainsi étaient à présent à quelques pas l'une de l'autre. Il a levé le poing, puis l'a ouvert.

« Maintenant ! Devant cette petite pancarte sur la rambarde où il est écrit "Toilettes", avec une flèche pointant vers la droite. Il y a aussi un parterre de fleurs, mais il est vide. Je crois que le garçon avec le skate sous le bras a dépassé la femme. Au départ, il était en retard sur elle, mais à présent il est en avance. D'une dizaine de mètres peut-être. Elle était occupée à ôter l'emballage d'une barre chocolatée, mais maintenant elle a fini et elle la mastique. »

Il a ouvert les yeux et regardé d'abord Mike, puis moi. Chaque élément de sa prédiction était correct.

« Où est-ce que tu joues ? lui ai-je demandé. Je veux des billets ! »

Il a souri et a glissé sa main dans la mienne. Je ne savais pas quoi faire, alors je l'ai serrée et il a serré la mienne en retour. Dix secondes plus tard, il l'a retirée.

Plus tard ce même après-midi, Mike et moi avons attendu Randall à son travail. Il devait finir tôt, mais c'était difficile de prédire exactement quand – il aidait à rédiger des factures, à vérifier des comptes, et il était souvent le dernier à partir –, donc nous nous sommes commandé un café dans un bistrot à proximité. J'avais le sentiment que Mike était le genre de personne à gérer ces problèmes-là en permanence ; c'était toujours lui qui décidait où aller, et toujours lui qui payait. Il a avalé une gorgée et s'est mis à parler de son livre qui, à l'entendre, n'avançait pas des masses.

« Parfois, pour mon roman, je prends le train avec mon ordinateur portable et je retranscris les conversations que j'entends. C'est déprimant. »

J'ai bu mon café d'un trait et poussé ma tasse de côté. Je trouvais difficile de parler à Randall quand Mike était là, or c'était systématiquement le cas. Ce n'était pas que Randall ne parle pas. C'était que Mike avait une plus forte personnalité que nous, et donc il menait constamment les conversations.

« Parfois, je vais même dans les bureaux de mon père et je lis leurs évaluations d'un projet. J'en copie des extraits et regarde s'ils produisent quoi que ce soit comme effet dans ma tête. »

Je me suis rendu compte tout à coup que Randall était arrivé, et qu'il s'était planté en face de Mike.

« Tu écris ?… » lui ai-je demandé.

Randall n'a pas compris tout de suite que c'était à lui que je m'adressais. Petit à petit il a levé un regard fixe et a hoché la tête.

« Randall écrit des poèmes étonnants, des centaines ! m'a interrompu Mike.

– J'écris des poèmes, c'est tout », a rétorqué Randall fermement en prenant une chaise.

Après une petite pause, il a ajouté :

« Ils sont faits de bric et de broc. Mais j'aime utiliser des structures formelles, le sonnet, par exemple.

– Ils sont extraordinaires, a ajouté Mike. Extraordinaires ! »

Ce soir-là, Randall est redescendu, une heure après s'être mis au lit, avec trois de ses poèmes dans une chemise plastifiée. J'étais assis sur le canapé où je regardais la télé. Mike était parti travailler peu de temps après que Randall était allé s'allonger. J'étais surpris de voir Randall, Mike m'ayant averti qu'il était généralement très strict sur l'heure de son oucher, puisqu'il devait se lever très tôt pour aller travailler. J'ai éteint la télévision tandis que Randall s'asseyait à mes côtés. Il a secoué la tête, a pris la télécommande sur la table basse et a rallumé la télé. Il a franchement monté le volume, puis m'a tendu la chemise plastifiée. J'étais sur le point d'en sortir les feuillets quand il m'a arrêté.

« Tu les liras plus tard. Envoie-moi un mail pour m'en parler. J'aimerais avoir ton opinion. »

Il parlait doucement et je me suis rendu compte qu'il ne voulait pas que Mike sache qu'il était descendu.

« Qu'est-ce que Mike en pense ?

– Je ne crois pas qu'il soit très objectif. (Randall a souri.) Son écriture à lui ne marche pas trop, alors forcément il trouve la mienne géniale. »

J'ai esquissé un mouvement de tête. J'étais perturbé par la perspicacité de Randall. Je me rendais compte que ni lui ni moi n'étions supposés pouvoir comprendre les attitudes des autres avec autant de clarté. Je le lui ai confié et Randall a dessiné des huit sur le dos de sa main gauche d'un air pensif.

« Je ferais mieux d'aller me recoucher, a-t-il répondu. Est-ce que tu viendras déjeuner avec moi demain ? »

J'ai hoché la tête.

« Mike sera chez sa mère, il déjeune avec elle et ses tantes. »

J'ai hoché de nouveau la tête. Je voulais en dire plus, mais je ne voulais pas empêcher Randall d'aller se coucher non plus. Il m'a pris brièvement dans ses bras, puis a filé.

Après son départ, la première image qui m'a traversé l'esprit a été celle d'un ami mort dans un accident de la route en 2000. La veille de son enterrement, devant ses amis et sa famille réunis, j'ai raconté l'histoire de la signature de livres où il avait sidéré un auteur en lui récitant par cœur le premier chapitre de son livre. D'autres ont raconté comment ils pouvaient prendre un ouvrage sur ses étagères et lui lancer un numéro de page. Il se souvenait non seulement du texte sur la page en question, mais aussi des notes marginales et des remarques. Il était connu pour ses capacités à s'enfermer des journées entières afin de terminer un travail. Et en même temps pour son aptitude à manipuler ses amis. Il était doté d'un charisme hors du commun et leur lançait des défis lui permettant de tester leur fidélité. Il s'essayait également au vol de petits amis et petites amies, simplement parce qu'il se savait susceptible de réussir. Et il était souvent très cruel au sujet d'un travail ou d'une opinion qu'on lui confiait.

À son enterrement, voilà qu'il était devenu un « génie ». Sa tante a fait l'éloge funèbre et, pendant son discours, a proclamé qu'il en était bel et bien un.

L'appellation a été reprise le restant de la journée et circule depuis. De nombreux membres de sa famille, ainsi que de nombreux amis, sont prêts à déclarer sans ambages qu'il l'était bel et bien, et peu importe le reste. Certains d'entre nous continuent pour leur part de se gratter la tête en se disant : « Non. Non, ce n'est pas tout à fait ça. »

Mais c'est compréhensible. Le terme fausse la donne, il auréole de grâce. Le problème avec le terme de « génie », c'est que nous ne l'utilisons pas uniquement au moment des enterrements mais à tout bout de champ, ainsi que des mots et des attitudes semblables. J'ai pensé à cet ami après le départ de Randall, parce que Mike faisait à mon avis la même chose avec lui.

Quand Mike a fait allusion à ses poèmes, quand il a parlé de Randall avec déférence, il m'a semblé qu'il tentait de le mettre sur un piédestal, ou en tout cas à part, avec une manière, curieuse pour un amant, de refuser de s'engager complètement. Quand on traite quelqu'un de génie, qu'on le dit spécial ou bien extraordinaire, ce que l'on entend par là, c'est que cette personne possède une faculté naturelle que nous ne possédons pas, qu'elle est différente de nous. Nous ne pouvons pas comprendre ce que c'est que d'être à sa place. Nous devons excuser certaines failles ou excentricités, qui sont les incontournables corollaires du grand don. L'autisme de Randall le plaçait-il dans cette même catégorie aux yeux de Mike ?

Mais peut-être la plus grande réussite de l'utilisation du terme de « génie » est qu'elle nous offre un sentiment de sécurité. Nous reconnaissons ainsi un groupe d'individus comme différents de nous et refusons de nous interroger sur le fait qu'ils font ce qu'ils font. Nous acceptons que leurs prouesses soient pour nous impensables. Nous suggérons même que ces prouesses ne dépendent de rien, si ce n'est de la qualité intrinsèque du génie lui-même. Le génie ne se repose pas sur nous, il se contente d'être. De là l'effet global, qui est que nous nous déchargeons complètement de toute responsabilité vis-à-vis d'un progrès. Nous n'avons pas à comprendre ce qu'ils font. Et nous n'avons pas à aspirer à le faire nous-mêmes. En retour, nous octroyons aux génies certains privilèges. Nous ne les réduisons pas à des standards ordinaires du comportement, par exemple. Finalement, nous sommes en mesure de nous retirer du grand jeu, ce qui est incroyablement libérateur. Nous pouvons profiter de nos vies. Nous n'aurons jamais besoin de nous sentir anxieux à propos de notre « contribution ».

Je ne peux prétendre que le point de vue de Mike ait été aussi radical que cela. Et je ne le souhaite pas. Ce serait injuste. Mais il est intéressant de mettre le doigt là-dessus parce que, assis sur le canapé à regarder le basket, avec mes deux hôtes dans deux pièces séparées à l'étage, je sentais qu'il y avait en jeu quelque chose de similaire dans la relation que Mike entretenait avec Randall.

Bien sûr qu'il l'aimait infiniment. Bien sûr qu'il voulait s'occuper de lui et qu'il le faisait. Mais pour moi, derrière les préoccupations de Mike, il y avait l'idée que Randall était spécial et remarquable, différent de lui. L'avantage en était que Mike réagissait toujours de manière positive à ses besoins spécifiques. Et c'était utile, parce que ça signifiait qu'il ne se sentait pas menacé ou mis en danger par les capacités de Randall, qui écrivait des poèmes incroyables. Parce qu'il était autiste.

Les poèmes étaient l'expression logique de cet aspect particulier de son esprit. En croyant cela, Mike pouvait continuer à écrire de son côté et à ne pas être intimidé par la qualité de l'écriture de Randall. Malgré tout, bien que cela soit compréhensible, et soit peut-être même une tactique d'autoprotection nécessaire, l'attitude de Mike minimisait la portée de l'écriture de Randall, qui devenait le produit du seul autisme. Elle ne requérait pas de travail, de technique, de douleur, elle se contentait d'être. C'était injuste et incorrect. En lisant les poèmes de Randall, je me suis rendu compte non seulement qu'ils étaient très bons, mais qu'ils étaient travaillés, comme tout art digne de ce nom. Le processus créatif est ardu. C'est vrai pour les génies ; c'est vrai pour Mike, et c'est vrai aussi pour Randall.

Je suis resté sur le canapé pendant longtemps ce soir-là. Mike m'y a retrouvé quelques heures plus tard.

« Bien travaillé ? lui ai-je demandé.

– Très bien », m'a-t-il répondu avec un sourire.

Je n'ai rien ajouté. Il est parti nous chercher à boire dans la cuisine et nous avons regardé un programme sportif.

Quand je suis arrivé sur le lieu de travail de Randall, le lendemain, il n'était pas encore rentré de sa tournée matinale. Je suis reparti et j'ai passé quelque temps dans le hall d'entrée. J'aimais bien rester planté les mains dans les poches, à regarder autour de moi à intervalles réguliers comme si j'attendais quelqu'un, et puis tourner les talons tout à coup et filer.

J'avais commencé à faire ça, enfant, quand je descendais à l'hôtel avec mes parents. Je prenais souvent le petit déjeuner avant eux, donc sans eux, ou encore, plus tard dans la journée, je me commandais un jus de fruits à la brasserie de l'hôtel et le buvais seul. Je me suis rendu compte que ça me donnait un air intéressant ; les gens me demandaient souvent qui j'étais et ce que je faisais en bas tout seul.

Sur le chemin qui me ramenait vers le bureau de Randall, j'ai acheté des sandwichs, des boissons et des gâteaux. Tous les cafés du coin semblant bondés, et m'étant dit qu'il y aurait peut-être un endroit à l'intérieur de son bâtiment où nous pourrions nous asseoir et bavarder plus à notre aise, je me suis approché de la réception.

Randall venait juste d'arriver et il a été ravi de voir le sachet que je tenais à la main. Il m'a guidé dehors, par-derrière, vers une cour tellement petite qu'elle devait probablement son existence au fait que les architectes avaient rogné sur certaines de leurs mesures. Randall préférait une autre version. Il aimait à penser que les bâtiments qui entouraient le sien s'écartaient petit à petit, comme s'ils étaient posés sur des plaques tectoniques, et donc que la cour n'existait que depuis quelques années.

Le chef de Randall y gardait deux chaises. C'était là que Randall et lui buvaient souvent leur café matinal. Je me suis assis sur la mauvaise chaise – celle à laquelle Randall était habitué –, mais il a soutenu que ce n'était pas grave. Je n'avais pas remarqué de telles délimitations de territoire dans la maison ; peut-être était-ce son chef qui insistait pour qu'ils prennent la même chaise chaque fois qu'ils s'asseyaient là. La cour était tranquille, même si on y entendait les bruits de la circulation, qui semblaient provenir du ciel – peut-être des oiseaux qui tournoyaient au-dessus ?

Randall mangeait avec précaution. Il avait étalé une serviette sur ses genoux et ramassait les miettes après chaque bouchée. Je lui ai dit que j'avais lu ses poèmes, qu'ils étaient étonnants. Hélas, je les avais lus comme si c'étaient ceux d'un autiste, et je n'aurais pas dû. La métrique était parfaite, mais c'est la nature du sonnet qui veut ça. Je n'avais pas envie d'être condescendant et continuais de m'inquiéter, à chaque phrase, de l'être malgré tout.

Randall m'a arrêté.

« Il y a peu de temps, Mike en a envoyé quelques-uns vers un site Internet sur l'autisme. Ça m'a contrarié. »

J'ai hoché la tête. Je ne voulais pas avoir raison. Je ne voulais pas que Mike ait utilisé l'autisme de Randall comme autant de mailles d'un filet. Randall savait ce que je pensais, et il le redoutait également. Qu'était-il censé faire ? Il avait bel et bien besoin qu'on s'occupe de lui ; Mike avait bel et bien besoin de veiller à certaines choses et de le traiter en autiste. Mais il avait aussi besoin de ne pas le traiter de cette façon-là. Randall ne voulait pas repousser Mike, parce qu'il l'aidait, parce qu'il était gentil. Et pourtant, parfois, il avait raison d'être contrarié.

Randall a essuyé une larme. Je ne savais que dire ni que faire. Je n'aimais pas ce rôle. La sœur d'André, Amanda, m'avait envoyé un texto quelques jours plus tôt : « Tu es lumineux. Tu ne le fais peut-être pas exprès, mais c'est le cas. » Je ne l'avais même pas rappelée pour savoir ce qu'elle voulait dire.

Je ne voulais pas extirper de derrière la carapace qu'il s'était forgée les sentiments de dépit ou de frustration que Randall éprouvait envers son compagnon. Je souhaitais effleurer les vies de mes camarades de classe sans les altérer, sans changer quoi que ce soit, sans même trébucher accidentellement sur un papillon ; simplement prendre quelques notes, partager quelques conversations, et puis repartir. Et voilà que Randall pleurait et que ça ne fonctionnait pas comme je l'avais espéré. Je me suis tout à coup rendu compte que je n'avais eu l'intention d'écrire que sur mes camarades de classe, en faisant abstraction de leur entourage. Ma conception même de ce livre avait été autistique, et ça ne pouvait pas durer.

J'ai posé mon sandwich et me suis approché de Randall, essayant de mettre un bras autour de son épaule. Il l'a repoussé.

« Tu ne dois pas faire ça », m'a-t-il lancé sur un ton monocorde.

Ça m'a rappelé ma première soirée au cinéma avec eux, quand il avait été contrarié et n'avait pas voulu que je m'asseye à côté de lui. Ça me rappelait la boîte à câlins de Temple Grandin, l'intolérance que montrent les autistes envers certaines formes de toucher, doublée de leur besoin d'autres formes de contact. Je suis retourné à ma chaise. Mike savait comment gérer ce genre de situation, moi pas.

Nous sommes restés assis en silence cinq minutes. Puis Randall a repris la parole.

« Mike a couché avec d'autres hommes. Je pense qu'il a quelqu'un d'autre en ce moment. »

J'ai secoué la tête involontairement. Randall n'a rien remarqué. Cette information ne collait pas avec le récit que je construisais dans ma tête. Ou bien si. Peut-être était-il possible que Mike, ayant adopté un rôle maternel, estime que remplir ces fonctions-là le dispensait complètement du reste. Randall a levé les yeux.

« Quelqu'un est-il venu à la maison dans la journée ? »

J'ai réfléchi un moment, puis j'ai secoué la tête. La seule fois où je me souvenais avoir entendu la sonnette, c'était quand l'homme au costume était venu afin de poursuivre le petit jeu du revolver. Mike avait-il eu l'air étonné avant d'ouvrir la porte ? S'attendait-il à voir quelqu'un d'autre et craignait-il que sa déloyauté soit sur le point d'être percée à jour ? Je n'en savais rien. Je n'avais rien noté de particulier à ce moment-là.

« C'est arrivé deux fois, au tout début », a ajouté Randall.

Je sentais qu'il s'était répété ces mots à lui-même plusieurs fois, qu'il les avait ruminés, mais qu'ils sortaient différemment.

« Au tout début de notre vie commune, quand je l'ai découvert, je suis parti. J'étais trop en colère et trop triste. Mais il est venu me rechercher à chaque fois. Il m'a parlé. Il a tenu mon visage entre ses mains. Je ne lui ai jamais avoué que je savais. »

Je lui ai tendu mon mouchoir afin d'éviter qu'il ne se serve de la serviette sur ses genoux pour s'essuyer les yeux. Les parents de Randall étaient-ils au courant ? Était-ce pour ça qu'ils m'avaient dit, certes avec réticence, qu'ils « avaient des doutes » ? Cela m'aurait étonné que Randall raconte cela à grand monde. Encore moins à ses parents. Il était même possible que je sois le premier à qui il en parlait. Il ne me balançait pas ça spontanément, non plus. Il m'avait demandé de venir le voir à midi. Il était redescendu, la veille, une heure après s'être couché, pour me demander qu'on se voie loin de la maison et de Mike.

En attendant que Randall poursuive, j'ai repensé aux cubes rouges. J'étais assez convaincu qu'il ne souhaitait pas de réponse ; en tout cas pas tout de suite. J'ai donc songé aux cubes rouges – une image tellement enfantine –, à notre école, à la grande salle, à Mike qui avait pris certains des cubes de Randall et à ce dernier qui n'avait plus tous ceux dont il avait besoin.

Je voulais qu'il parle plus vite, avec moins de pauses. Je savais qu'il allait bientôt filer pour sa tournée de l'après-midi. Il a repris son sandwich et a mordu de nouveau dedans. Le tenant toujours d'une main, il a balayé les miettes sur ses genoux de l'autre. J'ai senti une goutte d'eau tomber sur ma tête. Mais il n'y en a pas eu d'autres. J'ai levé les yeux et le morceau de ciel que je voyais, au-delà des sommets des gratte-ciel environnants, était presque dégagé. Randall a fini son sandwich et pris un raisin sur le dessus de sa tartelette aux fruits. Tandis qu'il le tenait contre son cœur, réfléchissant peut-être à l'ordre à suivre pour enlever un à un chaque fruit, je me suis rendu compte qu'il n'allait rien me dire de plus. Il m'avait parlé de sa relation. J'avais écouté. Et on allait en rester là.

J'ai quitté Chicago le lendemain. Randall et Mike m'ont conduit à la gare. Chacun m'a pris dans ses bras à son tour. Randall m'a embrassé doucement, sur chaque joue. J'ai failli donner un coup de pied à Mike au moment de courir vers le quai. Histoire de faire quelque chose de ce que Randall m'avait confié. Juste une mise en garde, pour signaler qu'il n'était pas le seul à se soucier de Randall. Mais je ne l'ai pas fait. Et je n'ai pas passé de coups de fil anonymes sur son portable depuis le train non plus, ce qui était mon autre idée.

À la place, j'ai regardé les photos que Mike m'avait données. Elles étaient l'œuvre de son cousin, qui suivait des cours dans une école. Il s'agissait uniquement de photos de Randall, certaines prises dans la rue, pendant le travail, et où on le voyait plongeant entre les voitures ou dans des ruelles sur son vélo rouge, d'autres faites à la maison. J'ai sorti un stylo et tenté d'écrire quelque chose au dos de chacune, une légende ou une note. Mais je n'y arrivais pas – pas aussi vite. J'ai contemplé les photos jusqu'à ce que je tombe de sommeil ; après quoi, j'ai appuyé ma tête sur la tablette. Le plastique m'a rafraîchi le visage et j'ai fermé les yeux.

J'ai repensé à une conversation avec une thérapeute, quand j'avais douze ou treize ans. Son nom était sur la liste que l'école avait donnée à mes parents. Je l'avais contrariée parce que je préférais parler des livres sur ses étagères, et aussi parce que je prétendais avoir des amis que je n'avais pas. Je lisais les magazines dans la salle d'attente, puis j'en citais des extraits quand elle me posait des questions sur ce que je ressentais. Un après-midi où je venais justement de faire ça, elle a reconnu l'article. Elle a tapé du poing sur la table et m'a crié : « Kamran, ce n'est pas un crime de ne pas savoir s'exprimer, ce n'est pas un crime d'être triste ! »

Mais j'étais un enfant méchant. Je me suis mis à répéter, d'une voix monocorde : « Ce n'est pas un crime de ne pas savoir s'exprimer, ce n'est pas un crime d'être triste », jusqu'à ce qu'elle sorte en trombe de son bureau en claquant la porte derrière elle. Le souvenir de cette anecdote m'a fait sourire, et c'est à ce moment-là que je me suis rendu compte qu'avant ça j'avais pleuré.

# 3.

« Ce sont des réponses toutes prêtes.

– Désolé, de quoi s'agit-il ?

– C'est une série de réponses toutes prêtes. Je me suis dit que ce serait bien de vous les montrer. »

Son interlocuteur a fait une pause. Craig connaissait déjà la suite. C'était son troisième entretien en trois jours. Il avait estimé qu'ajouter une série de réponses toutes prêtes alourdirait son portfolio. En même temps, il était sensibilisé au besoin de le faire, de produire une impression plus forte ; sauf que ça ne fonctionnait pas.

Craig était avant tout « rédacteur de discours » et en avait donc inclus trois dans son dossier de candidature, ceux récemment préparés à l'intention de sénateurs américains. Normalement, les rédacteurs de discours travaillent sur le texte, et leur participation s'arrête là. Mais on demandait souvent à Craig d'aider à organiser les briefings pour les sessions de questions-réponses qui auraient lieu, avant ou après l'interview, avec les journalistes ou des membres de l'assistance.

Certaines des réponses – qu'il fallait donc étudier à l'avance pour qu'elles soient toutes prêtes – avaient besoin d'être charmantes, d'autres combatives ;

d'autres devraient faire passer une lueur dans l'œil de l'orateur ; et d'autres encore devraient n'être pas tout à fait une réponse tout en paraissant en être une !

On pouvait dire des discours qu'ils n'étaient jamais qu'une autre forme de dissertations ; les réponses toutes prêtes, en revanche, c'était différent. Il ne s'agissait pas simplement d'une autre forme d'écriture. Préparer de tels briefings demandait aussi une compréhension critique et nuancée des angles que les questionneurs risquaient d'aborder. Et Craig avait entendu dire par un collègue que les inclure dans son portfolio prouvait que le personnel de campagne vous avait fait confiance : il vous avait demandé de travailler avec lui, de partager des pizzas tard le soir, de discuter des menaces comme des occasions à saisir. Vous n'étiez donc pas juste un cerveau embauché pour dérouler de belles phrases.

Craig s'est mis à tapoter de la main droite sur le bras de la chaise. C'était son troisième entretien en trois jours, et il savait que l'homme était sur le point de lui expliquer que, certes, une bonne communication écrite était vitale pour le poste qu'il convoitait, mais qu'on s'intéressait aussi beaucoup aux capacités relationnelles et à l'expérience pratique du candidat. Craig voulait l'arrêter avant même qu'il se lance et lui parler des commandes de pizzas, de tous ces hommes aux manches de chemise relevées testant des idées sur de grands tableaux : lui aussi pouvait fonctionner en groupe, ainsi que le prouvait le document dans son portfolio, contenant les fameuses réponses toutes prêtes.

Craig voulait lui parler d'expérience pratique. Il voulait lui expliquer qu'il n'avait peut-être jamais fait de photocopies de sa vie, ni présidé de réunion, ni suivi un processus éditorial de bout en bout, mais qu'il y avait eu ce séjour à Barcelone avec une fille qui disait bien l'aimer. Et il essayait de bien l'aimer, lui aussi. Alors, un soir, quand elle s'était arrêtée devant la vitrine d'un grand couturier et avait tenté de le convaincre qu'une des tenues était géniale, il avait noté le nom et l'adresse de la boutique. De retour à Washington D.C., il s'était acheté une grammaire et un dictionnaire espagnols, et avait veillé toute la nuit pour composer un courrier à l'intention de la boutique, rappelant la date à laquelle ils avaient vu la tenue et en donnant un descriptif ainsi que son adresse et son numéro de carte de crédit. Histoire d'être flamboyant jusqu'au bout, il leur avait aussi demandé de lui envoyer le mannequin ! Il avait réceptionné l'ensemble une semaine plus tard, l'avait emporté dans son quartier d'un coup de taxi, avait expliqué la situation à la gérante d'une petite boutique voisine, et avait installé le mannequin dans sa vitrine ! Puis il avait invité la fille à dîner, l'avait emmenée faire une promenade, s'était arrêté devant la boutique et, bien qu'il ait dû lui rappeler qu'il s'agissait là de la tenue vue à Barcelone, elle lui avait fougueusement sauté au cou, débordante de reconnaissance. Il avait fallu trois mois à la fille pour lui expliquer qu'elle ne l'aimait pas suffisamment. Mais ç'avait été une expérience concrète où il avait fait preuve d'initiative et d'une réelle capacité à résoudre les problèmes de manière créative.

Le voici qui à présent tapotait également du pied droit car il pensait à cette fois où deux de ses amis avaient parlé de faire tenir des œufs en équilibre lors de l'équinoxe de printemps, alors que la nuit et le jour sont de même durée, et que la position de la Terre par rapport au champ gravitationnel du Soleil est propice…

Ils l'avaient vu à la télé et s'attendaient à ce que Craig réfute leur histoire, mais il ne l'a pas fait, parce qu'il avait une idée derrière la tête. Le lendemain, il est sorti acheter une douzaine d'œufs : il allait trouver un moyen de les faire tenir en équilibre. Il a donc acheté des tuyaux à perfusion et tenté d'abord de les vider. Il a réfléchi ensuite à diverses solutions pour durcir leur extrémité, tout en refusant de faire des recherches Internet sur le sujet. Puis, la veille du jour J, il a découvert la solution qui consistait à coller de minuscules languettes de papier aux extrémités des œufs – minuscules languettes qui ressemblaient à des imperfections et empêchaient l'œuf d'osciller, puis de basculer. Il en a emporté une douzaine ainsi préparée chez ses amis. Il n'a jamais avoué qu'il les avait trafiqués ; il s'est simplement réjoui de leur ravissement quand ils ont eu la preuve qu'ils avaient eu raison avec leur histoire d'équinoxe de printemps…

Solution pratique aux problèmes. Innovation et résilience ! Il se trouvait convaincant. Mais il n'en a rien dit. L'homme rassemblait déjà ses papiers. Il lui a déclaré que leur groupe politique était modeste et que tout le monde devait mettre la main à la pâte, s'impliquer dans une série de projets, mais qu'il pourrait y avoir d'autres postes à pourvoir à l'avenir, des postes de recherche ou bien des contrats de courte durée pour la rédaction d'articles politiques ou d'opuscules.

Craig tapait des deux pieds. Et sa main droite se faisait plus bruyante. Ses doigts s'étaient mis à imprimer un rythme. C'était son troisième entretien en trois jours et il se terminait comme les deux précédents.

Il était au chômage depuis deux mois, s'ennuyait, ne sortait pas assez de chez lui et devait rationner sa consommation de journaux à trois par jour. Il écrivait de bons discours, il le savait. Il avait un CV formidable dans ce domaine. Il avait travaillé pour des sénateurs américains. Durant le premier tour des élections de 2004, il avait écrit des discours pour un candidat à la nomination démocrate pour la présidence. Mais il n'avait jamais décroché de poste en bonne et due forme. Il n'avait que ses discours pour références. Et donc chaque entretien s'achevait de la même manière. Hélas ! aucune grande campagne électorale ne se profilait à l'horizon, donc aucun riche filon en discours n'était à envisager avant une autre année et demie au moins.

L'homme s'est raclé la gorge. Craig a levé la tête et l'a fixé dans les yeux pour la première fois. Il savait que ça pouvait aider à instaurer la confiance et avait souvent lu de terrifiantes statistiques selon lesquelles quatre-vingt-dix pour cent de la communication humaine était non verbale, mais il n'avait jamais été capable de se discipliner au point de maintenir le contact visuel de manière efficace. Au bout de quelques secondes, il lui a donc fallu détourner le regard. Du coin de l'œil, il voyait que l'homme l'observait, soit avec sévérité, soit avec incrédulité. Il avait bien sûr cessé de parler. Craig se rendait compte qu'il tapotait non seulement de ses deux pieds, mais aussi de ses deux mains sur les bras de sa chaise, qu'il ferait probablement mieux de s'arrêter et que c'était sans doute ce comportement qui attirait l'attention. En même temps, il n'en avait pas envie. Il n'en éprouvait pas le besoin. Il aimait le son qu'il produisait. Il ne pensait plus à l'entretien ni aux réponses qu'il n'avait pas réussi à donner. Il regardait ses mains et ses pieds, et modulait le rythme.

L'homme s'est levé.

« Eh bien, merci d'être venu. Comme je vous l'ai dit, il pourrait y avoir des collaborations possibles à l'avenir. »

Craig n'a pas bronché. L'homme s'est mis à piétiner nerveusement. La mesure s'est accélérée. Craig se concentrait très fort. Il sentait les muscles de sa cuisse se contracter, mais positivement. L'homme a tenté une nouvelle fois de se racler la gorge. Il a posé la main sur le combiné téléphonique, essayant de décider ce qu'il convenait de faire. C'est alors que Craig s'est immobilisé. Sa main droite a joué la dernière note. Il avait terminé son crescendo. Il s'est levé, a pris congé et s'en est allé.

Craig était le camarade qui avait lancé l'expression « Laissez entrer les idiots » lors de nos séances avec Mlle Russell. Ce n'était pas son seul exemple d'écholalie. Son père, PDG d'une société, dirigeait souvent des séminaires lors desquels il devait prononcer des discours. Il prenait cela très au sérieux et faisait fréquemment les cent pas dans la maison en s'entraînant avec des fiches. Craig avait noté des expressions qu'utilisait son père et les répétait en classe. Personnellement, je ne m'en souviens pas, contrairement à Mlle Russell dont la préférée était « fonctionnalité démultipliée » ; elle riait chaque fois que Craig lançait ça, même après plusieurs semaines et malgré les regards désapprobateurs des autres enseignantes.

Craig nous a quittés rapidement pour se retrouver dans une classe classique, dans une école fondée et tenue par des jésuites. Je ne l'ai revu qu'à l'adolescence. C'était dans un hall d'hôtel à New York. Ma famille et moi vivions au Pakistan à l'époque, mais il avait déjà été décidé que nous déménagerions à Glasgow au plus vite et que l'université qui m'ouvrirait bientôt ses portes serait soit britannique, soit américaine. Nous logions à l'hôtel, et Craig et ses parents étaient venus nous rendre visite. Ce dont je me rappelle très clairement, c'est qu'en traversant le hall il a renversé un vase et que je l'ai rattrapé. Il y a eu une minisalve d'applaudissements de la part de certains clients et du personnel de l'hôtel, avec pour résultat l'irritation de Craig à mon égard pour le restant de la soirée.

J'ai tenté à plusieurs reprises d'entamer une discussion avec lui, nos parents ont essayé plus encore, mais il s'est buté. Ça ne m'a pas trop dérangé, parce que j'avais un magazine que je me suis mis à lire – après coup ma mère m'a expliqué que Craig culpabilisait pour le vase et que j'aurais dû être plus discret.

Au dîner, un des sujets de conversation que nos parents ont tenté de lancer était nos études. Par hasard, nous avions tous deux postulé auprès de la même université dans le nord-est des États-Unis. Bien que je ne l'aie pas encore dit à mes parents, j'avais déjà décidé que je n'irais pas. J'avais toujours vécu dans des grandes villes et ce campus était à la campagne. Les sons y étaient fort différents. Il n'y avait pas le bruit sourd et lourd de la circulation, ni son vrombissement, ni le vague *kir-kir** des voix au loin non plus, juste le chant des oiseaux et un silence que je devinais dérangeant. Cela m'empêcherait de dormir. Le chant des oiseaux était un bruit qui, même s'il n'était pas humain, avait une signification – il variait, montait et descendait, et

* Mot inventé par l'auteur.

je lui préférais de beaucoup le bruit stable et inexpressif de la circulation qui me calmait. Et puis, pour être honnête, j'aimais mieux rester près de mes parents. Je n'avais jamais vécu loin de ma famille, dont j'avais suivi tous les déplacements. Mes parents n'avaient jamais envisagé de me laisser dans une école où j'avais pris mes habitudes ou encore, sachant que leur mode de vie serait itinérant, de m'en préserver en m'inscrivant dans un pensionnat. Confrontés à mon entrée à l'université, ils s'autorisaient pour la première fois à imaginer qu'il me serait possible de vivre loin d'eux. Et je devais trouver cela prématuré, même si, pour autant que je m'en souvienne, j'avais écarté toute université éloignée pour des raisons aussi différentes qu'importantes, telle une trop grande proximité avec le chant des oiseaux…

Craig et moi ne nous sommes pas revus avant septembre 2004, en pleine campagne présidentielle américaine. Le candidat démocrate pour lequel Craig travaillait alors avait perdu la course à la nomination, et Craig s'était mis à travailler en free-lance, tout en se rendant à des entretiens pour des postes à temps plein. Nous nous étions envoyé nombre de mails au préalable. Et nous avions constaté que, depuis notre dernière rencontre, nous avions tous les deux décroché des diplômes en droit et en philo – moi dans cet ordre-là et lui dans l'ordre inverse. Nous avons été encore plus surpris en découvrant que ni l'un ni l'autre n'avions étudié dans les universités choisies par nos parents ; Craig était allé, tout comme moi, à l'université de sa ville.

Nous nous sommes revus à New York, sur les marches de la bibliothèque de l'université Columbia. Lors de notre dernier échange de mails, nous nous étions décrit ce que nous porterions ce jour-là afin de pouvoir nous reconnaître. C'est Craig qui m'a repéré le premier ; il a crié mon prénom tandis que je grimpais les marches dans sa direction : « Kamran ». Sa voix était plate, tout comme celle d'André et de Randall ; et bien qu'il ait posé une question, il n'y avait pas de note interrogative en fin de phrase.

Il était assis à côté d'une assistante sénatoriale. Il m'a expliqué qu'elle le briefait pour un discours à rédiger à l'occasion d'une cérémonie à la mémoire d'un juge important ; après quoi, il est retourné à sa conversation.

L'assistante lui a exposé rapidement ce qu'ils attendaient. Le thème central était « Crime et châtiment ». Le public était composé d'éminentes personnalités, beaucoup de groupes clés étaient représentés, et l'équipe chargée de la campagne allait faire son maximum pour susciter un intérêt médiatique. L'assistante s'est arrêtée de parler. Craig avait tapé du pied droit sur la pierre par trois fois et pris note de ce qu'elle lui disait. Il a déchiré la première page de son calepin et s'est mis à la relire avec fermeté.

« De toute évidence, il nous faut deux citations illustrant les opinions du juge. Vous n'avez pas besoin de noter ça, je vous laisserai ma feuille après. Pour l'instant, je vous la lis afin que nous puissions discuter de certains trucs si besoin est… J'aimerais que l'une de ces citations souligne trois valeurs, ou se décline en trois parties, qu'elle offre une sorte de trilatéralité, parce que le discours sera en trois parties, et que la seconde citation donnera sa structure au discours, plutôt que de devoir en plaquer une. Il nous faut une anecdote, de préférence à propos du sénateur ou de son père, et qui soit en rapport avec le juge, un genre de lien personnel. S'il n'y en a pas, vous devrez m'en informer au plus vite. Il faut une deuxième anecdote sur un membre du public, ou même sur toute la circonscription électorale que vous voulez toucher, et cette anecdote doit aussi avoir une relation avec le juge. Merci de me fournir au plus vite toutes les statistiques que vous aimeriez inclure parce que, sinon, je vais devoir les chercher de mon côté et parfois les gens n'apprécient pas – mais dites-moi si je peux m'y atteler, parce que j'adorerais le faire. Si vous pouviez aussi me fournir rapidement un exemplaire de chaque discours que le sénateur a prononcé depuis son élection, ce serait vraiment utile : ça me permettrait, dès le premier brouillon, d'écrire avec sa voix, ou tout comme. Mais, avant ça, je préparerai une page de réponses toutes prêtes portant sur ce que vous venez de me dire et sur les documents que vous me confierez demain. Si vous pouviez passer ça en revue avec l'équipe chargée de la campagne et le sénateur, nous partirions d'un bon pied et vous vous sentiriez d'emblée plus sereine. C'est un discours intéressant. Merci beaucoup d'avoir fait appel à moi. Je vous suis très reconnaissant. »

Craig a tapé à nouveau du pied droit, trois fois. L'assistante a regardé dans ma direction et souri.

« Quelle est la position du sénateur sur la peine de mort ? lui ai-je demandé.

– Il ne tient pas à ce qu'on l'embarque sur le sujet, mais c'est un défenseur modéré. Ce n'est pas un thème de campagne majeur à ses yeux. Son adversaire partage plus ou moins son opinion. »

Je me suis tourné vers Craig.

« Et si on lui pose la question ? »

Craig a haussé les épaules.

« Si c'est dans le contexte de la cérémonie et si le juge en est un défenseur modéré lui aussi – et je pense que c'est le cas –, le sénateur devra donner son avis brièvement, et puis citer le juge. Si le juge n'a pas laissé d'écrits utiles sur le sujet, alors le sénateur devra lâcher quelques mots sur la difficulté du problème, dire combien la criminalité est une réalité terrible, exprimer de la considération pour les victimes et les familles, et expliquer que, quand l'État sera amené à prendre une décision de vie ou de mort, ce sera fait en référence à des juges de la même trempe. Il faut cette conclusion-là pour aider à éliminer la question. Être sensible à son importance, certes, mais, comme vous l'avez déclaré, garder à l'esprit que ce n'est pas un thème majeur de campagne et que nous ne voulons donc pas passer davantage de temps dessus. »

L'assistante a émis un sifflement discret quoique prolongé.

« Eh bien ! Ça vous plairait de venir nous aider à préparer quelques questions-réponses en fin de semaine ? Ainsi qu'à régler d'autres menus problèmes ? » lui a-t-elle demandé tranquillement.

Craig a hoché la tête.

« Mais oui. Merci. »

L'assistante a rassemblé ses affaires, Craig lui a tendu la page de son calepin et elle s'en est allée.

« Eh ben, ai-je fait dès qu'elle se fut suffisamment éloignée.

– Eh ben », a rétorqué Craig.

Et nous sommes restés assis là tous les deux, arborant un large sourire.

Quelques jours plus tard, nous étions assis dans la New York University, au fond d'un des halls en train de se vider. Des hommes démontaient l'estrade après en avoir enlevé les sièges. Le hall lui-même bourdonnait encore d'excitation.

Le président G. W. Bush s'était déplacé à New York afin de s'adresser à l'Assemblée générale des Nations unies, et nous venions juste d'entendre le sénateur John F. Kerry le contrecarrer avec un grand discours politique sur l'Irak. On était mi-septembre, l'élection aurait lieu dans sept semaines, les termes et conditions des débats étaient sur le point d'être finalisés et les candidats voyaient enfin le bout du long marathon de ces six derniers mois.

Craig et moi avions choisi d'avoir une vue d'ensemble sur la campagne. Nous lisions des tas de journaux, nous vérifiions les sites Internet d'information cinq ou six fois par jour, et nous avions décidé d'assister à absolument toutes les manifestations qui auraient lieu dans l'État de New York. Nous espérions tous deux la victoire du sénateur Kerry – pas simplement pour soutenir notre camp, nous y avions également un intérêt professionnel ! Craig sentait que, si sa saison de rédaction free-lance était fructueuse, il serait en bonne position pour le poste de chargé de communication. Bien que je n'aie pas un intérêt aussi direct dans le résultat de la campagne, je circule dans le même genre de monde que lui puisque je travaille pour le gouvernement britannique, où je remplis les fonctions de conseiller ministériel et de rédacteur de discours.

Nos vies sont comme une hélice à double révolution – une convergence suivie d'une divergence suivie d'une convergence et ce à l'infini. Tout petits, nous avions démarré dans la même classe ; nous n'avions pas fréquenté la même université, mais nos raisons pour ne pas y aller étaient les mêmes. Et maintenant nous avons le même genre de boulot !

Craig avait écrit son premier discours en bonne et due forme pour la remise des diplômes du lycée – il avait été élu pour lire le discours de fin d'année. Il avait rédigé des fragments de débats auparavant, des exposés, et d'après lui la plupart de ses dissertations étaient bien meilleures lues à voix haute, mais cette cérémonie lui offrait son premier discours d'importance.

Il avait débuté en s'inspirant des manuels didactiques de son père, où il avait puisé différentes figures de rhétorique, et la tâche avait commencé à lui plaire, à l'exciter, à le galvaniser. Tandis que sa confiance en lui augmentait, ses inhibitions diminuaient.

Il se mettait au lit avec un dictionnaire de citations et cornait la page dès qu'il sentait que l'une d'elles était réutilisable. Il marmonnait des bouts de discours sous la douche, ou en marchant, ou encore étendu sur son lit, le matin, en attendant que le réveil sonne.

Un soir, son père avait rapporté à la maison un lutrin qu'il avait installé dans le couloir pour que Craig puisse répéter correctement. Au départ, il ne s'en servait que quand tout le monde était parti se coucher mais, la veille de la cérémonie, sa famille s'était assise et l'avait écouté déclamer son discours en entier. Il n'avait pas levé les yeux de son texte une seule fois, alors qu'il le connaissait par cœur. Ses parents l'avaient invité au restaurant ensuite : ils étaient fiers, étonnés, et nerveux.

Il n'y avait de toute évidence aucun espoir que Craig puisse prononcer son discours lui-même le lendemain.

Il trouvait déjà suffisamment difficile de prendre la parole en classe ! Il devait se concentrer très dur sur ce qu'il disait, et toute distraction ou interruption, qu'il s'agisse d'un stylo qui tombe ou de pages voletant sous l'effet d'un courant d'air, l'amenait à marquer un long temps d'arrêt : il avait besoin d'assimiler ces nouvelles données sensorielles, de les comprendre, avant de pouvoir reprendre le fil de ses pensées. Il lui manquait aussi la confiance en lui pour monter sur une estrade ou pour projeter sa voix ; il n'arrivait pas à lever les yeux de son texte quand il parlait, et son ton était monocorde tout du long.

Aucun enseignant n'avait envie de lui demander de prendre la parole lors de la cérémonie et de lui faire ainsi courir le risque d'une gêne quelconque. Mais ils lui avaient proposé d'écrire le discours en accord avec ses parents, Craig étant, et de loin, le meilleur rédacteur de dissertations de sa classe de terminale. Et il s'était attelé à l'écriture avec bonheur ! Qu'il parvienne à prononcer ce discours à la maison, après en avoir terminé la rédaction, était déjà une énorme réussite supplémentaire, et son père en avait soupiré d'aise, libéré de l'angoisse qui le tenaillait depuis qu'il avait commandé le lutrin.

Le jour de la remise des diplômes, toutes les craintes de ses parents – par exemple, Craig détesterait confier son discours à un autre lecteur, il pourrait avoir une crise si ce dernier ne le lisait pas exactement comme lui, ou encore si personne ne reconnaissait que c'était lui qui l'avait l'écrit –, ces peurs se sont révélées vaines. Le discours a remporté un franc succès. Son camarade a lu certains passages à un rythme différent et a prononcé *joie de vivre* et *volenti non fit injuria* comme s'il s'agissait d'expressions anglaises, mais

Craig était fier comme un paon et tout le monde l'a félicité. On lui a d'ailleurs proposé de poser à côté de son lecteur pour des photos.

Sa carrière de rédacteur venait de prendre son envol ! Son père, par exemple, n'a plus jamais préparé un discours lui-même ; c'est Craig qui s'en est chargé, même à l'approche de la rentrée universitaire. Il lui a également préparé un calendrier qui indiquait tous ses rendez-vous, ses conférences, ses séminaires, qu'il a punaisé au mur, sans rater une seule échéance. Des collègues de son père se sont mis à faire appel à ses services, eux aussi. Et sa prestation dans le couloir est devenue un rituel hebdomadaire. Il économisait l'argent qu'il gagnait – tout le monde, son père y compris, tenant à le payer pour ses services – et en deuxième année il s'est acheté un ordinateur. Grâce au traitement de texte il imprimait des versions définitives, dont il appréciait la netteté, la lisibilité et la facilité d'utilisation, mais il continuait de rédiger et de corriger à la main.

Son premier discours politique a été pour un sénateur à l'Assemblée, le père d'un camarade de faculté. Craig a été briefé allongé sur un lit d'hôpital où il se remettait de sa première et unique cuite. En faculté, il était tranquille. D'ailleurs, il était à peine là. Il assistait aux cours qu'il estimait valables et boudait carrément les autres. En amphithéâtre, il s'asseyait toujours au même endroit, à l'extrémité du rang le plus proche de la sortie, loin des groupes qui s'étaient rapidement formés. Il cherchait généralement à arriver le plus tard possible, et à filer tout de suite après la fin des cours. Il faisait la même chose aux séminaires. Grâce à son propre argent et au soutien de ses parents, il avait acheté tous les textes clés et fréquentait donc peu la bibliothèque. Son choix de ne pas participer à la vie estudiantine l'avait néanmoins fait repérer.

De temps à autre, une fille ou deux venaient s'asseoir à ses côtés, essayant de repartir avec lui, suggérant qu'ils aillent manger un morceau. Il était élancé, avec des cheveux noirs bien coupés et de grands yeux vifs. Chaque fois que j'ai passé du temps en sa compagnie, j'ai remarqué que les gens le dévisageaient, ou le regardaient marcher, en partie parce qu'il était beau gosse. Ce n'était pas par impolitesse ou misanthropie qu'il était replié sur lui durant ses années de fac, mais il était incapable de manier le vocabulaire en vigueur, les codes du campus, et il ignorait tout de ses ragots parce qu'il n'y vivait pas. Donc, quand des filles ou qui que ce soit l'entraînaient dans une conversation, il leur demandait s'ils allaient bien, s'ils avaient beaucoup bossé le cours de logique et il posait autant de questions supplémentaires qu'il pouvait en inventer : « On dirait que tu as un sale rhume… Tu prends des vitamines histoire de renforcer ton immunité ? », « Je ne sais pas ce qu'il faut faire pour être autorisé à rendre un travail en retard, tu veux que je demande ? » Et, quand la conversation tournait court, il se frottait les sourcils et lançait : « Ravi de t'avoir rencontré(e) », ou : « Passe une bonne soirée », puis il filait.

De temps en temps, l'attention qu'on lui accordait était plus cruelle. Quelqu'un lui rentrait dedans soi-disant accidentellement ou, plus pénible encore, renversait quelque chose sur lui. Ou encore l'interrogeait sur sa petite amie – à moins qu'il ne s'agisse d'un petit ami ? Ses parents lui avaient toujours vivement conseillé de fuir ce genre de situations ou alors, s'il n'y parvenait pas, de s'asseoir par terre et de se faire totalement passif. C'était la stratégie que sa mère

– elle-même l'objet de taquineries répétées durant sa scolarité – avait suivie avec succès. Le problème de Craig, c'était qu'il avait l'air d'être un adversaire à la hauteur. Il s'habillait bien, était beau et, comme tout le monde pouvait le constater, s'intéressait aux femmes. Quelques moqueries étaient inévitables, l'avaient rassuré ses parents, il fallait juste trouver le moyen de les enrayer. Donc, quand il commençait à paniquer, il s'asseyait par terre. Les autres riaient de lui ou bien l'encerclaient, mais ça ne durait jamais longtemps et ça n'allait jamais plus loin que cela.

Sa fameuse cuite, il l'avait prise à une soirée organisée par un garçon de son cours de philo avec qui il avait effectué un travail de groupe. Ce garçon n'était pas autiste, mais il était tranquille et intelligent, et Craig s'attendait à un repas autour d'une table, ce qui ne lui posait pas de problème – et peut-être même pourrait-il s'éclipser rapidement ensuite. Il n'aimait pas se sentir isolé sur le campus et c'était une occasion gérable d'y remédier : le dîner réunirait peut-être d'autres gens gentils et de commerce agréable.

Mais la soirée s'est révélée plus animée que prévu ! Il y avait environ une centaine de personnes à l'arrivée de Craig, et beaucoup d'alcool. Lui buvait du vin à la maison, en famille, mais toujours avec modération. Parfois, il prenait une bière avec son père, certains dimanches d'été. Il avait décidé de quitter la soirée assez vite, mais pas trop tôt pour ne pas être impoli.

Dans la cuisine, on lui a offert un verre et il l'a accepté, mais la personne qui le lui a donné trouvait que ce serait très drôle de le soûler, et lui a donc versé du whisky à la place de la bière. Craig ne connaissait pas assez le whisky pour réaliser qu'on se jouait de lui et, tandis qu'il faisait le tour de la maison bondée, il a bu de plus en plus vite pour pouvoir partir. Jusqu'à ce que, dépassé par la quantité d'alcool ingérée, il s'écroule de manière théâtrale sur le sol du patio.

Son camarade, accompagné de ses parents, a passé la nuit à l'hôpital avec les parents de Craig. Ce dernier n'est pas revenu à lui avant le matin. Un docteur l'a questionné sur les moindres détails, l'a ébloui avec une lampe, puis, après le retour des résultats de ses analyses de sang, tout le monde a poussé un soupir de soulagement.

Quand le sénateur à l'Assemblée, le père de son camarade, est venu parler à Craig, il était déjà au courant de ses excellentes notes et avait entendu de son père combien Craig avait beaucoup écrit jusque-là. Bien que ce compte rendu soit de toute évidence partial, il avait néanmoins décidé de lui commander un bref discours. Il lui fallait quelque chose de percutant et il pourrait ainsi profiter du temps qu'il aurait sinon consacré aux recherches et à la préparation pour faire autre chose. Et puis le coma éthylique de Craig avait eu lieu chez lui, et lui confier cette mission permettait de faire amende honorable. Craig s'est assis sur-le-champ et a demandé un calepin. Sa mère lui a tendu le carnet d'adresses qui était dans son sac et il s'est mis à gribouiller des notes sur les dernières pages.

Une fois que les deux hommes eurent emporté le lutrin, Craig et moi sommes restés seuls dans le hall. L'estrade avait été complètement démontée. La seule trace du meeting était une bannière oubliée sur un siège portant ces simples mots : « Kerry Edwards 2004 ». Craig ne faisait pas mine de vouloir partir, et dans ma tête je me repassais des fragments du discours du sénateur Kerry pour en faire une analyse politique – un réflexe que je devais à mon travail.

Craig s'était retrouvé rédacteur de discours parce qu'il s'était soûlé. Mon cheminement vers le poste que j'occupais était différent. J'avais étudié le droit en premier cycle, en grande partie parce que mes parents sentaient que je devais avoir un métier. C'était particulièrement important pour quelqu'un comme moi qui n'allait pas gagner des millions avec son seul esprit d'entreprise, et pour qui l'éducation n'avait été au départ qu'un moyen de sortir du silence : je n'avais pas parlé avant l'âge de quatre ans.

Après mes débuts dans l'école new-yorkaise, devoir intégrer le système d'enseignement général avait été aussi déroutant que stressant. Peut-être était-il crucial pour un autiste que l'université mène à une reconnaissance formelle, à une qualification indiscutable ?

Bien que j'aie étudié le droit, j'avais vite décidé que je n'allais pas devenir avocat et avais entrepris de m'intéresser à la philosophie du droit : les questions de légitimité du droit, du rôle de la loi, de ses liens avec la moralité et le pouvoir social. Et puis tout le monde dans ma promo voulait devenir avocat, et le boulot semblait impliquer beaucoup d'entretiens, ainsi que des cocktails où il fallait repérer quelles personnes il était stratégiquement intéressant d'aborder. Je ne trouvais pas difficile de m'exprimer en public, dans la mesure où je considérais cela comme une activité abstraite ; ce qui m'inquiétait davantage, c'étaient les conversations plus intimes, qui permettaient de décrocher boulots puis dossiers.

Donc, au lieu de continuer par une formation professionnelle, j'ai passé un autre diplôme, cette fois-ci en philosophie ; après quoi, j'ai rédigé une thèse de doctorat en théorie du droit. Le doctorat était une sorte de formation professionnelle, puisque je m'attendais à poursuivre dans l'enseignement supérieur et la recherche. Mais, à ce stade-là, je m'étais également éloigné de mes parents pour partir à plus de six cents kilomètres – une heure d'avion – afin d'y préparer le doctorat en question.

Durant mes études de droit, j'avais fait l'expérience de la conversation telle que je l'ai déjà décrite. Pour la première fois, être intelligent commençait à vouloir dire que le monde était plus facile à déchiffrer. Avoir des connaissances en droit et en philo, et être doué pour les deux, impliquait que j'étais en mesure de lire les journaux de plus près qu'autrefois : je parvenais à comprendre les idées dans leur contexte. Quand quelqu'un affirmait quelque chose, je connaissais l'argument contraire, ou bien où il pourrait mener. Ça me donnait du courage, et j'ai décidé, en partant pour cette autre université, que j'allais aborder les choses différemment. Mon père, pour mon installation, m'a emmené en voiture avec toutes mes affaires. J'ai parlé à la vendeuse à l'une des stations-service sur l'autoroute ; dès mon arrivée, j'ai abordé un autre étudiant de troisième cycle, nouveau lui aussi, et j'ai pu parler de son travail avec lui, et de son voyage ; j'ai comparé avec humour nos pères vérifiant le niveau d'huile de leur moteur, fiers d'avoir rempli leur mission vis-à-vis de leurs fils ! Tout à coup, « aborder les choses différemment » n'a plus été une simple résolution, mais un nouveau comportement dans un nouveau lieu.

Trois ans plus tard, j'en étais à réécrire entièrement ma thèse pour la dernière fois – ma réaction à la critique est souvent disproportionnée : je détruis un objet représentant ce qui a été critiqué, et je recommence. Ça se déroule presque cérémonieusement ; par exemple, imprimer les pages et faire de chacune un avion en papier, lancé ensuite par une fenêtre ayant vue sur le jardin ; ou bien donner une disquette à manger aux fourmis ; ou encore scier une raquette de tennis.

J'avais passé toute ma vie adulte dans des universités et j'y étais devenu bon. J'en connaissais déjà beaucoup sur la politique, j'avais pas mal lu et, après ma formation et en droit et en philo, il était ardu d'argumenter avec moi. Je me suis donc mis à chercher un travail dans une sphère où je pourrais faire usage de ces capacités. J'ai découvert la fonction publique britannique et j'y suis resté.

Nous avons laissé la voiture dans la rue et avons remonté l'allée qui menait à la maison. Nous allions assister à une soirée de bienfaisance républicaine à Long Island, grâce à des cartons d'invitation sur lesquels nos noms étaient inscrits en lettres d'or. L'allée était sinueuse, bordée de grands arbres. La maison était énorme, somptueusement éclairée, et je m'étais dit que notre soirée ressemblerait davantage à une scène de *Gatsby le Magnifique* si nous garions la voiture à distance pour marcher un peu. Mais Craig n'avait ni lu le livre ni vu le film, et mon insistance, doublée de ma description de Robert Redford en costume de soie rose, n'avait pas produit grand effet – il avait à peine soulevé un sourcil.

J'étais nerveux. J'avais soutiré les invitations à un ami républicain sur un coup de tête. Il m'avait semblé que l'occasion pouvait être amusante : nous allions entamer des discussions avec des républicains, détailler leurs marottes, et puis il y aurait probablement d'excellents zakouskis ! Mais, maintenant que nous étions à pied d'œuvre, j'avais perdu de ma superbe. Je n'étais pas convaincu que mes chaussures en daim soient suffisamment élégantes pour l'occasion. Pouvait-on porter du daim à une soirée républicaine à Long Island ? Je m'étais aussi convaincu, c'était en tout cas l'impression que j'avais, que Craig et moi avions clairement le profil démocrate et que nous allions être repérés sur-le-champ. Mais j'étais surtout nerveux parce que Craig marchait bien plus lentement que moi. Tout à coup, il s'est arrêté et a posé sa main gauche contre un arbre. Ses yeux étaient rivés au sol.

Nous avions passé l'après-midi dans son appartement, qui avait tout de celui d'un tueur en série de cinéma. Durant ses périodes d'écriture, et chaque fois qu'il dénichait quelque chose d'utile dans un journal, il déchirait la page puis la collait au mur. Et comme il n'enlevait pas toujours les feuilles quand il avait terminé, les murs étaient recouverts de ces coupures de presse. Une pile de vieux calepins se trouvait sur la table de la cuisine aux côtés d'un ordinateur et de la plupart des volumes d'une ancienne édition de l'*Encyclopaedia Britannica*. Mais c'était très propre. Tout était très propre.

L'idée de vivre seul ne lui était pas venue spontanément mais, quatre ans auparavant, ses parents s'étaient mis d'accord pour se séparer provisoirement afin de sauver leur couple. Un moratoire de deux jours avait suivi cette annonce, puis ses parents s'étaient mis à faire pression sur lui, chacun prétendant qu'il devait venir habiter avec lui plutôt qu'avec l'autre. Craig avait trouvé ça très pénible. Il ne lui avait jamais traversé l'esprit de devoir partir un jour loin de ses parents. Bien qu'il soit indépendant de mille manières – il ne demandait jamais à ses parents de relire les lettres qu'il écrivait, et s'il leur parlait de ses perspectives de travail, il sollicitait rarement leur avis sur les pistes à suivre –, se débrouiller seul lui semblait périlleux et compliqué.

Il avait plus ou moins conscience que ses parents, pour faire tourner la maison, s'occupaient de beaucoup de choses que lui ne comprenait pas. Parfois, il aidait pour les courses, mais il partait avec une liste et, une fois de retour, il laissait les sacs sur le plan de travail de la cuisine : il lui manquait le lien entre les achats qu'il venait de faire et le dîner qui serait préparé le soir.

C'était sa grand-mère qui avait décidé que, compte tenu des circonstances, il devait vivre seul. Craig en avait fait sa confidente durant cette période et, un jour qu'il lui téléphonait dans le salon, ses parents étaient arrivés en pleine dispute. C'était bruyant, et sa grand-mère avait glané quelques bribes. Elle lui avait demandé de mettre le haut-parleur pour qu'elle puisse mieux entendre. Ils s'étaient disputés pendant près d'une heure. Une fois que ça s'était calmé, elle avait prié Craig de couper le haut-parleur. Quand il avait repris le combiné, elle lui avait dit qu'elle serait là dans la soirée.

Elle avait apporté des annonces venant de trois agences immobilières. Elle a fait asseoir les parents et leur a expliqué qu'ils se comportaient mal et qu'ils devaient laisser Craig vivre seul pendant qu'ils réglaient certaines choses, plutôt que de l'impliquer dans leurs disputes. Puis elle a emmené son petit-fils en haut, dans sa chambre, où ils ont choisi ensemble son futur appartement.

Elle est restée avec lui le premier mois et lui a appris comment cuisiner cinq plats de base, comment essuyer la cabine de douche tous les matins afin d'éviter l'accumulation de traces d'eau sur la paroi vitrée, et il a acquis suffisamment de savoir-faire pour sentir que cette perspective de vie en solo serait gérable, au moins pendant que ses parents tentaient de résoudre leur différend.

Puis sa grand-mère est venue lui rendre visite tous les week-ends durant les six premiers mois. Elle a été impressionnée par ses progrès. Il n'avait pas commis certaines des erreurs classiques des garçons qui vivent seuls pour la première fois. Comme il aimait la propreté, il sortait toujours la poubelle ; et comme il n'avait pas beaucoup d'amis intimes, l'appartement n'était jamais jonché d'emballages de pizzas ou de canettes de bière. Le plus dur était une chose qu'il n'aurait jamais imaginé trouver difficile : devoir passer autant de temps tout seul. Il en était arrivé à la conclusion que, quand on les passait sans personne, les soirées pouvaient être interminables. Il rentrait du travail, se changeait soigneusement, se préparait un repas, le prenait devant la télé puis faisait la vaisselle. Et, après avoir fait tout ça, il se rendait compte que ça ne lui avait pris que trois quarts d'heure. Or les soirées duraient bien plus longtemps. Il n'avait pas toujours envie de lire, et regarder les chaînes d'infos devenait lassant, puisque les mêmes nouvelles passaient en boucle toutes les demi-heures.

C'est durant cette période, et afin de mettre un terme à ces longues soirées, que pour la première fois de sa vie Craig s'est mis à appeler les gens dans un but convivial. Des amis du travail, des cousins, ou même l'un de ses parents. Il le faisait sans raison particulière, juste pour parler. Puis il est passé de la conversation téléphonique à la rencontre en face à face. Il s'est mis à rejoindre sa mère deux fois par semaine pour dîner, et voyait son père tous les dimanches. Accompagné d'une assistante sénatoriale pour qui il rédigeait régulièrement des discours, il s'est inscrit à un cours du soir de latin, histoire de rafraîchir ce que lui avaient appris les jésuites tant d'années auparavant.

Sa grand-mère avait remarqué tout ça et, quand ses parents ont décidé de refaire un essai de vie commune et l'ont prié de revenir habiter chez eux, elle l'a invité à déjeuner et lui a demandé s'il estimait avoir le choix. Il n'a pas compris tout de suite ce qu'elle voulait dire, et elle a donc dû réitérer sa question : « Est-ce que tu te rends compte que tu peux choisir de continuer à vivre dans ton appartement ? » Dans la semaine, il est allé voir ses parents et leur a expliqué qu'il les aimait vraiment beaucoup – sa grand-mère lui avait conseillé de commencer par ça –, qu'il était ravi qu'ils revivent ensemble et qu'il viendrait les voir plusieurs fois par semaine, mais qu'il gagnait suffisamment pour payer son loyer et qu'il allait donc rester là où il était.

Après que Craig m'a montré toutes ses étagères et s'est assuré que je savais combien il y avait de livres au total, nous nous sommes assis sur le canapé pour regarder des cassettes où on le voyait prononcer des discours. C'était crucial, selon moi. Tout comme André se servait de marionnettes pour s'exprimer, Craig, lui, se servait des discours d'autres personnes. Mais tandis que les marionnettes d'André parlaient toutes sur un ton monocorde, à son image, je m'attendais à retrouver sur ces cassettes l'emphase et l'enthousiasme de Craig.

Il écrivait des discours puissants ; j'en avais lu à peu près une douzaine. Il savait ce qu'il faisait, mais il lui fallait visionner ces cassettes pour évaluer le rythme de ses phrases.

« Qu'est-ce que tu veux regarder ? » m'a-t-il demandé.

Il m'a proposé une série de politiciens et de dates. Je me suis allongé sur le canapé et lui ai laissé la responsabilité du choix. Il s'est frotté un peu les sourcils et a pris une cassette à l'extrémité de la rangée.

À l'écran, le lutrin était vide. Puis Craig est entré dans le champ avec un porte-documents. Il l'a posé, a fait un vague signe de la main et a souri. Il a dit : « Merci », l'a renforcé d'un « merci beaucoup », puis s'est mis à lire.

Il s'agissait d'un discours sur la politique énergétique. Au début, il a évoqué un scénario où l'Arabie Saoudite coupait l'approvisionnement des États-Unis. Il décrivait la période durant laquelle les réserves de pétrole domestique seraient utilisées non comme « le calme avant la tempête » – une expression qui lui serait venue trop vite, à mon avis, et aurait fait sentir qu'il ne maîtrisait pas vraiment le sujet –, mais comme « le moment où, ayant perdu son équilibre, on va tomber par terre ». Puis il a prédit la cessation totale d'activité de plusieurs entreprises, des crises de nerfs devant les stations-service, ainsi que des mouvements frénétiques en Bourse. Les images étaient détaillées et ironiques, le langage simple mais saisissant. Et ce n'est que quand il s'est mis à expliquer pourquoi forer en Alaska n'allait pas réellement suffire, trois minutes après le début de son discours, que j'ai pris conscience qu'il s'exprimait comme à son habitude, si ce n'était peut-être un peu plus fort.

Craig avait bougé et se retrouvait dos contre l'arbre. Il faisait semblant de s'octroyer une pause plus longue uniquement pour contempler la lune. Je n'aurais pas dû être étonné par la montée de son angoisse, mais je l'étais. Je l'avais vu impressionner l'assistante sénatoriale sur les marches de la bibliothèque. Il était très loquace au téléphone. Et donc, bien qu'il m'ait parlé de son incapacité à lire son propre discours lors de la remise des diplômes au lycée, bien qu'il ait évoqué le calme de ses années de fac, et bien qu'il m'ait raconté l'entretien durant lequel il s'était mis à tapoter, j'étais surpris que nous soyons encore près de l'arbre ; je me suis alors rendu compte que j'avais opté, à son sujet, pour la version optimiste. Craig était de toute évidence un autiste qui fonctionnait très bien. Sur le spectre de l'autisme, Craig se situait effectivement à un autre niveau qu'André et Randall. Mais il ne fallait pas oublier qu'il était bel et bien autiste.

Moi aussi, j'étais nerveux à l'idée que, à cette soirée, quelqu'un de perspicace nous repère comme démocrates. Je l'étais également à cause de mes chaussures en daim et à l'idée d'être le chaperon de Craig. Ce n'était pas un rôle dont j'avais l'habitude. J'avais regardé Amanda s'occuper d'André. Et Mike de Randall. D'autres personnes avaient veillé sur moi, dont des camarades de classe, tout le long de mes études secondaires et supérieures. Je me reposais sur les autres pour me présenter à des inconnus, pour m'intégrer aux conversations ou pour frapper à ma porte et s'assurer que je me rendrais bien à telle soirée en fin de compte. Je n'avais aucune expérience de la prise en charge d'un autre être humain.

J'avais peur que, quoi que je dise à Craig, ça ait l'air condescendant. Parce que c'était la réaction que, moi, j'avais eue face à des réflexions qu'on avait pu me faire – mais que j'avais acceptées malgré tout. J'ai donc dit :

« Donnons-nous des objectifs. Par exemple, chaque fois que nous nous retrouverons dans une discussion sur la politique énergétique, ou que ça parlera de forage en Alaska, nous aurons gagné un point. »

Craig a souri.

« Super.

– Tu compteras les points ? lui ai-je demandé en tentant de l'impliquer un peu plus dans le jeu.

– Dès qu'ils affirmeront que les abattements fiscaux stimulent l'économie, ça vaudra un point aussi, a-t-il suggéré.

– Non, un demi-point. Ce serait trop facile sinon.

– D'accord, d'accord. Et dès qu'ils effectueront la comparaison Bush-Reagan, ça vaudra un point aussi.

– Adjugé ! Et pour toute accusation de fraude électorale du côté démocrate, un point aussi.

– Le pays en regorge, c'est de notoriété publique, non ? m'a-t-il dit avec à présent un sourire aux lèvres.

– Certaines compagnies envoient de l'argent à des candidats via Internet. Tu t'imagines ? Comment les partis peuvent-ils contrôler leurs candidats ? »

Craig a ri.

« Un point ! »

Je n'avais aucune idée de ce qu'il fallait faire ensuite. C'était une conversation distrayante, mais elle n'allait pas nécessairement nous mener jusqu'au bout de l'allée, devant la maison aux lumières flamboyantes, afin que nous y fassions usage de nos somptueux cartons d'invitation. Craig n'avait pas bougé. Son entrain se limitait aux effets des idées qu'il lançait. Pour finir, je me suis mis à marcher.

« Un point pour n'importe quel mot ou expression qui signifie Noirs, ai-je poursuivi.

– Tu veux parler de "ces gens des banlieues défavorisées qui vivent aux crochets de l'État" ? a répondu Craig en me rattrapant.

– Ça vaut un point. »

J'ai presque soupiré, à moitié de gratitude, à moitié d'appréhension, parce que j'avais le sentiment d'avoir utilisé la ruse, comme si j'avais écrasé un cachet que j'aurais ensuite saupoudré sur sa nourriture. Pourquoi étions-nous venus ici, au fait ? N'était-ce pas beaucoup de tracas ? Craig essayait d'aller à autant de soirées de ce genre qu'il le pouvait. Étant rédacteur de discours à succès, et encore plus en free-lance comme à l'heure actuelle, il se devait d'entretenir ses contacts. Il s'en sortait plutôt bien, d'ailleurs, et lors de soirées comme celle-ci les gens cherchaient toujours à faire sa connaissance. Mais dans la mesure où, cette fois, ce n'était pas le bon parti politique, cette soirée n'allait pas élargir son carnet d'adresses, et je ne pourrais pas davantage le présenter à qui que ce soit, contrairement à mes habitudes. Malgré tout, nous étions enfin en route, et je cherchais à me souvenir des raisons pour lesquelles nous nous étions dit au départ que ce serait amusant.

Je n'y suis pas parvenu et, à la place, j'ai repensé à ce que Craig m'avait confié la veille, qu'il n'avait jamais entretenu de relation à long terme. Nous étions restés debout tard à dessiner sur le mur des courbes basées sur des résultats de sondages. La fille avec qui il était sorti le plus longtemps – neuf mois – faisait des sondages d'opinion. Elle avait commencé à avoir des problèmes au travail. Son patron, en plein divorce, était devenu irritable, et de moins en moins présent. Il avait cessé de l'encourager et, au lieu de ça, lui reprochait des erreurs dérisoires. Même si elle s'en voulait de réagir comme cela, son travail en avait été peu à peu affecté et une sorte de cycle s'était mis en route.

Elle expliquait ça à Craig régulièrement. Il faisait des suggestions, la rejoignait après le travail dans un café qu'elle aimait, s'occupait de préparer leurs vacances. Il y avait encore quelques bonnes journées, mais pas d'amélioration notable, et elle continuait de se sentir sous pression. Elle savait aussi qu'elle monopolisait la parole quand ils parlaient de leur journée de travail, et reprochait à Craig de ne plus rien partager avec elle depuis qu'elle allait mal. Ça la mettait d'autant plus en colère que ça soulignait encore la distance qui les séparait. Elle lui en parlait, il tentait chaque fois de corriger le tir, puis se retrouvait de nouveau dans le rôle de celui qui écoute. Craig croyait que c'était la meilleure attitude et, de toute façon, c'était celle qu'il adoptait le plus facilement. Elle le savait pertinemment, se disant depuis le début de leur relation que ce pourrait être, un jour, une des sources de tension entre eux. Quand ses craintes se sont révélées fondées et bien que les raisons en soient bonnes aux yeux de Craig, elle est partie.

De toute évidence, n'importe quelle relation aurait volé en éclats dans de telles circonstances, mais il était difficile pour Craig de voir les choses sous cet angle ; il était difficile pour un autiste comme lui de se convaincre que la rupture n'avait pas eu lieu à cause de l'autisme. Il me l'avait raconté, et j'étais d'accord.

Je n'étais pas en mesure d'ajouter grand-chose. J'étais fatigué, j'avais vécu quelque chose de semblable et ça m'avait rendu triste d'entendre la même histoire chez quelqu'un en passe de devenir un ami. Et voilà que je l'amenais à une soirée qui allait être difficile pour tous les deux.

Nous avons passé la porte et pénétré dans une vaste entrée. J'ai jeté un coup d'œil en coin à Craig pour observer son expression, mais ça avait l'air d'aller, il s'habituait. Je me suis mis à imaginer que toutes les portes menaient à des placards plutôt qu'à des pièces, que l'entrée représentait toute la superficie de la maison.

Les invités étaient en costume, blazer ou veste de sport, et personne ne portait de chaussures en daim. La plupart donnaient l'impression d'avoir été enduits de jaune d'œuf d'un même coup de pinceau. Nous étions en retard et des groupes avaient déjà commencé à se former.

Il y en avait notamment un composé de jeunes hommes, dont l'un n'arrêtait pas de passer sa main sur le pourtour d'un guéridon près des escaliers ; il paraissait refuser de bouger de sa position dans leur cercle. Craig et moi avons fait le tour du rez-de-chaussée et découvert qu'il était possible, en passant sous les escaliers, d'accéder à une énorme cheminée avec des fauteuils devant, et d'y goûter des zakouskis aussi délicieux que nous l'avions imaginé ! Ce milieu satisfaisait mes fantasmes à la *Gatsby le Magnifique*, bien qu'il y ait peu de femmes et pas la moindre trace de bal à l'horizon.

Tandis que nous faisions notre tour, nous avons cherché des moyens de nous intégrer aux conversations. Mais personne ne semblait évoquer la campagne électorale, ou même parler de politique tout court. Il y avait une discussion sur les germes de soja – nous nous sommes arrêtés dans l'espoir d'un débat sur la politique agricole, mais ça a vite tourné à l'anecdote sur l'exploitation d'un parent ; une autre portait sur Mizen Head, le point le plus au sud de l'Irlande ; et une autre encore sur la pratique du patin à glace dans Central Park !

Quand j'ai regardé du côté de Craig une nouvelle fois, il avait l'air sombre, ce qui ne m'a pas étonné. Sa carrière en politique reposait sur le fait de savoir bien écrire sur des enjeux politiques. C'était grâce à ce talent qu'il obtenait du travail, et non parce qu'il était membre d'un club de golf chic ou invité à dîner par d'éminentes familles.

Il aurait dû éprouver un sentiment de parenté vis-à-vis de ces personnes impliquées comme lui dans la politique – suffisamment pour assister à une soirée de bienfaisance en tout cas –, mais il ne se sentait aucun lien avec elles. Nous savions que converser avec des républicains serait difficile, mais nous pensions que ce le serait parce qu'il nous faudrait faire attention à ne pas exprimer trop clairement nos dissensions. En revanche, nous n'aurions jamais cru que les gens ne parleraient pas de politique à une soirée de bienfaisance de ce parti ! Qu'allions-nous faire maintenant ? Heureusement, j'avais apporté une pince crocodile pour m'aider.

J'ai ouvert la pince, puis l'ai refermée. Je l'ai de nouveau ouverte et cette fois je l'ai maintenue ainsi. J'ai posé un doigt entre les dentelures, puis j'ai relâché.

Après quoi, j'ai retiré mon doigt et brièvement déposé la pince dans le creux de ma main. Elle m'offrait ce que j'ai décrit plus haut comme de la cohérence locale. Avec elle, je réussissais à me concentrer sur ce que je faisais, et les autres problèmes passaient alors au second plan. Je n'avais pas à m'inquiéter de ce à quoi je parviendrais à cette soirée. Je pouvais faire une pause et m'occuper de la pince à la place – une chose plus aisée sur laquelle me focaliser, plus simple à comprendre et à manipuler.

J'estimais que j'avais grugé Craig en l'obligeant à une conversation quand il s'était arrêté près de l'arbre.

J'ai retourné la pince, la faisant rouler entre mes doigts dans la poche de mon pantalon. J'essayais de planifier mon prochain mouvement, d'imaginer un autre stratagème. Puis Craig a remarqué quelqu'un avec qui il avait déjà travaillé et s'est dirigé vers lui. J'étais sur le qui-vive. Cette personne ne saurait-elle pas que Craig était démocrate ? Mais ils étaient heureux de se revoir et se sont serré joyeusement la main.

« Je suis ici avec un ami, mes parents vivent dans le coin, a annoncé l'ancien collègue de Craig.

– Mon oncle habite à Long Island », a répondu Craig sur le même ton d'excuse.

Nous avions trouvé un autre démocrate camouflé. Après les présentations, Craig lui a expliqué le système des points et nous l'avons convié à jouer avec nous.

Craig et lui avaient séjourné l'un chez l'autre. Quand Craig vivait à New York, il avait passé la nuit à Washington D.C. moult fois, tandis que certains de ses amis venaient régulièrement à New York pour leur travail. Au départ, Craig dormait à l'hôtel. Ça lui plaisait et il en avait l'habitude, pour avoir voyagé avec ses parents. Il y avait à Washington un hôtel en particulier dans lequel il descendait régulièrement, au point que, lorsqu'il se rendait dans d'autres villes, il en choisissait un de la même chaîne. Les chambres d'hôtel présentaient l'avantage d'être sans surprise, contrairement aux maisons des gens chez qui il y avait toujours quelque chose qui clochait, par exemple la douche : « Ferme le rideau tout du long jusqu'à la gauche, sinon l'eau va couler par terre » ; « Tourne le robinet à gauche deux fois – trois, c'est trop – et puis actionne le levier au milieu dans le sens inverse des aiguilles d'une montre » ; ou alors vous ne saviez pas si on allait vous donner une serviette, et c'était difficile de tirer ça au clair par téléphone au préalable.

Craig avait néanmoins compris que, bien que ses amis aient logé chez lui à plusieurs reprises, s'il persistait à refuser leurs invitations, ils finiraient par ne plus y venir. Ce qui le confrontait à un dilemme. Il avait commencé à apprécier le sentiment de compétence lié à la présence d'un invité, et du coup il a fait des compromis. Il s'est mis à accepter les invitations et, quand les gérants de l'hôtel de Washington lui ont laissé un message pour lui demander s'il n'était plus satisfait de leurs services, il a répondu par lettre pour leur assurer qu'ils faisaient tout très bien et leur exposer la raison pour laquelle il avait cessé de descendre chez eux.

Mais vivre chez des gens, côtoyer des effets personnels différents et des tas d'objets dont il ignorait l'histoire était toujours difficile pour lui : pourquoi y avait-il une tasse ébréchée sur le manteau de la cheminée ? D'où venait la maquette en bois assemblée de travers ? Il avait donc mis au point une stratégie.

Chaque fois qu'il logeait chez un ami, il réordonnait une chose. Par exemple, s'il y avait une pile de livres sur la table basse, il la prenait et la rangeait par ordre alphabétique ; si les fleurs dans les vases étaient fanées, il sortait en acheter d'autres. Après avoir fait ça, c'est-à-dire avoir introduit cette touche de cohérence personnelle, il y revenait chaque fois qu'il se sentait un peu nerveux. Lors de son précédent séjour chez l'ami que nous venions de croiser, il avait démonté un ventilateur sur pied qui ne fonctionnait pas correctement et l'avait réparé.

Une heure et demie plus tard, nous discutions dans le patio avec les jeunes gens aperçus près des escaliers à notre arrivée. J'avais marqué un point, les autres aucun. C'était bizarre, il n'y avait pas une seule discussion politique en vue ! Tout le monde était agréable et, en plus, sans se forcer ! Chaque fois que nous avions l'occasion de tester leurs opinions, ils étaient sûrs soit que Bush allait gagner, soit que les enjeux n'étaient pas ce qui allait infléchir le vote. Notre tentative d'agitation politique s'était révélée un échec.

À la place, voilà que Craig racontait des blagues, en alternance avec un des républicains au visage anguleux qui semblait en avoir tout un stock. Je ne l'avais jamais vu comme ça. Je ne lui connaissais pas ce talent. Son ton était égal, il était même impassible, ne changeait pas de voix, mais ses blagues étaient bonnes et elles fonctionnaient. Il en finissait une et riait juste après. Nul doute que les hommes plantés là devaient trouver bizarre cette drôle de personne qui faisait une plaisanterie en regardant ses pieds, puis rigolait fort ensuite, comme pour la mettre en valeur, mais pour l'essentiel ils riaient aussi et faisaient des commentaires, et l'un d'entre eux répondait à Craig blague pour blague.

Après la soirée, nous sommes retournés à pied vers la maison de son oncle, totalement exaltés. Nous nous étions bien amusés. Je n'avais sorti la pince crocodile de ma poche qu'une seule fois. Et nous étions repartis avec des cartes de visite, peut-être trois ou quatre chacun.

Notre sentiment de réussite était, pour parler franchement, disproportionné. Ce n'était jamais qu'un cocktail, après tout. Tout le monde y avait échangé des cartes de visite. Au final, nous ne nous étions pas adressés à tant de gens que ça, et nous n'avions pas été les derniers à partir non plus. Pourtant, nous nous sentions éminemment victorieux : nous étions allés à une soirée pour son aspect politique et nous avions survécu au fait qu'il n'y en ait pas eu !

Nous avons bifurqué dans une petite allée et nous sommes retrouvés une nouvelle fois face à la lune. Craig a posé les mains sur sa tête et a hurlé : « Faites entrer les idiots ! » Nous avons répété ça deux ou trois fois et puis sommes rentrés.

Pour finir, c'est en Ohio que ça s'est joué, alors que nous avions imaginé que ça se passerait en Floride, en Pennsylvanie, dans le Wisconsin ou même à Hawaii. Nous avons regardé ça des deux côtés de l'Atlantique. J'étais de retour à Londres et Craig attendait devant la maison du sénateur Kerry, près de Boston. Nous nous sommes parlé sur nos portables plusieurs fois au cours de la soirée.

Les résultats de l'élection présidentielle américaine du 3 novembre 2004 nous ont foudroyés. Ce n'est pas que nous ayons estimé que la stupidité l'avait emporté sur l'intelligence, la peur sur l'espoir, ou la xénophobie sur l'ambition libérale. Peut-être pensions-nous cela aussi mais, même si c'était le cas, il s'agissait là de déceptions politiques, réversibles : notre camp avait été battu et ça ne faisait que renforcer notre désir de le rendre encore meilleur la prochaine fois. Notre impression, de manière plus précise, était qu'il n'y avait plus de place pour nous, pour Craig comme pour moi, dans les postes que nous occupions. Si le 3 novembre 2004 était le fidèle reflet de la politique actuelle, nous allions peut-être devoir nous dénicher une autre occupation.

Craig et moi avions le sentiment que notre camp avait gagné la bataille des débats avec beaucoup de conviction ; en revanche, nous avions perdu la guerre tellement lamentablement que la vision politique qui faisait notre force était sur le point de rendre l'âme. Pour son propre bien-être ultérieur, notre camp avait besoin de lâcher du lest, et de nous lâcher avec.

Pour Craig en particulier, les mois qui ont suivi ont été incroyablement difficiles. Il n'arrêtait pas d'échouer dans ses entretiens, comme par exemple celui où il s'était mis à pianoter sur une chaise. Ses lettres et mails restaient sans réponse. Nul doute qu'il y avait d'autres raisons à cela : les gens avaient perdu leurs illusions, la campagne électorale suivante était loin, il y avait d'autres postulants laissés pour compte de cette campagne, avec une meilleure expérience ou de meilleurs contacts que lui.

Néanmoins, tout ça semblait à Craig un puits sans fond.

D'ailleurs, il n'a toujours pas retrouvé de travail. J'ai gardé le mien, mais je suis fonctionnaire – c'est difficile de perdre un tel poste.

« Est-ce que tu sais siffler ?

– Non, m'a avoué Craig.

– À mon avis, on devrait siffler, ai-je suggéré en arrachant un brin d'herbe.

– Tu siffles, toi ?

– Je suis nul. »

Craig a hoché la tête. Nous discutions des trucs de mecs que nous ne savions pas faire – siffler, gréer une voile, se battre – et des conséquences. Nous n'étions pas emballés par le sujet, mais le précédent silence avait été long et ça paraissait un bon moment pour siffler.

Nous étions installés dans l'herbe près de Stonehenge (un site archéologique sur lequel se trouve un monument constitué de grandes pierres). À deux jours du solstice d'hiver, il y avait beaucoup de gens, dont une femme avec une guitare mais qui n'en jouait pas. Elle était assise avec son instrument sur les genoux, les mains voltigeant au-dessus des cordes, comme si elle composait ou qu'elle attendait que la lumière frappe les pierres d'une manière bien spécifique.

Craig était toujours au chômage. Peu avant les vacances, il avait fait le tour de tous les entretiens où il pouvait se rendre. Il fallait du temps pour que de nouveaux postes se créent après les élections ; les démocrates allaient avoir besoin d'au moins une année pour commencer à se reconstruire correctement. Craig avait déjà écrit les lettres de candidature qu'il avait l'intention d'envoyer en janvier, et il avait cessé de noter des expressions ou des idées dans son calepin en vue de réponses toutes prêtes ; il sentait qu'il ferait peut-être mieux d'utiliser son temps et ses économies à voyager.

Malgré tout, l'encourager à venir en Angleterre ne s'était pas fait sans mal. Et, une fois sur place, il avait passé le plus clair de son temps à dormir et à parcourir les livres dans mon bureau. Bien qu'il vive seul, c'était son premier voyage en solo à l'étranger. Il ne s'en sortait pas trop bien, loin de ses petites habitudes.

En arrivant à Londres, il était sorti sans ses bagages par le hall des départs et ça avait été toute une histoire pour le faire entrer à nouveau afin qu'il les trouve. Il ne voulait rencontrer aucun de mes amis. Il m'avait demandé de le briefer et je m'étais donc assis avec lui pour lui énumérer leurs centres d'intérêt et les sujets probables de conversation. À plusieurs reprises, nous avions réussi à aller jusqu'à la station de métro ; après quoi, il avait renoncé avec force excuses mais sans croiser mon regard. Il me semblait qu'il ne comprenait pas vraiment pourquoi mes amis voulaient le voir, ou pourquoi moi j'y tenais tant. Il était *mon* ami, après tout, pas le leur. Il n'était que de passage et il n'y avait pas là matière à entamer des conversations qu'ils pourraient poursuivre plus tard.

Du coup, nous étions restés la plupart du temps chez moi. Stonehenge était le seul endroit qu'il ait demandé à visiter ; il se rappelait l'avoir vu dans une émission télévisée quand il était jeune.

Ce lieu nous a étonnés. Il n'y avait pas beaucoup d'explications à consulter sur place, et nous n'avions pas envie d'être coincés avec un guide audio. Nous avons fait le tour du site une seule et unique fois, puis nous nous sommes assis dans l'herbe. J'ai essayé d'imaginer comment les pierres avaient pu être apportées là, mais impossible. Craig observait paresseusement la femme à la guitare.

Je craignais de ne pas avoir très bien organisé cette excursion. Nous avions juste loué la voiture le matin même. J'avais suggéré que nous allions ensuite jusqu'à Bath, mais le temps d'y arriver, ce serait le début de la soirée et je n'avais pas réservé de chambre d'hôtel.

J'ai tiré sur un des lacets de Craig. Ses parents lui avaient rappelé que nous faisions beaucoup ça quand on était mômes ; alors, depuis son arrivée, nous nous y étions remis. Bizarrement, je ne me souvenais pas de l'avoir fait à l'époque.

Je ne me rappelais pas grand-chose concernant Craig, en fait. Et je ne le connaissais toujours pas très bien. Une partie du problème était que, bien qu'il séjourne chez moi et que nous passions beaucoup de temps ensemble, il était très difficile de le faire parler d'autre chose que de politique, et en particulier de lui. Peut-être voyait-il notre amitié sous ce seul angle, étant donné qu'elle s'était scellée autour de cet intérêt commun et que c'était donc là notre grand sujet de conversation ? Peut-être pensait-il même que c'était ce que j'attendais de lui, que je ne souhaitais pas qu'il parle d'autre chose ?

C'était loin de la vérité. Je m'inquiétais pour lui. Je m'inquiétais qu'il soit encore amoureux de la fille qui avait rompu avec lui. Un jour, mon téléphone fixe a sonné, mais le correspondant a raccroché à l'instant où j'ai décroché. Craig m'a demandé si c'était elle. J'ai vérifié le numéro de l'appelant, qui était masqué. Je lui ai alors dit que c'était probablement ma mère, dont le numéro ne s'affichait pas et qui composait parfois le mien par erreur parce qu'il ressemblait à celui d'une amie. Mon explication l'a déçu, et il m'a avoué avoir envoyé un mail avec mon numéro à son ancienne petite amie, dans la mesure où ce serait moins cher pour elle que d'appeler sur son portable – il n'y avait aucune raison pour qu'elle le fasse, mais savait-on jamais… Saisissant la balle au bond, j'ai essayé de le questionner davantage sur elle, mais il a coupé court et décidé de sortir se balader.

Je m'inquiétais aussi de ce qu'il allait devenir professionnellement parlant. Il n'avait pas l'air d'aller très loin dans ses entretiens, et la rédaction de discours allait vraiment être réduite au minimum dans les mois à venir. Je n'arrêtais pas d'imprimer des infos sur des séminaires politiques ayant lieu à Londres. J'entretenais le fantasme qu'il s'y rende, pose une question époustouflante, parle à la bonne personne ensuite, et que ça le mène quelque part. Mais il n'a assisté à aucun. Parfois, il promettait de le faire mais, quand je rentrais du travail, je le retrouvais allongé sur le canapé ; de toute évidence, il n'avait pas quitté la maison de la journée.

Ça aurait presque été plus simple si nous ne nous étions jamais connus. Bien que nous ayons passé beaucoup de temps ensemble aux États-Unis, que nous ayons suivi toute la campagne et que nous ayons veillé tard en discutant politique, bien que nous ayons fait toutes ces choses qui suffisent normalement à sceller une amitié, nous ne pouvions oublier les précédents liés à la relation entamée durant notre enfance. Nous avions le sentiment de devoir y être fidèles, en un sens, mais n'en gardions pas de souvenirs – ce sont nos parents qui la reconstituaient avec leurs anecdotes partielles.

C'était comme ces photos de vacances, ou encore les photos officielles. Nous savions que nous avions tiré sur les lacets de l'un et de l'autre, mais nous ne savions pas pourquoi nous avions commencé, si c'était pour s'énerver mutuellement, si ça avait suscité des bagarres, si nous l'avions fait ensuite régulièrement, ou pourquoi nous avions cessé de le faire. C'était comme les pierres devant lesquelles nous étions assis : nous ne connaissions aucune des histoires qui y étaient liées.

Et donc nous avons continué de fixer les mégalithes et de regarder les gens autour de nous. Il y avait pas mal de familles, de groupes. Pour nous qui étions assis sur l'herbe, loin du site, les visiteurs qui marchaient autour des pierres – beaucoup avec le casque noir du guide audio – faisaient partie du spectacle. Stonehenge était comme une cage de zoo, avec un paysage en carton-pâte installé là pour tromper les captifs ; il y avait même une clôture en fil de fer barbelé le long de la route !

Je me suis tourné vers Craig et j'ai tiré les lacets de son autre chaussure. Il avait déjà défait les deux miens.

« Tu piges ? » lui ai-je demandé.

Il a secoué la tête, à regret, ou lentement.

« Peut-être qu'on devrait finalement prendre un guide à la boutique, ai-je suggéré. À moins que tu n'en aies déjà un ? »

Il a recroisé les jambes et arraché une poignée d'herbes qu'il s'est mis à trier dans le creux de sa main.

« J'avais cru qu'ici au moins on pourrait s'asseoir sans lire. »

Il a haussé les épaules.

« Oh ! », ai-je fait après un temps d'arrêt.

Tout à coup, je me suis senti mal, comme quand on n'a pas fait attention à l'heure et que l'on se retrouve en retard à un rendez-vous avec un ami : on sait qu'on lui a fait faux bond et on n'a pas d'excuse. Craig faisait des efforts et je ne m'en étais pas rendu compte.

« Je suis désolé, Craig. »

Il a secoué la tête en guise de protestation.

« Je devrais apprendre à dire ce que je pense, a-t-il murmuré.

– Tu ne devrais pas avoir besoin de me le dire à *moi*, ai-je rétorqué fermement. Je n'ai pas envie d'être une énième personne dont tu doives gérer les attentes. »

Ça m'avait soudain frappé : Craig n'avait pas envie de faire des excursions, ce qui signifiait donc que je devais cesser d'en parler. Il n'avait pas davantage envie de rencontrer mes amis et je devais arrêter de vouloir l'y contraindre. J'étais son allié autiste. Peut-être nous trouvions-nous à différents stades sur le spectre autiste, mais je ne voulais pas être éloigné de lui au point qu'il ait besoin de m'expliquer pourquoi il était inquiet à l'idée d'aller à une soirée, ou se sente obligé de me demander s'il pouvait commander une pizza. J'avais toujours les mêmes angoisses. Ne l'avais-je pas dit suffisamment clairement ? N'avions-nous pas conclu que nous étions toujours semblables ? Je refusais de mettre en danger la perspective d'une belle amitié. Je me sentais contrarié. Alors je me suis levé. Ça aiderait peut-être de marcher.

« Une seconde ! » s'est exclamé Craig.

Il se souvenait que mes lacets étaient défaits. Et il a entrepris de les nouer. Je n'ai pas bougé. Je l'ai regardé faire.

Quand il a eu fini, j'ai lancé :

« On y va ? »

Prenant une autre poignée d'herbes, il a répliqué :

« Restons jusqu'au coucher du soleil. Je crois que c'est ça que les autres attendent. »

J'ai acquiescé d'un signe de tête. Peut-être la femme à la guitare jouerait-elle alors une chanson. Ou peut-être certaines des pierres se mettraient-elles à bouger.

« Dans ce cas, je vais aller chercher des glaces », ai-je déclaré.

Craig a hoché la tête et m'a salué de la main de manière exagérée.

« Hé ! ai-je fait.

– Hé ! » m'a-t-il répondu.

# 4.

« Pourquoi as-tu fait des progrès ? »

J'ai entendu ces mots et j'ai cru que je m'étais endormi. Je me suis immédiatement repassé la question, essayant de définir le ton sur lequel elle avait été posée. Il m'a laissé faire. Nous étions assis en silence depuis un certain temps quand il s'est levé pour se servir à boire. Sa femme avait disparu quelque part dans la maison. C'était plus facile quand elle était là, elle était plus volubile que lui et ponctuait toujours ce qu'il me disait.

Il avait bu le plus clair de la soirée. Ni vite ni maladivement, mais il avait bu. Le temps était divisé en épisodes, dont chacun commençait par un verre. Me tournant le dos, il le préparait avec précaution, décapsulant les bouteilles puis mesurant les différents ingrédients, qu'il mélangeait ensuite. Chaque étape était bien distincte et il y portait toute son attention. Quittant le placard à alcools pour revenir vers son fauteuil, il avançait comme si la pièce était plongée dans l'obscurité, ou comme s'il était dans une maison hantée de fête foraine, où les meubles se dérobent brutalement et où les squelettes tombent du plafond. Puis il se rasseyait et posait le verre près de son fauteuil. Après une pause, il prenait sa première gorgée et se raclait la gorge, ce qui correspondait à une indication scénique, le moment de tourner la page, le rappel à l'ordre dans une réunion : il écoutait de nouveau.

Je n'avais pas encore réfléchi à ma réponse, et il n'allait pas tarder à se racler la gorge. J'ai déplié les jambes et me suis frotté la cuisse droite. J'avais vaguement peur de lui. Il était professeur d'histoire à l'université et – parce qu'il était soûl, et parce que, plus tôt dans la soirée, sa femme l'avait repris quand il oubliait des choses – je le soupçonnais de me pousser à le sous-estimer, à le trouver gâteux pour que je donne une réponse condescendante ou simpliste. Ensuite, il me réduirait en miettes et je ne serais plus jamais réinvité chez eux.

Un peu avant, nous avions écouté les informations et il avait bondi au commentaire d'un journaliste sur la politique locale en Indonésie, puis m'avait expliqué les causes réelles de la tension dans ce pays. Il parlait comme s'il lisait une page de sa propre prose, déjà récitée plusieurs fois – ça sonnait presque juste, il savait ménager des pauses. Mais ce n'était pas une lecture, il discourait.

Il s'est assis, s'est raclé la gorge et a légèrement modifié sa question.

« Les autres ont-ils fait des progrès ? »

Une curieuse vague de soulagement m'a traversé.

« Non, monsieur », ai-je répondu.

Nombre de ceux que j'avais contactés pour ce livre n'ont pas souhaité y participer. Souvent, c'est leurs parents qui m'ont opposé un refus – de nombreux autistes adultes vivent toujours chez leurs parents. Soit ils ne veulent pas en partir, soit on rechigne à les laisser vivre seuls, soit on ne s'y est pas opposé et ça a échoué. Dans un des cas, c'est un frère aîné qui m'a barré l'accès. Dans un autre, une de mes camarades m'a expliqué qu'elle ne considérait pas que se retrouver dans ce livre serait une expérience positive – elle évitait de trop penser au fait qu'elle était autiste. Tout ce que j'ai obtenu de la part d'un autre a été un coup de fil grésillant passé depuis une cabine, je pense. Je crois qu'il a essayé de me donner une adresse, mais il parlait très lentement et je l'ai perturbé en l'interrompant pour lui demander un numéro où je pourrais le rappeler ; après quoi, il y a eu des bips, il a été coupé, et je n'ai plus jamais entendu parler de lui. Je crains fort que, au-delà de ce livre, il n'existe un arrière-pays lointain et flou de l'expérience autiste.

« Non, monsieur. »

Sa fille Elizabeth n'a pas fait de progrès décisif, elle. Pis, elle s'est suicidée en 2002. Je voulais être reçu de nouveau chez eux, que sa femme et lui m'en racontent davantage, parce que l'histoire d'Elizabeth était importante. Je risquais, sinon, de commettre l'erreur de la transformer en emblème de la souffrance autiste, de m'emparer de son cas pour combler l'absence des camarades auxquels je n'avais pas réussi à m'adresser et dont je devais me contenter d'imaginer les problèmes. Je n'osais imaginer leurs succès ; or il devait bien y en avoir.

Je tenais donc à éviter cette erreur en apprenant davantage à la connaître. Car le pire de tout était que je l'avais complètement oubliée. Il paraît que nous avions appris à jouer du piano ensemble. Que tantôt mes parents, tantôt les siens nous ramenaient tous les deux ensuite. Mais je ne me souvenais pas d'elle. Et je n'avais pas beaucoup d'éléments tangibles auxquels me raccrocher.

J'avais parlé au père d'Elizabeth à une occasion déjà, au téléphone. Après quoi, tous nos contacts précédant mon arrivée à Los Angeles s'étaient effectués par mails. Quand nous nous étions téléphoné, il s'était excusé pour le bruit de la télé en fond sonore. Il m'avait expliqué que la télévision était allumée en permanence à cause des bruits qu'Elizabeth faisait. Elle parlait de mieux en mieux au fil des années, mais elle en faisait toujours. Dès qu'elle devenait ne serait-ce qu'un peu perturbée, elle émettait des sons gutturaux incontrôlables. Alors ils n'éteignaient jamais la télé, pour qu'elle ne se sente pas gênée, que ce ne soit pas les seuls bruits dans la pièce.

Quelques jours après ce premier appel, je suis rentré chez moi en métro. Pour ramener ses usagers à la surface, ma station a des ascenseurs plutôt que des escalators, et au fond de l'ascenseur il y avait un homme, la quarantaine environ. Il était vêtu élégamment mais pas correctement. Sa cravate n'était pas bien nouée. Ses pantalons étaient retroussés. Il n'arrêtait pas de bouger et n'était de toute évidence pas à l'aise. Ses yeux restaient rivés au sol et il émettait des bruits gutturaux. J'avais envie de lui prendre la main, de me glisser derrière lui et de l'entourer de mes bras. Mais je ne l'ai pas fait, bien sûr. À cause de son attitude, les autres usagers se sentaient mal à l'aise, eux aussi. Leur souhait le plus vif devait être que les portes se referment sans attendre, que l'ascenseur grimpe rapidement pour qu'ils puissent laisser cet homme derrière eux le plus vite possible. J'ai pensé très fort à Elizabeth. Je voulais me souvenir d'elle ou, à défaut, en apprendre plus sur elle. Je n'avais pas envie de penser à elle comme à une personne dans un ascenseur, ni à la gêne de son entourage.

Il y avait une seule photo d'elle sur le manteau de la cheminée de la maison familiale à Los Angeles. Elle y portait un casque de cycliste, un sweat bleu vif, et elle était debout près d'un arbre. Ses cheveux étaient attachés en queue-de-cheval. Bizarrement, elle avait l'air du genre de personne à pouvoir entamer une conversation avec vous en vous prenant le bras et en vous demandant : « Comment ça va, mon cœur ? »

Son père s'est raclé de nouveau la gorge.

« Parle-moi du garçon aux marionnettes. »

Et je me suis exécuté. Après quoi, j'ai réfléchi aux questions que moi je souhaitais leur poser.

Henry, le père d'Elizabeth, nous a emmenés en haut de Bunker Hill Steps, au nom évocateur bien que l'effet en soit quelque peu gâché par les escalators à côté... Il m'a expliqué que les marches avaient été construites récemment, en écho à One Bunker Hill, le premier gratte-ciel de l'Ouest. Sa construction avait débuté en 1930, au cœur de la « grande dépression », mais elle avait été achevée malgré tout. C'était aussi le premier gratte-ciel entièrement électrique de la côte Ouest. Henry parlait comme un historien et faisait de grands gestes pour illustrer son discours. Ça n'a pas pris longtemps pour grimper jusqu'au sommet. Une fois arrivés là, nous y avons découvert un étang, un restaurant de poisson et l'entrée d'un parking. Henry s'est arrêté pour profiter de la stupéfaction qui se lisait sur mon visage.

« C'est ça, l'Amérique, Kamran. Des marches qui mènent à des endroits sans histoire ni Histoire. »

J'ai hoché la tête :

« Mais il y a des collines, tout de même ! »

Elles étaient visibles derrière un haut gratte-ciel marron de l'autre côté de l'entrée du parking.

« Dans cette ville, les collines sont visibles en permanence ! »

Et il s'est dirigé vers la gauche. Il y avait bon nombre de gratte-ciel autour de nous. J'ai protégé mes yeux et les ai regardés l'un après l'autre.

« Lequel est One Bunker Hill ? »

Il a marqué un temps d'arrêt.

« Celui qu'on ne voit pas », m'a-t-il répondu avec une certaine délectation.

Effectivement, il n'avait que douze étages. Caché par des gratte-ciel beaucoup plus grands, il avait perdu sa place dans le panorama. Sheila – la mère d'Elizabeth – et moi avons suivi Henry jusque dans un autre jardin, vaguement oriental, ou par endroits italien. C'était vraiment difficile à dire. Il appartenait à la Citybank, en tout cas.

« À Los Angeles, tout appartient à quelqu'un », a lancé Henry.

Nous avons traversé le jardin en question et nous nous sommes assis autour d'une table. C'était une journée ensoleillée et dégoulinante de chaleur. Une semaine auparavant, les écoles voisines avaient été fermées à la suite d'inondations. J'avais remarqué un panonceau sur le trottoir recommandant de prendre garde à une fissure : « Égouts menant à l'océan », y était-il marqué. De l'autre côté de la rue se trouvait la bibliothèque, la Los Angeles Central Library. À peu près à hauteur d'yeux, une inscription. J'ai mis du temps à me rendre compte qu'elle n'était pas en latin mais en anglais, et j'y ai lu : « Les livres à eux seuls sont libéraux et libres. Ils offrent quelque chose à quiconque le leur demande. Et ils émancipent tous ceux qui les servent fidèlement. »

« Elizabeth aimait bien venir ici », m'a expliqué Henry.

Après une pause, Sheila a ajouté :

« Elizabeth est venue ici au moins plusieurs fois. »

La chose étonnante n'était pas qu'elle soit venue, mais qu'elle l'ait fait seule. Comme à peu près la moitié des autistes adultes, Elizabeth habitait chez ses parents. À quelques reprises, elle avait été placée en institution – selon les professionnels, elle représentait un danger pour elle-même, ce qui nécessitait une surveillance continue –, mais à part ça, elle avait vécu toute sa vie chez eux. Henry et Sheila souhaitaient néanmoins qu'elle parvienne à faire certaines choses toute seule, et que cet apprentissage lui donne le sentiment d'être à la hauteur.

Dans un premier temps, ils avaient essayé de négocier avec le buraliste du coin pour qu'elle distribue des journaux. Mais il avait craint de perdre des clients. Puis ils avaient tenté de lui enseigner le jardinage. Mais si de la terre collait à ses vêtements, elle était terrifiée. Elle se précipitait alors à l'intérieur, arrachait ses habits et insistait pour prendre une douche.

La bibliothèque l'intéressait, en revanche. Elle aimait le bâtiment, à la pierre presque orange, avait-elle écrit dans son carnet, et plus petit qu'il n'aurait voulu l'être. Et elle aimait se promener aux alentours, s'asseoir dans différents recoins de ses jardins. Quand elle y était venue pour la première fois avec ses parents, elle avait recopié toutes les inscriptions de la façade dans son carnet ; Henry et Sheila en tenaient chacun un, une habitude qu'ils lui avaient transmise avec succès.

Ils m'ont laissé en feuilleter toute une pile. J'en ai trouvé un où un épisode entier de *1, rue Sésame* avait été retranscrit mot pour mot – la couleur de l'encre changeant selon les lignes, elle avait sûrement procédé à plusieurs visionnages. Un autre contenait des reproductions de premières pages de journaux ; là, il s'agissait de dessins soignés au lettrage étonnamment précis. Je ne suis pas tombé sur de quelconques notes concernant des rêves ni sur des récits factuels. Les cahiers tenaient plus du carnet de bord que du journal intime.

Pour lui apprendre à se rendre de chez eux à la bibliothèque, Henry et Sheila avaient commencé par montrer à Elizabeth le chemin vers l'arrêt de bus.

On enseigne généralement de nouvelles tâches aux autistes en les fragmentant. Deux ou trois soirées par semaine, après le dîner, l'un de ses parents ou les deux l'accompagnaient jusqu'à l'arrêt. Ils y restaient quelque temps, à regarder les autobus stopper ou bien passer. Ils lui expliquaient alors les chiffres sur l'avant des véhicules, et les gestes des voyageurs pour attirer l'attention du chauffeur. Je peux comprendre pourquoi on confond souvent les autistes avec les handicapés mentaux.

Seule, Elizabeth ne se serait peut-être pas rendu compte du lien entre les gens tendant la main et le bus qui s'arrêtait. Non par manque de raisonnement déductif, mais parce que son attention aurait pu être attirée à la place par une tache verte sur des tennis, ou par l'apostrophe mal placée de la pub qui ornait le bus. Il aurait pu aussi se faire qu'elle remarque les ongles coupés court – excepté celui du pouce gauche – d'une vieille femme debout à côté d'elle et, là, elle aurait couru le risque de rater son bus. La hiérarchie, pour la plupart des gens évidente, des données sensorielles ne l'est manifestement pas pour tout le monde. Henry et Sheila lui avaient donc inculqué ce qui était pertinent pour servir le but qu'elle s'était fixé.

L'étape suivante était de lui apprendre à quel moment descendre du bus. Ils avaient commencé fort, et punaisé un plan de la ville et un plan de bus au mur de la cuisine. Elizabeth devait suivre la ligne verte, puis l'orange, et Henry avait retranscrit aux marqueurs vert et orange les lignes du plan de bus sur le plan de ville. Comme le plan en question était stylisé et simplifié, il lui avait expliqué les différences. Elizabeth s'y était intéressée, et Henry en avait profité pour lui expliquer également le plan du métro, qui ne reproduisait pas fidèlement le trajet des différentes lignes ni les liens entre les diverses parties de la ville, mais qui était plus utile parce que plus abstrait.

Sheila et Elizabeth avaient fait leur sortie suivante avec une copie de ce plan. Henry en avait dessiné les lignes sur un format plus réduit, et pliable. Mais impossible pour Elizabeth de suivre leur itinéraire là-dessus. Chaque fois que le bus s'arrêtait, elle croyait qu'elle devait compter un arrêt – or le bus s'immobilisait à des feux rouges et à des passages cloutés aussi souvent que pour laisser monter et descendre des passagers. Pire, il ne stoppait pas non plus chaque fois qu'il était censé le faire. Il n'y avait pas de passagers à laisser monter ou descendre à chaque arrêt indiqué sur le plan. Et donc le compte qu'Elizabeth tenait des arrêts ne correspondait à rien.

Sheila avait essayé de corriger ses erreurs et de guider son doigt le long des lignes, mais Elizabeth était de plus en plus perturbée et s'était mise à donner des coups dans le siège de devant. Par conséquent, Sheila avait dû la faire descendre du bus. Elles s'étaient assises sur le trottoir jusqu'à ce qu'Elizabeth se sente mieux puis avaient pris un taxi pour rentrer.

Après cet exercice, Henry et Sheila ont abandonné le plan de bus. Ça perturbait Elizabeth qui ne comprenait pas que c'était juste un guide. Elle avait besoin de quelque chose de plus précis. On ne pouvait pas lui demander de se fier à sa compréhension des arrêts du bus – feu rouge ou arrêt en bonne et due forme.

La stratégie suivante a consisté à lui enseigner le maniement du plan de ville uniquement, et à compter les rues qui la séparaient de sa destination. Mais à la première tentative elle a remis en question leur définition d'une rue. Tout ce qui était pavé comptait à ses yeux comme tel. Et, de nouveau, le plan ne correspondait pas à ce qu'elle voyait. Ses parents ont tenté de détourner son attention en lui recommandant de ne compter que les endroits pavés comportant une plaque avec un nom. Ce qui devait exclure les entrées de parking et les ruelles. Puisqu'elle était douée pour remarquer les détails, il semblait logique de supposer qu'elle remarquerait chaque plaque et se reporterait ensuite au plan de la ville. Mais chaque rue ne possédait pas forcément de plaque, loin de là, surtout celles du centre-ville. Ils ont aussi essayé de ne compter que les rues avec des bandes blanches dessinées sur l'asphalte. Mais les plus larges d'entre elles avaient plusieurs voies – donc plusieurs lignes blanches – et les plus étroites n'en possédaient pas du tout. Ce système ne fonctionnait donc pas davantage.

Lors d'un des essais infructueux, ils avaient encore une fois dû descendre du bus plus tôt que prévu. Sheila avait alors déchiré le dernier de leurs plans de ville annotés et l'avait jeté dans la poubelle. Henry avait tendu la main pour saisir la sienne, mais elle lui avait donné une tape.

Depuis trois semaines déjà ils essayaient, et ce pensum empoisonnait leurs week-ends. Ils s'étaient toujours cru pleins de ressources, tout comme le pensaient leurs amis d'ailleurs, à qui il allait falloir expliquer cet échec, alors que même les aveugles et les enfants arrivaient à prendre le bus.

« Où est-on, maintenant ? s'est exclamé Sheila.

– Au douze », a répondu Elizabeth. Elle tenait un bout de ficelle sur lequel elle avait fait des dizaines de nœuds.

Elle s'efforçait de ne pas être trop nerveuse quand leur sortie échouait, et elle avait donc trouvé une autre tâche sur laquelle se focaliser.

« Quoi ? a fait Henry. Pourquoi douze ? »

Elizabeth a tendu le doigt vers l'arrêt de bus.

Elle avait décidé que le plan de bus n'était pas abstrait du tout. Il ne l'était que si on le comparait au plan de la ville, ou si l'on supposait que le bus devait faire halte à chaque arrêt. Le plan de bus n'étant jamais qu'une carte de tous les arrêts de bus ornés du même logo – celui figurant en bas à droite –, on n'en avait pas vraiment besoin. Il suffisait de connaître le nombre de logos depuis le point de départ jusqu'à l'arrivée. Et ils étaient parvenus à douze. Ils avaient besoin d'être à quinze. Puis il leur faudrait prendre un deuxième bus et aller jusqu'à six. Elle avait mis ce système au point tout récemment. Et c'était le premier voyage durant lequel elle cherchait à l'appliquer. Sheila l'a embrassée sur le front et tenue longuement contre elle.

« Elle avait vingt-trois ans », a ajouté Henry.

Je m'étais avancé jusqu'à la limite du jardin pour regarder l'arrêt de bus par-dessus la palissade. Sheila s'est approchée et me l'a montré du doigt. Elle s'est tournée vers son mari.

« C'était vraiment il y a si longtemps que ça ? »

Difficile de se représenter Elizabeth à vingt-trois ans, ou plus âgée (elle en avait vingt-six quand elle s'est suicidée). Difficile, pour moi en tout cas, de l'imaginer. Je n'avais aucun souvenir d'elle, enfant. Tout ce qui me venait en tête, c'était une silhouette : une fillette assise devant un piano. Maintenant, je voyais aussi une fille dans un bus, et puis cette photo sur la cheminée de ses parents. André et moi étions assis sur les marches devant l'école ; une cravate rouge était enroulée, et non nouée, autour de son cou. Depuis, j'avais séjourné chez lui. Et chez Randall. Craig était même venu chez moi ! Mais Elizabeth, elle, demeurait floue.

Elle avait quitté l'école parce que ni Henry ni Sheila n'étaient heureux à New York. Ils avaient déménagé en Californie, où Sheila avait grandi.

« Le soleil me manquait, m'a-t-elle expliqué. Je suis quelqu'un de sérieux, et pourtant j'avais envie de davantage de soleil ! J'avais envie de progresser dans mes recherches, de justice sociale, bien sûr, et de beaucoup d'autres choses, mais aussi de soleil. »

Au départ, Elizabeth s'est bien adaptée. Henry et Sheila lui ont trouvé une autre école. Le mobilier y était plus coloré que dans celle de New York, les instituteurs lisaient moins d'ouvrages de psychologie infantile, mais ça allait.

Elizabeth s'est mise à utiliser des signes pour demander des choses, un progrès important qui est souvent la première étape de la communication pour les individus à l'extrémité la plus éprouvante du spectre autiste.

Sauter directement à la parole n'est pas recommandé pour eux, et fonctionne rarement de toute façon : toute langue apprise est mécanique, les autres techniques n'enseignent qu'une petite série de mots, et la possibilité d'un développement véritable pendant que le cerveau est encore spongieux est donc compromise.

Il est important d'illustrer plus clairement, pour un enfant autiste, le lien entre l'acte de communiquer et l'objectif. Une langue est trop abstraite pour eux : le mot « melon » ne ressemble pas à un melon, et donc ça ne sert à rien d'apprendre le mot sans apprendre aussi qu'il n'est pas censé ressembler à un melon et que le vrai but est, par exemple, d'employer ce mot afin d'obtenir un melon quand on en souhaite un. Pratiquer le langage des signes est donc plus adapté si l'enseignement du langage oral s'avère prématuré.

Sheila et Henry lui avaient également déniché un bon professeur de piano qui, bizarrement, ne faisait pas grand cas de son talent musical. Il aimait jouer, estimait que certaines personnes devaient éprouver du plaisir à jouer aussi, et il espérait par ailleurs que d'autres prendraient plaisir à écouter. Mais c'était à peu près tout. S'il n'avait pas été pianiste, il aurait pu être assistant de direction d'un grand magasin de matelas, ou très bon mécano. Ce qui voulait dire qu'il ne mettait pas trop de pression sur Elizabeth.

Il lui arrivait encore de grogner légèrement en s'asseyant au piano et, les mains au repos, de serrer les poings. Mais elle avait rapidement été capable d'aborder des morceaux complexes et avait appris assez vite à les jouer en entier. Ce qu'elle faisait souvent seule, Henry et Sheila trouvant que c'était là une forme raisonnable d'enfermement sur soi.

Nombre d'autres choses étaient difficiles. Elle avait eu un vilain psoriasis sur la jambe gauche une année durant et avait dû l'envelopper d'un pansement deux fois par jour. Il y avait une série d'aliments qu'elle ne digérait pas très bien et cette série semblait fluctuante. L'école lui était difficile, ça la fatiguait. Ils sentaient donc qu'il était important pour elle d'avoir une activité dans laquelle se réfugier, une activité pour laquelle elle avait des aptitudes et à laquelle elle pouvait s'adonner sans la moindre gêne.

Un matin d'été où ils étaient assis près de leur piscine pendant qu'Elizabeth jouait à l'intérieur, Henry avait lancé qu'il aimait qu'elle s'entraîne de bon matin. Il ne lisait pas de journal pendant le petit déjeuner et préférait plutôt entrer dans le monde en douceur, après avoir piqué une tête et pris une longue douche. En entendant Elizabeth jouer à peine levée, il avait le sentiment que c'était un de leurs points communs.

« Mais est-ce qu'elle s'entraîne vraiment ? a demandé Sheila. Et elle répète pourquoi ? »

Elizabeth avait neuf ans à l'époque. Elle n'était pas trop jeune pour commencer à jouer en public, donner des récitals dans le coin. Henry y a réfléchi un moment, puis il a agrippé les bras de son fauteuil très fermement.

« Je vois ce que tu veux dire », a-t-il répondu.

En examinant les raisons pour lesquelles sa fille ne pourrait jamais jouer en public, Sheila n'accordait pas beaucoup d'importance à l'inspiration. Après tout, Elizabeth jouait ce qu'elle était censée jouer, et elle le jouerait de mieux en mieux au fil du temps. Les compositions étaient incroyablement exactes et les temps strictement indiqués. Les meilleurs interprètes n'étaient-ils pas ceux qui s'approchaient le plus de la composition même ? N'était-ce pas pour cela que l'on estimait que Bach avait un plus grand talent que n'importe lequel d'entre eux ? Bien sûr, les interprètes ajoutaient des fioritures, et entre les différents passages musicaux leurs expressions changeaient, mais tout cela était accessoire. Et peu importait qu'Elizabeth n'en fasse rien, elle savait jouer quoi qu'il advienne.

En même temps, Sheila se doutait que les gens trouveraient bizarre le manque de réaction de sa fille quand elle jouait. Elle aurait pu suggérer que ça offrait plus de liberté à leurs propres émotions, mais qui disait concert public disait réaction au musicien autant qu'à la musique qu'il interprétait. Son inquiétude s'était accrue à l'idée qu'Elizabeth jugerait très difficile de jouer *avec* d'autres personnes. Le piano était pour elle une forme de cohérence locale. Ce qui pouvait signifier que ça ne la dérangerait pas le moins du monde de jouer *devant* d'autres personnes – à ses yeux, ce ne serait pas un concert, elle jouerait juste du piano, ce qui pouvait avoir lieu aussi bien dans un auditorium que dans sa chambre –, mais jouer *avec* d'autres personnes représenterait un défi. Là, il lui faudrait faire autre chose que suivre sa partition, ne serait-ce qu'en raison des erreurs ou des bizarreries éventuelles dans l'interprétation des autres.

Jouer seule, au bout du compte, serait évidemment plus simple, mais il était peu probable que ce soit avec succès puisque ce que les gens recherchaient chez les solistes, c'était l'inspiration. Elle pourrait être accompagnatrice – elle semblerait très généreuse, ne chercherait pas à s'attirer l'attention du public d'une quelconque manière –, mais n'y excellerait peut-être pas.

Henry et Sheila sont restés assis en silence jusqu'à ce qu'Elizabeth ait fini de jouer son morceau. Puis Sheila est rentrée, a appelé le professeur de piano, et a réduit la fréquence des leçons à une par semaine.

C'était toujours elle qui avait l'idée de ces avancées conceptuelles. Henry préférait laisser les événements suivre leur cours. Peut-être aussi se reposait-il tout bonnement et bienheureusement sur Sheila pour certaines questions.

Sheila, quant à elle, prenait son rôle de parent très à cœur. Elle prenait souvent des notes pour mieux comprendre les choses. Et ça ne la dérangeait pas que les espoirs qu'elle plaçait en sa fille soient contrecarrés de temps à autre. Elle n'avait pas fait une enfant pour qu'elle devienne une grande pianiste, ballerine ou bien docteur. Mais ce qui gênait Sheila, c'était que sa fille ne serait jamais son égale, et que personne ne lui lancerait jamais de défi. À la place, son rôle de mère était de rendre son savoir et ses croyances aussi accessibles que possible à Elizabeth. Avoir une fille autiste voulait dire qu'elle tendait à créer sa copie conforme, ce qu'elle n'avait jamais souhaité.

Henry était moins pessimiste. Il aimait ramener à la maison des histoires de collègues dont il était convaincu qu'ils étaient autistes. L'informatique l'avait toujours emballé, et maintenant cela permettait en plus d'espérer qu'Elizabeth puisse envisager un jour le télétravail. Elle ne serait plus limitée par son impossibilité à vivre loin de ses parents, par ses difficultés à se déplacer toute seule, ou à gérer des relations de travail. C'était donc lui qui avait été le plus ébranlé quand Elizabeth s'était révélée épileptique. Il était d'ailleurs avec elle quand sa première crise avait eu lieu.

Il avait décidé de l'emmener à New York, où il devait participer à une conférence, d'en profiter pour monter en haut de l'Empire State Building, puis, à Ellis Island, lui montrer le nom de ses ancêtres dans les registres des immigrants exposés là. Elle avait quatorze ans, son développement langagier s'était amélioré et ses crises s'étaient calmées.

Quand ils se sentent frustrés, les enfants autistes ont tendance à se replier sur eux-mêmes. Ils essaient une activité qui les tranquillise et qui n'implique pas d'autres personnes. Ça leur plaît de se cacher ou de se balancer. Elizabeth aimait crayonner les murs de sa chambre, vigoureusement au début, et puis lentement au fur et à mesure que la panique diminuait. Souvent, avec l'âge, le ressentiment s'accroît à la suite des frustrations accumulées. Il est dirigé parfois contre soi, parfois contre les autres. Ce sont souvent les parents qui, involontairement et malgré tous leurs efforts, sont responsables de ces expériences frustrantes. J'avais des crises moi aussi. À une occasion, j'ai arraché un morceau de papier peint dans le salon que mon père venait juste de tapisser, laissant une raie d'insolence pâle tout le long de la pièce, tout ça parce qu'il avait enlevé mes petites voitures garées le long de la plinthe exactement dans l'ordre que je souhaitais – et ce afin de ne pas mettre de peinture dessus… Elizabeth tapait sur ses parents, cassait des objets. Et Henry a cru avoir déclenché une autre crise quand, sur le vol Los Angeles-New York, il l'a obligée à relever sa tablette alors que l'avion allait entamer sa descente.

Ce n'est que lorsqu'une passagère assise de l'autre côté a poussé de hauts cris qu'il s'est rendu compte qu'il y avait une autre explication au comportement de sa fille. Souffrant elle-même d'épilepsie, cette passagère s'est occupée d'Elizabeth ; une hôtesse l'a secondée et Henry a caressé la tête de sa fille jusqu'à l'atterrissage. Là, une aide médicale a été dépêchée vers l'avion.

Tout à coup, voilà qu'il y avait de nouvelles précautions à prendre, de nouvelles explications pratiques de professionnels de la santé à intégrer, si ce n'est que, même ainsi, Elizabeth semblait échapper encore plus à leurs compétences.

Henry a raté la conférence, il n'a pas pu effectuer son intervention et on ne lui a pas demandé de participer à l'ouvrage collectif. Mais il n'y a attaché aucune importance – même si Sheila avait considéré qu'il aurait pu le faire. Il était focalisé sur les déjà nombreuses limites auxquelles sa fille était confrontée, et craignait qu'à présent il n'y en ait trop.

Durant les mois qui ont suivi, Elizabeth donnait l'impression d'avoir été battue, ou d'avoir fait des cauchemars tellement perturbants qu'elle avait peur d'en parler. Parfois même elle pleurait ouvertement, ce qu'elle n'avait jamais fait jusque-là.

D'un autre côté, elle s'était mise à dire oui plus souvent. Elle accompagnait ses parents dans des promenades ou au restaurant, essayait des vêtements, les aidait à choisir des meubles. Elle semblait comprendre qu'ils étaient encore davantage sous pression, et eux se sentaient presque plus mal en voyant les efforts qu'elle faisait pour qu'ils se sentent mieux !

Tous trois approchaient d'une impasse où, en tentant de se soucier davantage les uns des autres, ils couraient le risque de regarder silencieusement la télévision chaque soir parce que toute conversation ou toute activité risquait de mettre en péril leur équilibre. Si Henry et Sheila cherchaient, par exemple, à choisir les activités préférées de leur fille, elle était capable de faire semblant de les apprécier plus que ce n'était le cas ; après quoi, eux souffraient de ses efforts.

Henry s'est mis à avaler des antidépresseurs pour la première fois de sa vie. Quand Sheila les a découverts, elle a froncé les sourcils, puis elle lui a montré les siens…

C'est de nouveau elle qui a pris une décision radicale. Elle a déniché un camp spécialisé pour jeunes adultes autistes. Du haut de ses douze ans, Elizabeth allait être une des plus jeunes, mais les deux semaines étaient bien structurées et le personnel paraissait compétent. Sheila a vérifié une carte routière ; l'endroit n'était pas loin, à deux heures de route. Et donc elle a convaincu Henry qu'ils devraient y envoyer Elizabeth.

Ça ne s'est pas bien passé. Le troisième jour, ils ont reçu un appel. Elizabeth était tombée, s'était cassé deux côtes et son poumon gauche était perforé. Ils ont filé immédiatement à l'hôpital. Sheila a laissé Henry garer la voiture et s'est précipitée dans le service qui soignait sa fille. Elle avait besoin de savoir, vite, et, dès qu'Elizabeth a levé les yeux et remarqué sa présence, elle a su : sa fille n'était pas réellement tombée, ça n'en était peut-être pas loin, mais ça n'était pas vraiment ça non plus. Elle aurait voulu la gifler. Elle aurait voulu arracher le lit du mur et le balancer dans le couloir. À la place, elle a donné un coup dans ses pantoufles, puis elle s'est assise et s'est ressaisie avant l'arrivée de son mari.

Elizabeth n'est pas allée à l'école pendant trois mois après ça. Et Henry et Sheila se sont mis à passer une journée par semaine chacun à la maison. Les jours où ils n'y étaient pas, Sheila demandait à Elizabeth d'appeler son bureau toutes les deux heures. Si jamais elle loupait un appel, l'un d'eux se précipitait à la maison au plus vite. Mais ils ne lui téléphonaient jamais. Ils s'étaient également assuré les services d'un psychologue auquel elle pourrait parler deux fois par semaine. Ils voulaient qu'elle ait une vie affective bien à elle et, dans les limites de leur devoir, ils prenaient les décisions les plus hardies pour l'aider en ce sens.

Les psychologues estiment qu'il est difficile d'aider les autistes, ce pour toute une série de raisons. Craig et moi avons tous deux vu des psychologues durant notre adolescence, mais nous fonctionnions plutôt bien. Notre autisme était néanmoins la raison première pour laquelle on nous y avait envoyés – être autiste signifiant aussi que nous réfléchissions davantage que la plupart des adolescents sur notre façon d'être en relation avec les autres, et sur les raisons de nos actes. Cela nous obligeait à être plus circonspects. Nous entretenir avec un psychologue nous donnait souvent l'impression de devoir redoubler d'efforts. D'abord, il nous fallait transmettre nos moindres pensées à cette personne, après quoi nous devions la regarder tâtonner pour trouver une réponse que nous possédions déjà ! Et, parce que nous étions intelligents et très conscients de l'être, d'une manière irritante, genre gamin-intelligent-bon-en-calcul-et-en-mots-compliqués, nous étions rarement convaincus que ses réponses étaient meilleures que les nôtres !

J'ai gâché beaucoup de l'argent de mes parents en entamant régulièrement un bras de fer avec mes psys. Je leur disais que j'étais adopté. Chaque fois que j'inventais un rêve, il se terminait avec le psy debout, nu, au pied de mon lit. Et je les remerciais à la fin de chaque séance par un superbe sourire de façade. J'étais un sale gosse.

Ces conversations ont néanmoins participé à l'élaboration d'un point de vue auquel je me tiens toujours aujourd'hui, ce me semble : j'ai du mal à croire que les autres puissent offrir un quelconque secours émotionnel. Et je considère que parler de mes émotions est un exercice de rhétorique avant toute chose. Ou bien un acte important de réciprocité : si de temps à autre je ne parle pas de mes émotions, les autres s'arrêteront peut-être de me parler des leurs, et alors je me sentirais très mal de les forcer indirectement à se taire.

Quand il m'arrive de laisser transparaître de la tristesse, et même si ça va jusqu'aux larmes, je sais rapidement que je manipule l'autre et que je dois arrêter. Ce sont des comportements qui n'aident en rien, mais je pense qu'ils proviennent de mon impression de ne pas pouvoir avoir correctement accès aux sentiments des autres ; comment eux, dans ce cas, pourraient-ils avoir accès aux miens ?

La relation d'Elizabeth avec son psy était différente. C'était un crétin fini. Les autistes appellent souvent la compassion. On a envie de les protéger, de prendre soin d'eux. Il est étonnant de remarquer, par exemple, combien de fois les cliniciens déclarent que les enfants autistes ont de beaux yeux !

Le psy d'Elizabeth voulait l'envelopper dans du fil de soie et la garder sous sa coupe. Il l'encourageait à chérir sa tristesse. Lui recommandait de ne pas se faire trop d'amis, de lui confier les choses avant de les confier à ses parents. Ce fut une période difficile pour elle, qui était le point de mire de cet homme. Ses parents et ses enseignants étaient prudents, eux, au moins, soucieux de renforcer son autonomie ; de toute évidence, ce n'était pas le cas de son thérapeute.

Elle passait beaucoup de temps seule aussi, et a appris en secret à faire du vélo. Depuis sa chambre, Elizabeth voyait une vieille voisine pédaler tous les jours et parvenait à suivre une grande partie de son itinéraire. Sheila avait une bicyclette qui dormait dans le garage, qu'Elizabeth avait longtemps considérée comme un objet d'adulte. Pendant longtemps aussi la bicyclette avait été plus haute qu'elle et Elizabeth avait craint que les rayons ne lui fassent mal si elle les touchait.

Elle a donc entrepris de décrocher l'engin du mur du garage et d'apprendre à monter dessus, puis à en descendre. Elle avait remarqué que c'était difficile, et que même la voisine, qui circulait pourtant tous les jours avec, avait des problèmes ; elle était d'ailleurs tombée quelquefois et Elizabeth, en la regardant, même de loin, en avait eu des vertiges.

Elle avait parfois des problèmes d'équilibre, surtout le matin. Elle avait pris l'habitude de rouler littéralement hors de son lit, comme un commando qui filerait se cacher, afin d'éviter de se lever tout de suite et de sentir sa tête tourner. Son père lui avait offert un porte-clés avec une boussole, et les vertiges lui faisaient le même effet que quand elle sortait ce porte-clés de sa poche et voyait l'aiguille osciller en quête du nord beaucoup trop vite.

Une fois qu'elle a réussi à monter et à descendre de la bicyclette, Elizabeth s'est mise à arpenter l'allée. En fait, elle courait avec la bicyclette entre les jambes. Elle est devenue très habile à cet exercice, qu'elle pouvait effectuer très vite. Et pendant un moment, ça lui a suffi. Puis de jeunes enfants l'ont vue faire du vélo de cette façon-là et se sont moqués d'elle : elle a alors décidé d'apprendre à en faire correctement.

Durant cette période, elle respectait scrupuleusement les appels à sa mère, toutes les deux heures. Elle avait aussi arrêté de mettre des jupes et des shorts à cause des éraflures sur ses genoux et ses mollets, sans donner pour autant d'explication à ses parents. Ils avaient remarqué ce changement mais avaient estimé que lui faire des remontrances sur sa façon de s'habiller n'était pas une bonne idée, et donc s'étaient abstenus de tout commentaire.

Ils ont appris qu'elle faisait du vélo quand, un beau matin, Sheila est revenue à la maison chercher des copies d'examen qu'elle avait oubliées. Apercevant Elizabeth devant elle qui allait tourner dans leur rue, elle a pilé, à la fois d'horreur et de ravissement, à moins que ce n'ait été parce qu'elle avait des doutes sur son acuité visuelle !

Sheila est sortie de la voiture et s'est plantée en haut de la rue un bon quart d'heure, regardant Elizabeth faire des tours dans le cul-de-sac devant leur maison avant de tourner dans l'allée. Elle a parcouru le reste du chemin à pied, puis a pénétré dans le salon où Elizabeth venait juste de composer le numéro du bureau de sa mère pour son premier rapport de la matinée.

Elizabeth s'est dépêchée de raccrocher et Sheila a décidé de ne faire aucune allusion à ce qu'elle avait vu. Elle a expliqué l'histoire des copies d'examen, les a prises, puis a filé. Elle a pleuré tout le long du chemin qui la ramenait vers sa voiture, puis jusqu'au campus, plus heureuse qu'elle ne l'avait été depuis longtemps.

Quand Henry l'a su, il a attendu trois mois puis a acheté deux autres bicyclettes. Un soir, après dîner, il les a mises dans une petite remorque qu'il a accrochée à la voiture. Elizabeth est sortie pour regarder ce qu'il faisait et elle a souri. Ils sont partis vers un parc et ont fait du vélo une heure durant. Ils se sont mis à faire ça de temps à autre. Après la deuxième fois, alors qu'ils remettaient les bicyclettes dans la remorque, Elizabeth leur a raconté quand et comment elle avait appris à monter à vélo. Sheila a confessé sa découverte et ils ont dégusté des glaces sur le chemin du retour. Henry lui a expliqué qu'ils n'avaient jamais voulu admettre qu'elle n'arriverait à rien, mais qu'ils n'avaient pas davantage envie de s'attribuer toutes ses réussites. Il s'est mis à parler de ça en long et en large, et Elizabeth a eu l'air perplexe, jusqu'à ce qu'elle croise le regard de sa mère ; Sheila a gloussé et Elizabeth l'a imitée.

Ni Henry ni Sheila ne craignaient la dépression. Ils s'y attendaient, non comme à une chute dans la neige, mais plutôt comme à une lettre du fisc leur annonçant que leur crédit d'impôts était une erreur et qu'ils devaient finalement un peu plus d'argent.

En termes de signe tangible, il y avait un précédent alcoolique dans la famille d'Henry, et la grand-mère maternelle de Sheila s'était noyée à cinquante ans dans des circonstances étranges. De plus, tous deux entretenaient l'idée que le bonheur n'était pas chose facile. Mais chacun avait des ressources pour atténuer la dépression, et ils avaient aussi leur travail, autre source de force. Ils lisaient nombre de romans et pouvaient discuter entre eux de tas de sujets. Ils s'inquiétaient pour Elizabeth, parce qu'ils craignaient qu'elle ne soit tout bonnement déconcertée quand la dépression lui tomberait dessus, qu'elle ne sache pas quoi faire quand elle ne voudrait plus sortir de son lit le matin, ou quand le soleil ne se lèverait que pour disparaître derrière les nuages. Elle n'avait rien lu sur ce sentiment dans des livres, et était incapable d'apprendre quoi que ce soit en observant ses parents souffrir de cette même humeur.

Et, effectivement, quand la dépression lui est tombée dessus, Elizabeth s'est battue pour tenter de se raccrocher à quelque chose. La panique est vite montée. Parfois, elle suffoquait comme si on lui avait attrapé la jambe et qu'il lui fallait remplir ses poumons pour remonter à la surface. Les docteurs hésitaient à la mettre sous antidépresseurs, ou encore à émettre un diagnostic net sur sa souffrance, en partie parce qu'elle était encore adolescente, en partie parce que, eh bien, tout ça n'était-il pas dû à son autisme ?

Henry et Sheila n'étaient pas d'accord. Qu'elle dorme mal n'était pas dû à l'autisme. Que les poches sous ses yeux soient tellement lourdes qu'elles lui donnaient un air défait n'était pas dû à l'autisme non plus.

Avant, elle passait déjà des heures repliée sur elle-même, bien sûr, mais elle faisait de nombreux efforts pour y remédier et se redresser de toute sa hauteur. Voilà maintenant qu'elle s'obstinait à ne pas vouloir aller à l'école, se mettait à fuir les formes les plus difficiles de cohérence locale, jouait rarement du piano, lisait moins et descendait trop souvent les escaliers comme quand elle était petite – une marche à la fois, sur les fesses –, répétant parfois l'exercice plusieurs heures durant.

Puis elle s'est enfoncé une aiguille dans la cheville. Henry avait déclaré un diabète et des tas de seringues traînaient dans l'armoire à pharmacie, qu'il n'avait jamais considérées comme dangereuses puisque Elizabeth ne supportait même pas de le regarder se faire ses piqûres d'insuline. Mais, un soir, elle a appelé et Sheila l'a trouvée assise en haut des escaliers. Elle avait enfoncé l'aiguille profondément. Sheila craignait de la casser si elle essayait de la retirer, ils ont donc appelé leur médecin de famille, qui les a encouragés à en parler au spécialiste qui suivait Elizabeth. Celui-ci était inquiet à l'idée qu'elle puisse aller plus loin – et il avait raison.

Peu de temps après, on a expliqué à Henry et à Sheila que leur fille était schizophrène, à moins que ce ne soit maniaco-dépressive. On leur a également demandé, séparément, s'ils avaient abusé d'elle sexuellement quand elle était enfant. Nul doute qu'ils avaient posé cette même question à Elizabeth encore plus souvent.

On l'a placée dans une clinique toute proche, pour jeunes adultes ayant fait l'objet de remarques similaires dans leur dossier médical, et qui eux aussi avaient trop joué avec les limites. Henry et Sheila ont refusé de planifier les cinq années suivantes. Ils m'ont également dit qu'ils n'avaient gardé aucune lettre des médecins. Et ils m'ont confié en tout et pour tout trois épisodes.

Le premier, « la Hollander ».

Au bout de trois jours, ils ont rendu visite à Elizabeth et l'ont attendue dans le foyer. Sheila y a compté les plantes en pots qu'elle reconnaissait et Henry a renoué ses lacets. L'employé qui les avait fait entrer – à l'air de conservateur de musée, à moins que ce ne soit de meneuse de revue – leur a demandé s'ils voulaient du café. Ils ont décliné.

Elizabeth est arrivée quelques minutes plus tard, amenée par « la Hollander ». Petra Hollander était là depuis deux ans ; elle avait à peu près le même âge qu'Elizabeth, et il y avait là deux autres filles dans les mêmes eaux. Chaque fois que l'une d'elles recevait une visite, toutes quatre se prenaient la main pour former ce qu'elles appelaient la Hollander et s'avançaient de concert vers les visiteurs. La fille à qui l'on rendait visite avait alors le droit de se dégager de la chaîne, tandis que les autres continuaient leur route.

Henry et Sheila se sont inquiétés de ce spectacle, qui ne ressemblait que trop à l'idée qu'ils se faisaient d'un asile de fous, mais ils se sont aussi rendu compte qu'Elizabeth n'aurait pas à y subir la camisole de force, que ça semblait bien chauffé, et que sa camarade de chambre n'était pas forcément une vieille convaincue qu'on était encore en pleine guerre de Sécession et avec un rat musqué pour animal domestique.

Ils furent étonnés de se rendre compte que telles avaient été leurs attentes inconscientes. Après, ils ont été partagés : devaient-ils se battre pour la sortir de là, ou se sentir soulagés qu'elle soit sous surveillance professionnelle, et en compagnie de jeunes de son âge ? Elizabeth n'avait jamais eu d'amie intime susceptible de comprendre, mieux qu'ils ne le pouvaient, comment elle se sentait le matin ou ce qu'elle voyait quand elle se regardait dans le miroir.

Deuxième épisode, « la pizza style Chicago ».

Il s'agissait d'un voyage en famille. Elizabeth était avec eux pour trois semaines, et, ayant pu se débrouiller pour quitter Los Angeles, ils avaient réservé une série de vols et de chambres d'hôtel.

Lors de leur passage à Chicago, Elizabeth a réclamé une pizza style Chicago. Il s'agissait d'une pizza à la fois fourrée et nappée que lui avait recommandée une des patientes. Ils ont demandé au concierge de l'hôtel de leur indiquer une pizzeria et y sont restés longtemps. Il y avait des télévisions sur les murs qui diffusaient un match de basket qu'Henry voulait regarder. Elizabeth était attentive aux explications de son père et l'a questionné sur les scores et les tactiques des deux équipes. Sheila a essayé de deviner si Elizabeth faisait semblant de s'y intéresser afin de lui plaire, ce qui aurait été un acte d'empathie impressionnant pour une autiste, ou si le jeu l'intéressait vraiment, ce qui était bien mais moins significatif quand on souhaitait monter ses progrès en épingle – ce que Sheila et Henry n'avaient pas manqué de faire durant tout le voyage. Ils discutaient régulièrement de leurs dernières impressions autour du petit déjeuner tandis qu'Elizabeth demandait à rester un peu plus longtemps au lit.

Ce soir-là, à la pizzeria, quand un serveur a entrepris de ramasser les condiments et le parmesan sur les tables vides, Elizabeth a pris les leurs et les a poussés dans un coin, comme pour qu'il ne les attrape pas. Elle reposait aussi son couteau et sa fourchette toutes les trois bouchées et s'essuyait les doigts sur une serviette qu'elle gardait à côté de son assiette. Mais son angoisse n'était pas trahie uniquement par son comportement à table. Elle est demeurée tendue durant tout le voyage, ou en tout cas sur ses gardes ; elle ne se sentait pas entièrement en sécurité. Lors de chacun de leurs vols, elle appuyait les jambes sur le siège de devant et mettait les mains sur son front au moment du décollage et de l'atterrissage. Il n'avait jamais été prouvé que sa première crise d'épilepsie ait été déclenchée par le changement de pression au moment où l'avion avait entamé sa descente – le même événement n'avait pas eu la même conséquence une seconde fois –, mais c'était une théorie qu'un docteur, un parmi plusieurs, avait envisagée et elle avait pris ça au sérieux, puis mis au point une stratégie.

Elle dormait néanmoins mieux et mangeait davantage ; à chaque vol elle lisait le magazine de la compagnie – mais rien d'autre – et elle n'est jamais restée aux toilettes au point qu'Henry ou Sheila aient eu besoin de s'inquiéter.

Vers la fin de leur repas à la pizzeria, ils ont eu l'occasion de voir sa collection de cachets pour la première fois. Elle avait pris l'habitude d'emporter un petit sac rouge en forme de fleur partout avec elle – c'était un de leurs cadeaux. Ils n'avaient pas beaucoup réfléchi à son contenu, convaincus qu'il devait s'agir de ses médicaments et de quelques effets personnels.

Quand elle l'a vidé à la fin du repas, ils ont découvert qu'il contenait exclusivement des médicaments. Elle s'est mise à dévisser les bouchons et à compter ses doses. Les cachets étaient de différentes couleurs et de différentes formes. La collection grandissait au point qu'elle donnait l'impression de devoir être mise en vitrine dans un musée.

Elizabeth a réclamé à Henry la fin de son verre d'eau et a attaqué l'assortiment, une colonne après l'autre. Elle a expliqué qu'il y en avait une de gélules, une autre de cachets, et une troisième en option – des compléments alimentaires – qu'elle prenait quand même. Ils ne savaient plus quoi lui demander et demeuraient très étonnés qu'elle leur ait montré ça. Puis le serveur s'est approché pour savoir s'ils voulaient emporter le reste de la pizza, et Elizabeth a acquiescé d'un signe de tête.

Troisième épisode, « les amis des beaux jours ».

Elizabeth avait appris ou lu cette expression quelque part et s'en est servie fréquemment, plusieurs mois durant. Henry et Sheila l'avaient remarqué en lui rendant visite ou en la sortant pour un repas ou autre. Si Henry n'arrivait pas à héler un taxi, par exemple, Elizabeth criait, en direction du taxi qui filait : « Ami des beaux jours ! » Elle utilisait l'expression un peu trop fréquemment mais en chronométrait bien son usage ; alors que, plus jeune, elle l'aurait répétée à tort et à travers, à l'image de Craig clamant : « Faites entrer les idiots ! »

Un après-midi où elle achetait des vêtements avec sa mère, et après avoir vu deux jeunes gens fumer ensemble, elle a lancé : « Amis des beaux jours. » Sheila lui a demandé pourquoi. Elizabeth n'a pas répondu tout de suite, puis elle a remonté sa manche gauche et a montré à sa mère la cicatrice d'une brûlure de cigarette. Sheila a ravalé son effroi.

« Pourquoi tu as fait ça ? » lui a-t-elle demandé, l'air de rien.

De nouveau, Elizabeth n'a pas répondu tout de suite.

« C'était il y a longtemps, a-t-elle expliqué au bout d'une minute environ. Je ne me souviens pas pourquoi.

– J'ai fait ça moi aussi à une occasion, lui a avoué Sheila. La cicatrice ne disparaît pas vraiment. »

Elle s'est arrêtée et a remonté une jambe de pantalon pour lui montrer.

« Pourquoi tu as fait ça ? » lui a demandé Elizabeth en utilisant les mêmes mots, non pour s'en moquer mais probablement parce que, si sa mère les avait utilisés, ils devaient être corrects.

« J'ai écrit là-dessus. Je tenais un journal intime à l'époque. Tu aimerais le lire ? »

Elizabeth a hoché la tête et, quand elle est retournée au centre, elle a emporté avec elle les carnets de sa mère couvrant deux années.

Sheila n'avait voulu lui donner que quelques pages à parcourir, celles en rapport avec les cicatrices qu'elles avaient comparées, mais Elizabeth en avait réclamé davantage. Une fois sa fille partie, Sheila s'était fait un sang d'encre à ce sujet. Elle n'avait pas voulu lui opposer un refus, mais les carnets ne risquaient-ils pas de lui donner l'impression qu'elle était coincée dans un cycle générationnel et n'en sortirait que pour entrer dans la phase suivante ? Ça voulait dire qu'il lui faudrait analyser la vie de sa mère et décider si oui ou non cela valait la peine d'attendre. Allait-elle répondre par l'affirmative ? Était-elle en ce moment capable de penser comme ça ?

Ce soir-là, Sheila en a discuté avec Henry et lui a confessé ce qu'elle avait fait. Il l'a immédiatement rassurée : bien que de toute évidence ils soient obligés de choisir entre sa sécurité et une vie plus pleine, ils risquaient de trop s'attacher à la première possibilité. Lui était content, vraiment content, qu'elle ait confié ses carnets à Elizabeth. Puis il lui a demandé d'autres exemples des moments où sa fille avait lancé « Amis des beaux jours » et a ri à chacun d'eux.

Henry et Sheila m'ont raconté ces trois anecdotes après un concert de violon au Walt Disney Center, dans le centre-ville de Los Angeles.

C'est un bâtiment étonnant conçu par un grand architecte, Frank Gehry. Nous avons fait le tour du bâtiment avant le concert et en avons discuté. Nous l'avons touché, nous sommes plantés à différents endroits, avons essayé de le comprendre. Ma mère disait toujours que la plupart des gens passent le plus clair de leur temps à penser au passé ou à l'avenir, et que rares sont ceux qui vivent le moment présent. Je me rendais compte qu'Henry et Sheila faisaient partie de ces derniers.

Une fois à l'intérieur, nous avons discuté de la salle de concert – la facture de l'orgue, l'acoustique –, et constaté combien il était bizarre de regarder un violon solo, tant ça ressemblait peu à un spectacle.

C'était excitant d'être avec des gens qui prenaient le présent au sérieux et, pour Elizabeth, ça avait dû être carrément vital. Henry et Sheila étaient des gens attentifs, qui ne passaient pas leur temps à se plaindre que c'était injuste, ou que leur fille aurait dû s'en sortir. Ils s'en tenaient à ce qui avait lieu.

Après le concert, nous avons traîné autour d'un café. Je leur ai confié la réflexion de ma mère. Sheila a haussé les épaules et Henry a hoché la tête. Ils n'étaient pas impressionnés par eux-mêmes ; ils avaient fait ce qu'ils croyaient être de leur devoir. J'ai interrogé Henry sur la question qu'il m'avait posée lors de notre première rencontre : « Pourquoi as-tu fait des progrès ? »

« Vous ne vouliez pas dire "pourquoi as-tu fait des progrès et pas ma fille ?" ai-je suggéré. Elizabeth a fait des progrès, pourtant. »

Henry a hoché la tête. Il a suivi la ligne de ses sourcils avec l'index de la main droite, puis s'est gratté la barbe.

« Petite, on n'attendait pas grand-chose d'elle. Et elle a fait beaucoup de progrès malgré tout, elle a beaucoup appris.

– Pourquoi m'avez-vous posé cette question ?

– Je voulais savoir comment tu concevais l'autisme. C'était une manière rapide de m'en rendre compte.

– Et puis tu étais soûl, a ajouté Sheila.

– Oui, c'est vrai, a admis Henry. Ça faisait un bail. »

La rigueur avec laquelle ils aimaient aborder toute chose me rappelait mes parents et leur tendance à revendiquer le droit de questionner les autres – qui, de leur côté, l'acceptaient.

La question d'Henry était cruciale puisque j'avais décidé d'écrire sur sa fille, mais je pense qu'il me l'aurait posée même s'il m'avait rencontré lors d'un dîner sans rien connaître du sujet au préalable. Il aurait voulu savoir comment moi et d'autres qui écrivions sur cette condition concevions le problème. Tout comme mes parents, Sheila et lui vivaient dans un état de questionnement permanent.

Être élevé dans un tel environnement était vraiment idéal. En ce qui me concerne, ça signifiait que mes premières expériences de grandes discussions ont porté sur des sujets politiques et culturels, autour d'un repas. Nous prenions toujours le dîner dans les règles, à table, mes parents, ma sœur et moi ; et toute absence devait être signalée à l'avance. Peut-être était-il préférable que toute conversation avec mes parents ait été sur ces sujets-là ? Je suppose que, s'ils m'avaient enjoint de parler de sentiments ou de ce que je faisais seul dans ma chambre, je n'aurais pu que les décevoir en grommelant de brèves réponses, ce qui m'aurait poussé à me replier encore plus sur moi-même.

Leur approche se traduisait également pour moi par une grande indépendance. Bien que mes opinions sur la prolifération nucléaire aient été testées fort jeune, j'étais autorisé à passer de longues soirées seul dans ma chambre, sans être importuné par des coups frappés à ma porte, bienveillants mais dérangeants, afin de me proposer un chocolat chaud.

Ni ma sœur ni moi n'avons jamais eu d'heure fixe pour aller nous coucher et, à partir de l'âge de six ans, nous lever pour l'école était une responsabilité qui nous incombait.

Un matin de mes neuf ans, je me suis réveillé à l'heure habituelle, j'ai pris mon petit déjeuner avec mes parents, puis j'ai annoncé que j'allais filer lire un livre dans le jardin plutôt que de me mettre en route pour l'école. Ils ne m'ont pas questionné avant le soir, et tout ce qu'ils ont vérifié à ce moment-là était de savoir si je n'étais pas malade ou encore victime de taquineries de la part de mes camarades.

À cette époque-là, j'étais dans une école classique. Je leur ai assuré qu'il n'y avait pas matière à s'inquiéter sur ces deux tableaux, simplement je n'avais pas eu envie d'aller à l'école ; j'avais rattrapé en travaillant quelques heures dans l'après-midi. Ça a duré comme ça pendant trois jours, et bien qu'ils aient continué de vérifier mon état de santé, bien qu'ils aient sans nul doute reçu des coups de fil de l'école, ils n'ont exercé aucune pression. Le quatrième jour, j'ai pris mon petit déjeuner, mon cartable, et je suis monté dans le bus scolaire avec ma sœur. Et mes parents ne m'ont jamais interrogé sur ce changement d'avis.

C'est en passant du temps avec Henry et Sheila, et en écoutant leurs histoires sur Elizabeth, que je me suis vraiment rendu compte à quel point cela avait dû être difficile pour mes parents de me donner mon indépendance. Ils ont toujours dû avoir la tentation d'intervenir, de désembrouiller les choses pour cet enfant diagnostiqué autiste, timide mais intelligent, bizarre mais pas totalement monstrueux.

Je suis resté chez eux pendant mes années d'université, mais c'était *ma* décision, et elle m'a toujours paru telle. Mes parents étaient incroyablement enthousiastes à l'idée de m'emmener visiter des campus, aux États-Unis comme en Grande-Bretagne. Leur enthousiasme pour ces visites et pour les commandes de prospectus était tel que, de temps à autre, je n'étais pas loin de penser qu'ils auraient préféré que je choisisse une université éloignée.

Je sais maintenant que ce n'était pas le cas, qu'ils étaient morts de peur à l'idée que j'aille dans un campus lointain, non seulement à cause de mon autisme, mais aussi parce que je n'avais que seize ans et que tous les autres auraient au moins une année, voire probablement deux, de plus que moi. Je sais maintenant que ce n'est qu'après de nombreuses et longues discussions qu'ils ont courageusement décidé de me laisser prendre ma décision seul.

Bien que cela fasse maintenant plus de six ans que j'ai quitté la maison, ils m'appellent toujours quatre ou cinq fois par semaine. Ils demandent très peu, ne fourrent pas leur nez dans mes affaires, mais il est important pour eux que nous nous parlions aussi régulièrement : c'est le compromis entre la prise en charge exacerbée qu'ils estiment devoir exercer et leur désir, ainsi que leur joie, que j'aie mon indépendance.

Tandis qu'une serveuse enlevait nos tasses vides, Henry et Sheila m'ont confié qu'ils pensaient toujours beaucoup à Elizabeth. Elle leur manquait et demeurait une part importante de leur vie, si ce n'est que maintenant elle ne changerait plus et ne les surprendrait plus jamais.

Henry m'a décrit comment parfois, quand il cherchait des livres, quand il s'asseyait à son bureau et se retrouvait à regarder par la fenêtre, ou encore quand il allait dans les fourrés rechercher une balle de golf égarée, il oubliait tout à coup pourquoi il était là. Il avait alors l'impression que quelqu'un passait derrière lui et lui tapotait l'épaule et, à ce moment-là seulement, il se rendait compte qu'il pensait à elle et le sol se dérobait un instant. De son côté, Sheila avait parfois le sentiment qu'on lui demandait de sauter du toit d'un bâtiment vers un autre et, bien que le saut ait l'air possible, dès qu'elle s'était élancée elle s'apercevait que la distance était trop grande.

Pour finir, ils m'ont raconté le jour où elle est morte. Arrivé là, j'aurais préféré qu'ils n'en fassent rien, mais nous savions tous trois que c'était inévitable.

Cela faisait près de deux ans qu'Elizabeth vivait de nouveau chez ses parents. Elle prenait moins de cachets, mais suffisamment encore pour avoir besoin de deux boîtes à pilules séparées au cas où elle sortirait pour plus de quelques heures. Elle paniquait relativement souvent, et disait avoir le sentiment d'être une cafetière, comme si de la vapeur sortait de son corps en permanence ; à l'intérieur, en revanche, c'était sirupeux et sa tête se remplissait de noir, de rouge et d'indigo. De temps en temps, elle avait besoin de s'accrocher aux choses parce qu'elle sentait soit qu'elle allait glisser en arrière si elle ne le faisait pas, soit que la chose allait glisser vers elle et la coincer.

Elle ne se mettait au piano que de temps à autre ; mais quand elle le faisait, c'était pour des heures. Elle avait aussi commencé à donner des leçons, à une enfant du voisinage pour commencer.

Sa famille venait d'emménager dans le quartier et le père avait entendu Elizabeth jouer un soir où il rendait visite à Sheila et Henry. L'enfant n'avait jamais fait de piano et Elizabeth l'avait donc guidée dans les premiers exercices, et la faisait également monter sur une chaise pour lui expliquer le fonctionnement intérieur de l'instrument. Cette initiative avait été un succès et l'élève était assidue.

Henry et Sheila en ont donc parlé à certains de leurs collègues et amis, et bientôt Elizabeth s'est mise à enseigner six ou sept heures par semaine. Ses parents n'organisaient jamais les cours de leur propre chef. Ils mettaient toujours les parents de l'enfant directement en contact avec Elizabeth. Sheila passait parfois le coup de fil nécessaire pour annuler un cours, mais sinon Elizabeth tenait un carnet avec une liste de tous les numéros de téléphone indispensables.

La seule difficulté résidait dans son manque de patience. Elle était perdue dès qu'un élève l'était. Parfois, ils se dévisageaient fixement et férocement, ou alors détournaient le regard, fâchés comme des amis qui se disputent dans la cour de récréation. À une occasion, elle avait crié après un gosse de huit ans, et à une autre elle avait lancé sa partition à la tête d'un enfant de neuf ans. Il n'y avait jamais de suite – parce qu'ils adoraient Elizabeth, les enfants ne disaient rien à leurs parents –, mais Henry et Sheila s'en inquiétaient et, quand ils étaient à la maison pendant un cours, ils écoutaient à la porte de temps à autre.

Aucun événement cataclysmique n'est à l'origine de son suicide. Et il n'y a pas eu de déclaration solennelle lancée dans les jours qui l'ont précédé non plus. Elle n'a pas davantage laissé de lettre. Le rapport d'autopsie a fait état de l'absorption d'un cocktail médicamenteux. Elle avait avalé le contenu de la plupart de ses boîtes et flacons, y compris les suppléments alimentaires. Elle l'avait fait dans la salle de bains, où ils étaient entreposés dans une grande armoire à pharmacie à porte vitrée. Puis elle était descendue et avait relevé un coin de la bâche qui, durant l'hiver, couvrait la piscine ; après quoi, elle était entrée dans l'eau couverte d'algues et de feuilles pourrissantes.

C'était un dimanche matin, et Henry et Sheila étaient tous les deux à la maison. Ils ne savaient pas combien de temps elle avait pu passer dans la piscine avant que Sheila se rende compte que la bâche avait été déplacée. Elle était alors sortie pour voir à quoi c'était dû. Elle a raconté qu'elle n'avait eu aucun pressentiment. Son ventre n'avait pas frémi et elle n'avait pas pensé à l'enfant qu'elle avait tenue sur son sein – tout ça, c'était de la fable. Elle avait simplement vu sa fille dans la piscine et avait crié.

Henry était en haut, dans son bureau, quand il l'a entendue. Il ne se rappelait rien en particulier, si ce n'est d'abord d'avoir perçu le cri, puis de s'être précipité en bas. Il n'a gardé aucun souvenir du temps écoulé entre ces deux événements. Quand il est parvenu près de la piscine, Sheila avait sorti Elizabeth de l'eau, avait appelé une ambulance, qui était là, et l'ambulancier s'était frotté les yeux et avait annoncé à Sheila que sa fille était morte. Sheila s'était étendue à côté d'Elizabeth et avait mis son bras autour d'elle. C'est dans cette position qu'Henry les a découvertes. Les ambulanciers ne savaient que faire : fallait-il lui demander de bouger, ou bien partir et revenir plus tard – ce que légalement ils ne pouvaient pas faire, mais qui leur paraissait pourtant juste ?

Henry tremblait en me racontant cette partie-là.

« C'est mon plus vif regret, a-t-il ajouté. J'aurais aimé aider ma femme à tirer Elizabeth hors de l'eau. Je ne sais pas ce qui m'est arrivé. »

Sheila lui a caressé l'avant-bras. Elle a levé le sien à la manière des body-builders, puis a désigné son biceps. Henry et moi avons souri, reconnaissants de sa tentative de diversion. Plus tard, alors que Sheila était partie aux toilettes, Henry m'a confié que, dès qu'ils étaient revenus de l'hôpital, il avait enlevé l'armoire à pharmacie. Il imaginait sa fille se regardant dans le miroir après chacun des comprimés, et il ne supportait pas d'y penser chaque fois qu'il se rasait ou se coiffait.

Nous nous sommes séparés peu de temps après cette soirée. Le lendemain, ils m'ont emmené faire le tour de Hollywood et de Universal City. Ils trouvaient ce genre d'endroits très divertissants et voulaient me les faire découvrir. C'était excitant de passer cette journée avec eux, ces gens sérieux qui aimaient les détails, remarquaient des choses, s'arrêtaient prendre un café ou un repas à peu près toutes les deux heures et avaient des discussions véhémentes.

Je pense qu'Elizabeth a progressé grâce à eux, grâce à leur attention, et aussi parce qu'ils ne paniquaient jamais. J'ai rarement rencontré des gens comme eux. Je demeure très étonné qu'ils ne soient pas plus souvent assaillis par le regret ou le désespoir, et suis bien évidemment ravi que ce ne soit pas le cas.

Leur dernière parole avant mon départ a été : « Ne reviens pas ici ! »

Je me suis figé, les fixant comme si leurs visages pouvaient m'éclairer sur ce qu'ils voulaient dire. Rien.

« Qu'est-ce que vous entendez par là ? » ai-je dû finir par leur demander.

– Fais-nous plutôt visiter Londres ! »

Puis ils ont souri. J'ai hoché la tête vigoureusement.

# 5.

La moquette de son bureau était rouge. Quand j'ai rencontré Ira pour la première fois, j'ai fait plus attention à sa moquette qu'à elle. Je la préférais à n'importe laquelle des chaises disponibles. Je pouvais en changer la couleur en passant la main dessus. Et y faire des dessins en manipulant les poils avec mes doigts. Je devais souvent les lui expliquer, comme s'ils n'étaient pas évidents !

Ira s'installait à son bureau, dans un grand fauteuil qui ressemblait à une machine à sous. Chaque fois qu'elle s'en extirpait, elle semblait minuscule. Parfois, elle s'approchait pour s'asseoir à côté de moi sur la moquette. Ce n'était pas facile pour elle ! Je me souviens qu'il lui fallait se plier pour s'asseoir, puis bouger régulièrement. Je me souviens aussi qu'elle portait des hauts talons. Ses cheveux avaient presque la même odeur que ceux de ma mère.

Elle faisait toute une série d'exercices avec moi. Nous écoutions des cassettes qui mettaient en scène un couple, Tom et Maureen. Je devais reconnaître leurs sujets de conversation, comprendre leurs motivations et leur attribuer des états émotionnels. Quel était le ton de Maureen, par exemple, quand Tom lui disait que leur fille n'allait pas venir les voir ce week-end ? Pouvais-je le décrire ?

Ira me montrait aussi des cartons illustrés avec des mots dessus et je devais deviner celui qui allait suivre. Durant ces exercices, je craquais parfois et m'en retournais aux dessins sur la moquette. Quand elle me titillait, je secouais la tête, haussais les épaules et grommelais : « Je n'ai plus de mots. »

Ira et moi avions fait un concours à une occasion, pour trouver la meilleure description de mes sentiments quand ces derniers s'épuisaient. Elle voulait savoir si c'était comme entrer dans le labyrinthe pour combattre le Minotaure, puis découvrir que la pelote de ficelle n'était pas assez longue pour en sortir. J'ai laissé entendre que non, c'était plutôt comme marcher sur une corde raide, puis découvrir au beau milieu que vos lacets étaient défaits !

Nous avons refait ce concours quand nous nous sommes retrouvés vingt ans plus tard, à New York. Je savais dès le départ que, bien que mon but principal fût de revoir mes anciens camarades, j'avais aussi besoin de rencontrer nos institutrices. Elles faisaient partie de ce que mes camarades et moi avions en commun ; certains avaient eu droit à la moquette rouge d'Ira eux aussi et, tous autant que nous étions, nous avions pris place dans le cercle de Mlle Russell pour l'écouter lire le journal. Mon idée était également de partager avec elles mes trouvailles, et d'avoir leur avis sur les réussites et les échecs de leurs anciens élèves. Mes observations étaient une chose, mais les leurs seraient plus objectives, mieux fondées, assorties d'un point de vue plus aiguisé et plus complet sur ce que nous étions à l'époque et sur la façon dont ces enfants-là grandissent, d'ordinaire.

Ça faisait tellement longtemps que je n'avais pas revu Ira qu'il y avait peu de chances que nous nous reconnaissions. Pour m'aider, elle m'avait prévenu qu'elle porterait une grande écharpe verte. Depuis l'autre côté de la rue, je l'ai remarquée à une table, en terrasse, vêtue d'un tailleur pantalon couleur taupe.

C'est en m'approchant que je me suis rendu compte que je ne savais pas comment entamer une conversation avec elle. J'étais un gamin, à l'époque, et elle une adulte, une clinicienne adulte qui travaillait depuis une petite dizaine d'années avec des enfants autistes, et d'autres.

J'étais devenu adulte à présent, mais avant notre rencontre elle s'était peut-être replongée dans ses notes vieilles de vingt ans – d'après ce que je devinais, elle n'était pas du genre à jeter de vieux papiers –, peut-être même qu'elle les avait lues dans le métro et qu'elles étaient à présent dans le sac posé à ses pieds.

J'ai pris une grande inspiration et me suis assis. Puis j'ai tout de suite entrepris de tripoter le petit vase posé à droite de la table. Elle a enlevé son écharpe et l'a nouée au dossier de sa chaise. Une serveuse a apporté deux verres d'eau et j'ai essuyé une trace de condensation à l'extérieur du mien. Je savais que Mlle Russell – ou Rebecca, comme j'étais maintenant en mesure de l'appeler – devait nous rejoindre. Viendrait-elle bientôt ? Je me tortillais dans ma veste et j'ai suivi du regard une voiture qui tournait dans la rue longeant le café.

J'avais beaucoup réfléchi à ce rendez-vous. Et j'avais décidé de lancer en préambule que j'avais récemment réécouté la cassette de Tom et Maureen, et que ce qui était intéressant là-dedans, c'est qu'ils étaient malheureux comme les pierres, dormant probablement dans des lits séparés et fréquentant deux cercles d'amis distincts. Je trouvais que ce serait une approche amusante, qui montrerait combien ma sensibilité aux sentiments d'autrui s'était affinée. Mais c'était aussi une drôle d'entrée en matière. Et puis avais-je vraiment envie d'un nouveau diagnostic ?

Pour finir, elle a souri.

« Bonjour, Kamran.

– Je n'ai pas chronométré le silence, mais il a été long. »

Elle a hoché la tête mais n'a rien ajouté. J'ai essayé de ne pas faire de grimaces. Cette rencontre était d'ores et déjà nerveusement épuisante.

Ce que j'avais découvert, en parlant de nos anciennes enseignantes aux « idiots », c'était qu'aucun d'entre nous ne se souvenait d'Ira aussi clairement que de Rebecca. Ira était la directrice. Nous nous souvenions d'elle marchant dans les couloirs, parlant à nos parents, tapant du pied droit contre le sol ou s'asseyant dans un fauteuil qui ressemblait à une machine à sous… Mais c'était à peu près tout. Je me souvenais d'elle un peu mieux que les autres pour avoir passé davantage de temps dans son bureau, mais je sentais qu'il me fallait rassembler mes souvenirs, fameusement éparpillés.

Ce flou me gênait. Il s'ajoutait à celui qui entourait Elizabeth. Peut-être devais-je parler de ça à Ira en guise d'introduction ?

Je savais que le philosophe Daniel C. Dennett estimait que l'acquisition du langage était la *pré-condition* nécessaire à la conscience. Bien que les enfants qui ne sont pas encore en âge de s'exprimer aient tendance à dévisager exagérément et à agripper la plupart des choses à leur portée, bien qu'ils glapissent s'ils se font mal, ils ne sont pas conscients. Il n'y a pas chez eux de sujet qui saisisse ces informations sensorielles, qui les transforme en expériences. Il y a simplement un noyau cérébral empli d'impressions.

Ainsi que Dennett le soutient, tandis que la capacité langagière se développe, les autres capacités se développent aussi. L'esprit devient alors apte à passer en revue, à musarder, à répéter, à se souvenir et, en général, à retenir les événements affectant le système nerveux. En attendant, ceux-ci ont des effets purement directs. Les signaux et les réactions motrices rebondissent en tous sens, ne laissant aucun souvenir dans leur sillage. De toute évidence, Dennett n'était pas en mesure de le prouver ; le fait que je m'en souvienne aussi mal était-il une preuve suffisante ? Je n'ai conservé presque aucun souvenir de l'époque où mes capacités langagières étaient trop limitées pour que je puisse m'impliquer dans le monde autour de moi.

Brusquement, je me suis rendu compte qu'Ira et moi venions de passer encore un peu plus de temps sans rien dire. J'avais oublié de caser ma pirouette à propos de Tom et Maureen.

« Vous utilisez toujours les cassettes de Tom et Maureen ? » lui ai-je demandé platement, ma confiance en moi vacillante m'ayant interdit la version plus enthousiaste.

Ira a secoué la tête. Elle a entrepris de me parler du programme informatique qu'elle utilisait à la place. Il s'appelait : « Apprendre les sentiments en s'amusant ».

Le niveau 1 de ce programme commence par la présentation à l'enfant d'une vingtaine d'émotions environ, sous forme de bande dessinée. Au niveau 2, l'utilisateur – Ira a donné un coup sur la table en prononçant ce mot – l'utilisateur apprend les traits faciaux et corporels qui correspondent à chaque émotion apprise au niveau 1. Par exemple, le dessin d'une personne heureuse en train de sourire est montré avec la question : « On peut dire que cette personne est heureuse parce que… ? » L'utilisateur doit alors sélectionner une réponse parmi celles proposées. La réponse correcte dans ce cas-là est : « Sa bouche remonte. »

Puis le programme propose des développements plus complexes. Le niveau 3 montre comment les événements sont générateurs d'émotions. Les exemples classiques comprennent : « Le garçon est content parce qu'il a reçu un cadeau d'anniversaire » et : « La fille est triste parce que son vélo est cassé. » Le niveau 4 entreprend d'enseigner les aspects verbaux de ces mêmes émotions. Dans ce niveau-là, on entend des voix et l'utilisateur doit trouver les images représentant l'émotion correspondante, puis choisir la réponse correcte dans toute une série d'options.

Le niveau 5 met les différents « apprentissages » – nouveau coup sur la table – à l'épreuve. Il y a des vidéos de comédiens faisant la démonstration de l'éventail des états émotionnels couverts par le programme. En appliquant la gamme de critères appris du niveau 1 au niveau 4, on demande à l'utilisateur d'identifier l'état émotionnel de la personne à l'écran.

Après quoi, il y a un ultime défi. Le niveau 6 présente une pièce bondée et l'enfant, ou utilisateur, doit attribuer à chaque personne dans la pièce un état émotionnel spécifique. Le site Internet de la compagnie de logiciels que j'ai consulté ensuite indique : « Après avoir passé avec succès les épreuves du niveau 6, l'utilisateur est prêt pour le monde réel, la communication *ad hoc*, et l'interaction. »

Ira m'a expliqué que c'était un logiciel utile, en dépit d'une publicité douteuse qui pouvait s'avérer vaguement doctrinaire. J'ai aussi découvert sur le site Internet la déclaration suivante :

« Doué de capacités langagières pauvres, l'enfant autiste est condamné à une vie d'isolement, sans la moindre chance de développer des relations significatives avec autrui.

« En l'absence d'un traitement magique de l'autisme, il faut compter sur la modification de l'apprentissage et du comportement pour apprendre à cet enfant à autonomie réduite comment évaluer les états émotionnels des autres.

« Et parce que les données utilisées pour ce processus peuvent le dépasser, une méthode fragmentant les composants d'une émotion est nécessaire. »

Ça aurait pu être mieux écrit… Ce que je veux dire, c'est que ça m'a paru difficile à lire étant donné que, d'après eux, l'autisme signait ma perte. Malgré tout il existait nombre de preuves selon lesquelles une formation précoce et intensive pouvait avoir des résultats spectaculaires. Bien que l'autisme soit probablement, et en fin de compte, un désordre neurobiologique, les premières interventions avaient été comportementales et éducatives. De nouvelles compétences étaient enseignées petit à petit, les progrès récompensés, et il y avait beaucoup d'encouragements tout du long.

Ma mère se souvenait que nos institutrices cherchaient toujours à avoir avec nous un contact oculaire, chose difficile à gérer pour les enfants autistes ; mais nos enseignantes nous l'imposaient presque férocement et il nous fallait bien réagir. De même, elles nous serraient toujours la main pour nous dire bonjour et au revoir. Des études sur ce genre d'intervention comportementale intensive ont fait état, dans un groupe type, d'une augmentation du QI de vingt points et plus au bout de deux à trois ans, ainsi que d'améliorations de vingt-cinq pour cent lors des contrôles de l'acquisition du langage. Toutes ces études ont été menées à une échelle relativement réduite, mais de telles avancées ne sont pas loin d'être extraordinaires, dans un domaine où même de petites améliorations ont d'énormes conséquences humaines.

Mes parents citaient régulièrement une de ces études quand ils parlaient de mon école new-yorkaise, et d'autant plus quand ils expliquaient qu'ils avaient laissé leur fils de cinq ans passer la nuit à l'école le week-end !

Ira s'est tue et moi aussi. L'extérieur de mon verre était à présent débarrassé de toute condensation. Peut-être était-il inévitable que ça se déroule ainsi. Après tout, nous ne savions rien l'un de l'autre. Elle ne m'avait connu qu'enfant et moi je ne la connaissais franchement pas. Et pourtant, tout ce que je lui dirais – c'était ce que j'imaginais en tout cas – servirait à faire le lien entre l'enfant d'autrefois et l'adulte assis devant elle aujourd'hui. Et j'avais peur de cela, peur de ne pas avoir fait suffisamment bonne impression. Étais-je au-delà de la courbe reconnue par diverses études ? Ou s'attendait-elle à ce que je sois mieux que je ne l'étais ?

Il me devenait tout aussi évident qu'Ira n'avait aucune intention d'alléger mon inconfort, qu'elle avait certainement remarqué. Peut-être même pensait-elle que j'étais suffisamment adulte pour m'en dépatouiller, et qu'elle avait donc le droit de jouer avec moi. Quand je me suis rendu compte que ce pouvait être l'explication, j'ai eu un large sourire.

« Vous êtes méchante.

– Et toi, tu n'es pas autiste. »

Rebecca m'avait inspiré un silence très différent quand nous nous étions revus sur les marches de notre ancienne école, trois jours auparavant. Je m'étais excusé d'être en retard et, n'y prêtant pas attention, elle m'avait invité à m'asseoir à côté d'elle.

« Tu te souviens de t'être assis ici ? m'a-t-elle demandé.

– Oui, ai-je répondu après une pause. Mais je ne sais plus si la vue était la même, ou si les gratte-ciel ont changé. »

Elle a levé un doigt, qu'elle a pressé contre mes lèvres.

« Peut-être que s'asseoir ici est une mise à l'épreuve de ton imaginaire et non de ta mémoire », m'a-t-elle suggéré.

J'ai arrêté de parler, mais mon imagination était au point mort. J'avais beaucoup réfléchi à cette rencontre avant le jour J, et trop de points d'interrogation tournoyaient dans ma tête pour que j'imagine quoi que ce soit de neuf sur son injonction. Au bout de quelques minutes, j'ai souri et elle s'est radoucie.

« Tu veux savoir ce que j'ai vu, moi ? m'a-t-elle lancé en se levant.

– Des guirlandes de pâquerettes et des enfants grimpant à des cages à poules ? »

Elle a ri et secoué la tête. Puis elle s'est détendue, et du coup la conversation aussi.

« Le kiosque où j'achetais le journal que je vous lisais est devenu énorme ! s'est-elle exclamée en se levant. Nous pourrions aller le voir et puis s'arrêter quelque part. »

Les marches étaient le seul vestige de l'école auquel nous allions avoir accès : elle avait fermé une quinzaine d'années auparavant. Mon appel au gérant de l'immeuble, la veille de mon rendez-vous avec Rebecca, s'était heurté à un étonnement prudent et combatif, comme si la journée entière de cet homme n'avait été qu'une longue suite de requêtes nostalgiques, déroutantes, ou peu réalistes. Il m'a vite opposé un refus.

Rebecca et moi nous sommes fait la réflexion en partant que, au moins, la nouvelle porte d'entrée était jolie. Je lui ai expliqué que j'étais venu par hasard à New York peu de temps après la vente du bâtiment, en plein milieu des rénovations. J'avais pu fureter partout, mais ça ressemblait à n'importe quel bâtiment en chantier, impersonnel, et le tour que j'en avais fait n'avait pas éveillé grands souvenirs. Je me souvenais simplement avoir noté que, avec le réagencement intérieur, c'était un peu comme si les sols et fenêtres étaient revenus au même niveau que celui que j'avais dû connaître enfant.

Mais je ne comprenais pas clairement pourquoi l'école avait fermé. Mes parents n'en savaient rien non plus, si ce n'est qu'on les avait plus fréquemment sollicités financièrement les deux dernières années.

Quand je lui ai posé la question, Rebecca a haussé les épaules.

« C'était vide ? lui ai-je demandé sur un ton plaintif.

– Qu'est-ce que tu veux dire ?

– Il ne restait plus d'élèves ? De nouvelles écoles s'étaient ouvertes ? Le système d'enseignement public avait amélioré l'éducation spécialisée ?

– Ira nous a convoqués et, pour commencer, elle a pleuré. Puis elle a réclamé le silence et expliqué que l'école allait fermer parce que l'un des principaux mécènes s'était retiré. Après quoi elle a appuyé ses deux mains avec force sur son bureau et elle est restée comme ça, jusqu'à ce que nous nous sentions trop gênés et que nous finissions par quitter la pièce. »

Rebecca s'est tue, a passé ses mains sur ses cheveux et les a tirés en arrière comme si elle allait les glisser sous un bonnet de piscine.

« Voilà ce qui s'est passé, rien de plus, je crois. »

Elle s'est arrêtée de nouveau, a croisé puis décroisé les bras.

« J'ai essayé d'aborder le sujet avec elle dans les toilettes, un matin, mais elle a été plutôt vague et m'a répondu qu'il n'y avait pas de trace d'argent frais, qu'on avait épuisé ce qui restait, y compris le stock de numéros de téléphone qu'elle pouvait appeler. Un truc du genre. Et donc que c'était terminé. Et j'ai perdu mon boulot. »

Quand Ira l'avait embauchée, Rebecca n'avait pas d'expérience professionnelle dans l'encadrement d'« enfants à autonomie réduite ». La fermeture de l'école ne tombait pas au meilleur moment pour elle. Entre le moment où elle avait été embauchée par Ira et celui où elle s'était mise en quête d'un nouvel emploi, il y avait eu un changement dans la façon de concevoir cet enseignement. Ira avait été touchée par l'attitude posée de Rebecca et avait pressenti ses autres compétences, mais les employeurs rencontrés ensuite n'avaient pas réagi de la même façon, et n'avaient pas pris en compte son expérience dans notre école. Sans qualification ou validation, ils considéraient ces années-là comme simplement enrichissantes, vaguement bénéfiques, de la même manière que les personnes chargées de l'admission en faculté pouvaient tenir compte de la participation à un club de maths, de la saisie de données pour le trombinoscope, ou encore d'une pratique du cor anglais.

Parmi les gens qui s'intéressaient à son expérience et qui lui demandaient de la leur raconter, aucun n'avait de travail à lui offrir.

Avec le temps, lors des entretiens d'embauche comme lors de discussions sur ces questions, elle s'était de plus en plus effacée. Elle expliquait qu'elle était ravie que l'enseignement aux enfants à autonomie réduite se soit professionnalisé, qu'il y ait des tripotées de stages de formation et d'ouvrages complémentaires ; tout ça était merveilleux, et nul doute que le fait qu'elle n'en ait pas bénéficié poserait problème, mais ne pouvait-elle pas aider d'une toute petite manière ?

Au début de ses recherches d'emploi, après qu'Ira avait annoncé la fermeture de l'école, elle exposait sa conception des cours et des sessions intensives individuelles enseignant-élève. Après dix-huit mois d'échecs, elle avait préféré mettre l'accent sur sa sensibilité, disant qu'elle pouvait rester calme sans que personne se rende compte qu'elle prenait sur elle, et que peut-être elle serait utile comme auxiliaire de vie scolaire. Elle avait fini par être embauchée par une école publique dans le nord de New York. Cinq enfants y étaient diagnostiqués autistes, et l'école avait eu des difficultés à trouver quelqu'un de qualifié pour s'en occuper. Après son troisième entretien, la directrice avait enlevé ses lunettes, les avait posées sur la table, s'était frotté les tempes et lui avait demandé si elle avait besoin d'aide pour dénicher un logement.

La charge de travail était relativement légère. Aucun des parents n'avait accepté l'idée de laisser son enfant rester après la classe pour un travail individuel supplémentaire, et la directrice avait refusé l'argument de Rebecca selon lequel ces cinq enfants avaient besoin d'un cursus séparé si on voulait qu'ils réussissent un jour dans le système éducatif classique. Rebecca grappillait donc chaque demi-heure qu'elle pouvait avec eux, et passait lentement devant leur salle de classe de temps à autre au cas où, la voyant, un enseignant décide de faire appel à ses compétences. Elle faisait son possible pour être disponible une demi heure avant le début des cours et une demi-heure après. L'air de rien, elle discutait avec les parents lors des réunions informelles, faisant mine de les remarquer inopinément, ou d'avoir envie d'un biscuit dans l'assiette posée à côté d'eux. Cela entrait en fait dans une stratégie à long terme, qu'elle décrivait à ses amis comme l'opération « gagner leur confiance ».

Elle a devancé la question que je voulais lui poser mais pour laquelle je n'avais pas trouvé de formulation polie. Nous avions quitté l'école pour nous diriger vers Central Park et nous étions probablement perdus.

« J'ai fait du bon travail dans cette école », a-t-elle lancé.

Nous étions silencieux depuis quelques minutes.

« J'ai passé dix-huit mois à ne pas faire ce pour quoi j'étais bonne, ça a été une trop longue interruption et c'est dommage. »

Trois jours plus tard, et alors que Rebecca nous rejoignait au café, je me suis souvenu de l'expression de contrariété sur son visage quand elle avait prononcé ces mots. Et je me suis aperçu que j'avais envie d'explorer ça davantage, cette question de la motivation.

Rebecca et Ira se sont saluées de manière formelle. Du coup, j'ai tendu la main vers l'une, puis vers l'autre.

« Je m'appelle Kamran, ai-je lancé. Et il paraît que je ne suis pas autiste. »

Je dois dire que je m'attendais à ce qu'Ira et Rebecca aient toutes deux de mauvaises raisons de continuer à travailler avec des enfants à autonomie réduite. Ira avait ouvert un cabinet privé, depuis suffisamment longtemps pour se permettre d'accueillir gratuitement les familles les plus démunies. Rebecca coordonnait à présent le programme d'éducation spécialisée de plusieurs écoles dans son coin de l'État de New York.

Je m'attendais, et c'était injuste, à ce qu'il y ait quelque chose de l'ordre du masochisme chez ces deux-là. Pour moi, elles voyaient l'aide apportée aux enfants autistes comme une cause altruiste et noble, et souhaitaient qu'elle soit reconnue comme telle par les autres. Après tout, il y avait peu de gratifications à espérer de leurs relations avec les enfants mêmes – ils ne se rendaient pas forcément compte qu'on les aidait, ne créaient pas de liens avec la personne qui s'occupait d'eux, résistaient régulièrement aux embrassades, même de leurs propres parents, et toute autre personne chargée de s'occuper d'eux ne comptait donc que très peu à leurs yeux. En plus, ils ne faisaient pas toujours de progrès. Le sentiment de Rebecca, par exemple, était qu'elle n'avait eu aucune influence sur les cinq enfants de la première école où elle avait été embauchée après sa pause forcée de dix-huit mois.

Je m'attendais donc à ce que Rebecca et Ira justifient leur travail avec des enfants autistes par la conviction de faire quelque chose de difficile et de non gratifiant, et que ce soit ça, paradoxalement, qui leur permette de se sentir mieux.

C'était dur, comme vision, et je le savais. Mais bon, j'étais tout aussi soupçonneux envers les gens qui se vantaient de donner de l'argent à des œuvres de charité. J'avais vu aussi la façon dont Mike traitait Randall, et j'en étais malheureusement arrivé à me demander s'il n'était pas avec Randall parce que celui-ci était autiste – s'occuper d'un autiste voulant dire que Mike était moralement correct ; tout comme utiliser l'argent familial pour lui offrir des choses et l'entretenir dans une impressionnante demeure signifiait qu'il était légitime de posséder tout cet argent.

J'étais content de découvrir que les motivations de Rebecca et d'Ira étaient différentes. Rebecca n'avait eu d'interruption de carrière que pendant dix-huit mois. Peu de temps avant que notre école ferme, Ira s'était mise à travailler un jour par semaine dans une autre école privée new-yorkaise et y était entrée à plein temps tout de suite après. Au bout de sept ans, elle avait ouvert son propre cabinet dans une pièce également moquettée de rouge…

Toutes deux travaillaient dur mais faisaient aussi du prosélytisme. Il était important de saisir chaque occasion d'expliquer la nécessité d'une éducation spécialisée ; essentiel de bien faire comprendre à chaque parent qu'il n'y avait pas de honte à être autiste et que, si leur enfant montrait de quelconques symptômes, ils devaient s'adresser à un professionnel dès que possible et taper du pied si l'on faisait obstruction.

Parfois, elles se faisaient l'effet d'évangélistes suppliant tout le monde de venir découvrir le Seigneur un dimanche et de ne pas autant boire. Mais, tandis que les gens qui lançaient ces injonctions s'exposaient au mépris et au sarcasme quand ils abordaient leurs collègues ou connaissances, Rebecca et Ira étaient confrontées à d'autres réactions. Leurs interlocuteurs hésitaient à s'engager dans une immense majorité des cas parce qu'ils se sentaient honteux des difficultés de leur enfant, qu'il considéraient ça comme une affaire privée et pensaient que la seule façon de résoudre leurs problèmes était de dépasser leurs propres échecs en tant que parents.

Ce point de vue – celui du parent coupable et pécheur – est même présent dans les publications scientifiques sur le sujet ! Leo Kanner a été le premier clinicien à diagnostiquer l'autisme de manière catégorique, c'est-à-dire à en faire un désordre du développement à part entière, à le distinguer du retard mental ou de la schizophrénie juvénile, par exemple. Nombre d'analyses, y compris des contributions d'autres spécialistes, se sont rapidement construites autour de cette certitude. L'autisme est entré dans les manuels de diagnostic utilisés par les psychiatres et les pédiatres. Mais, ayant introduit cette explication et accordé du crédit aux observations de nombreux docteurs et parents, amorçant de ce fait un processus d'exploration complémentaire, Kanner lui-même s'est mis à donner des conférences, de manière souvent agressive, en parlant des « mères réfrigérantes ».

Tandis qu'Ira m'exposait ça autour d'un café, j'ai remarqué que Rebecca me regardait, moi, plutôt qu'Ira. Ira faisait-elle la même chose quand Rebecca parlait ? Peut-être était-il curieux que, après vingt ans, nous ayons cette discussion sur le professionnalisme de l'éducation spécialisée plutôt qu'une conversation plus personnelle. Mais bon, le fait qu'elles ne m'aient pas posé de questions d'usage du genre : « Comment vas-tu ? » ou : « Que deviens-tu depuis tout ce temps ? », me donnait davantage confiance en elles.

Mais elles m'observaient et, après la provocation d'Ira qui avait rejeté mon étiquette d'autiste, il me semblait que nous allions bientôt en venir à des sujets plus intimes.

J'ai un peu insisté. Tandis qu'Ira prenait une gorgée de café, j'ai souligné que l'expression « mères réfrigérantes » me faisait penser au tour que ma mère me jouait quand j'étais enfant. Parfois, je regardais une pub à la télé, pour du chocolat ou toute autre friandise, et je me tournais ensuite vers elle dans l'expectative. Elle saisissait alors une boîte qu'elle gardait en haut du placard de la cuisine et me donnait un bonbon. Ce n'est que beaucoup plus tard que j'ai appris que la boîte contenait en fait des noix et des amandes : jusque-là, je ne faisais pas de distinguo entre ce que j'avais vu à la télé et ce que je recevais à la place. Peut-être les mères réfrigérantes n'étaient-elles pas ce que l'on croyait ? Peut-être offraient-elles très facilement des friandises à leurs enfants, se comportant comme des réfrigérateurs, très fiers de leurs provisions, en quelque sorte ?

Il y a eu une pause, jusqu'à ce que je devance Ira en ajoutant que Kanner parlait de toute évidence de la réfrigération sous un autre angle. Elle a hoché la tête et repris. Sa métaphore s'appliquait aux mères froides envers leurs enfants, imposantes, impassibles, insensibles. De telles mères ne parvenaient pas à offrir à leurs enfants l'affection dont ils avaient besoin pour se construire et fonctionner en société. Et, du coup, ils devenaient émotionnellement handicapés, enfermés à l'intérieur de leurs royaumes privés.

L'étiquette de Kanner a bourdonné dans la tête des parents d'autistes pendant longtemps. D'autres idées de ce genre ne sont pas rares.

Ces notions étaient si vivaces qu'il était difficile pour Ira et Rebecca d'inciter les parents à mettre en place des soins appropriés pour leurs enfants.

Ira a reposé sa tasse et décrit une situation type. Un enfant avait été admis dans notre école peu de temps après avoir été diagnostiqué. Cet enfant avait quatre ans et ses capacités langagières étaient rudimentaires. Il n'arrêtait pas de se heurter à des choses, à hauteur de genou, à hauteur de ventre, même à hauteur de tête, et semblait s'en moquer. Son corps était couvert d'ecchymoses mauves et bleues, on aurait dit un berlingot.

Il y a eu brièvement une suspicion de maltraitance à la maison, mais ça a été écarté peu de temps après son arrivée à l'école, où l'on a pu observer la témérité avec laquelle il jetait son corps en avant. Il a fait un premier trimestre relativement satisfaisant, et puis a cessé de venir. Ira a envoyé des lettres et passé des coups de fil, sans succès ; après quoi, elle a décidé d'aller chez lui.

C'était un samedi après-midi. Elle savait qu'on lui refuserait un rendez-vous et a donc prétendu rendre visite à une amie dans le quartier. Les parents l'ont laissée entrer et, au départ, ont été aimables.

Dans leur cuisine, elle a admiré les nombreux vases de fleurs. Mais le ton a vite changé quand elle les a questionnés sur leur fils. Elle n'a pourtant pas dit grand-chose. Dans son souvenir, elle a juste demandé où il allait à l'école dorénavant, si l'on s'y souciait de la thérapie comportementaliste et, dans le cas contraire, s'ils seraient d'accord pour des séances individuelles.

À ce moment-là, la mère a pressé ses paumes avec force sur la table comme si elle allait y faire le poirier, puis elle s'est mise à crier tandis que le père balançait un vase. Ce dernier a heurté Ira au bras droit, qu'elle avait levé pour protéger sa poitrine, puis a volé en éclats. Une fois qu'elle eut repris son souffle, Ira s'est rendu compte qu'elle avait été blessée et saignait abondamment.

Elle s'est étendue par terre de peur de s'évanouir. « Appelez-moi une ambulance ! » a-t-elle crié, et le père s'est approché pour regarder. Il s'est agenouillé près d'elle et, d'une voix tranquille, lui a fait promettre, avant que sa femme appelle les urgences, qu'elle mentirait sur les circonstances de l'incident…

« C'était courageux, de se pointer là-bas comme ça, ai-je dit en clignant des yeux, le souffle un peu court d'avoir entendu ce récit choquant.

– J'aurais fait pareil si j'avais été cancérologue et qu'un de mes patients ait interrompu son traitement, a-t-elle répondu en haussant les épaules. J'aurais voulu avoir une bonne petite conversation avant de mettre le dossier à la poubelle.

– En plus, là, on a affaire à des enfants », a ajouté Rebecca.

Elle avait fixé Ira quelques instants avant de s'exprimer. J'avais remarqué que Rebecca était déférente envers Ira, à la manière des infirmières respectant les docteurs, ou simplement comme on respecte ses collègues plus âgés. Après tout, Ira avait été son employeuse, dans le passé.

Ira a hoché la tête.

« Cet enfant était mon élève, voilà tout. J'avais besoin de savoir non seulement que la décision avait été prise en pleine connaissance de cause, mais aussi qu'elle l'avait été dans le meilleur intérêt de l'enfant. De toute évidence, il n'avait pas pris la décision tout seul. Il n'en était pas capable. Aucun enfant de cet âge n'en est capable, ce qui rend notre tâche particulièrement difficile. »

J'ai hoché la tête en l'écoutant. Cet échange était chouette. Bien sûr, ça ne me plaisait pas d'imaginer Ira étendue par terre, en sang, forcée de renoncer à sa conscience professionnelle, mais je m'apercevais qu'elle n'avait pas frappé à la porte de cette maison pour obtenir la gratitude des parents ni pour presser une éponge contre la tête de l'enfant et soigner sa douleur. Elle était venue là pour son patient, parce qu'elle était rigoureuse dans son travail de prise en charge. « Il est important, me suis-je dit, que nous, dans notre école, ayons été aux mains de professionnels et non d'esprits exaltés. »

Le contexte économique a changé, et cette nouvelle idée d'une prise en charge plus professionnelle, que cautionnent Rebecca et Ira, me séduit davantage que l'idée de nonnes ou de pseudo-nonnes.

Je n'avais pas envie, assis à cette table de café, de me sentir redevable de quoi que ce soit, et je ne pense pas qu'elles le souhaitaient non plus. Elles ne m'avaient pas réparé et je n'avais pas donné à leur vie un but glorieux et simple. Tel n'était pas le contrat qui avait été passé entre nous.

Bien sûr, quelque chose s'était perdu aussi au cours de cette évolution historique, et il y avait de bonnes raisons d'être nostalgique. Le nouveau paradigme éloignait encore plus les donneurs de soins de ceux qui les recevaient. Le lien entre Rebecca, Ira et moi était formel. Je n'étais pas le fils qu'elles n'avaient jamais eu, ou celui qu'elles avaient envoyé à la guerre après l'avoir élevé et qu'elles ne revoyaient que maintenant. J'étais un élève dont la prise en charge – qui obéissait à certains standards et lignes de conduite – avait été rémunérée par un organisme. Un élève envers qui leur responsabilité cessait à un moment donné.

Alors que nous étions assis côte à côte, vingt ans plus tard, elles ne prenaient pas mes mains dans les leurs et ne sortaient pas non plus de photos de moi enfant. De mon côté je ne leur avais pas offert de parfum ou des agendas reliés cuir. Peut-être ce formalisme diminuait-il leur satisfaction. Ou peut-être grâce à lui leur était-il plus facile de m'évaluer de manière critique, d'observer l'effet de certaines techniques, ce qui améliorait le traitement, le rendait plus efficace pour aider des gens comme moi.

Mais si ce paradigme était correct, s'il menait à de meilleurs résultats, cela voulait également dire que les écoles qui n'avaient pas voulu embaucher Rebecca après son départ de la nôtre avaient eu raison de ne pas le faire. L'expertise professionnelle était plus importante que l'attention manifeste que Rebecca portait aux enfants.

« Il ne faut tout de même pas oublier l'expérience, a rectifié Ira tandis que je lâchais étourdiment cette pensée et avant que Rebecca ait l'occasion de réagir, et l'expérience s'apprend rarement à l'université !

– Ah ! », ai-je fait en me rendant compte de mon erreur.

Je venais d'offenser Rebecca ; tout d'un coup j'en étais sûr. Je me suis interrogé un instant sur ma position.

« Tu as bien parlé d'une attention *très* manifeste ? » m'a-t-elle taquiné pour mettre fin au silence.

Elle a posé sa main sur la mienne un moment et j'ai hoché la tête.

La serveuse nous avait tendu une longue liste de *cheesecakes* vingt minutes plus tôt, mais, chaque fois qu'elle s'était approchée pour prendre notre commande, nous bavardions. Elle a saisi cette occasion-là et nous a apporté des verres d'eau.

Rebecca et Ira ont pu passer la leur, mais mon premier choix n'était pas disponible, ni mon deuxième. Tandis que la serveuse m'en réclamait un troisième, je me suis aperçu que Rebecca et Ira m'observaient de près durant ce court moment de fracture, comme s'il y avait un risque que je ne sache pas quoi faire ensuite. Ou peut-être étais-je exagérément sensible, me tortillant trop et accordant trop d'importance à leur regard médicalisé. Mon troisième choix étant disponible, la serveuse est repartie et j'ai plongé dans mon sac pour en ressortir un carnet.

« De qui aimeriez-vous avoir des nouvelles en premier ? » leur ai-je demandé.

J'avais répété ma question.

Bien que j'aie un peu parlé à mes camarades de classe les uns des autres, j'étais face à ma première tentative de déroulement de tout le récit de ces retrouvailles. J'allais m'y essayer avec les prénoms et autres détails déjà modifiés, pour commencer à m'habituer à ma promesse de respecter leur vie privée. Rebecca et Ira seraient à même de deviner qui était qui, mais aussi de me guider en me confirmant si les changements étaient suffisants.

Rebecca a pris la parole la première.

« Nous en avons déjà discuté entre nous, a-t-elle expliqué en lançant un regard à Ira. Nous préférerions les découvrir dans ton livre. »

J'ai posé mes mains sur la table pour éviter qu'elles aient la bougeotte.

« Je ne comprends pas. » C'était censé être la pièce de résistance de notre entrevue.

« Nous nous sommes dit que tu pourrais prendre ça de diverses manières, a poursuivi Rebecca. Au pire, tu pourrais t'imaginer que nous ne te faisons pas confiance pour décrire tes anciens camarades, mais ça ne peut pas être le cas, sinon pourquoi voudrions-nous lire ton livre ? Donc, nous avons espéré que tu en viendrais vite à la conclusion qui s'impose, que tu comprendrais que nous n'avons pas envie d'altérer tes observations, parce que ce sont les tiennes qui sont importantes ici. »

Tandis que Rebecca finissait sa phrase, elle a fait un geste vers Ira.

« C'est toi qui les a rencontrés, a ajouté Ira.

– Tu es bien autiste ? » m'a demandé Rebecca.

Chacune rebondissait sur les propos de l'autre. Elles s'étaient préparées à ma réaction.

« Oh ! ne t'inquiète pas pour ça, l'a assurée Ira, il ne l'est plus. »

J'ai refermé mon carnet tandis que la serveuse revenait avec nos pâtisseries. Ce que Rebecca et Ira venaient de me dire était aussi incroyablement généreux que flatteur, au bout du compte.

J'ai aussi compris qu'elles souhaitaient, apparemment plus que moi, une conversation entre trois adultes. Je les voyais toujours comme mes enseignantes et moi comme leur petit élève. J'avais envie de retourner à cette dynamique, elles, non.

J'ai alors repensé au soir où Ira avait décollé mon visage de la fenêtre du deuxième étage de notre école. Ça devait être lors d'un des week-ends que certains d'entre nous passaient là. J'étais incapable de dormir. J'étais sorti du lit et m'étais assis près de la fenêtre, d'où je pouvais regarder la rue et les arbres. J'avais dû m'endormir sur la chaise, la joue posée contre la vitre. C'était une nuit froide et, quand je me suis réveillé, ma joue était collée au verre. Impossible dans cette position de crier comme j'en avais envie, ou même de pleurer comme je voulais. Mais soit Ira faisait une ronde à ce moment-là, soit elle a entendu un de mes glapissements contenus, en tout cas elle est venue m'arracher au carreau. Peut-être ne s'en souvenait-elle pas. Pourquoi aurais-je dû lui en parler ?

« De nos jours, le sentiment de honte par rapport à l'autisme est différent », a fait remarquer Rebecca, alors que nous avions englouti la moitié de nos desserts.

Revenant sur une discussion antérieure, elle nous a parlé d'un père qui traînait devant la porte de sa classe au moins une fois par semaine. Bien qu'il ait un bon bout de route à faire pour arriver à l'école et qu'il doive donc quitter son travail en avance, il fallait toujours que ce soit elle qui l'invite à entrer et lance la conversation. Il la questionnait sur les progrès de son fils, lui demandait s'il y avait des aliments qu'il fallait lui enlever, des suppléments alimentaires qu'il devrait lui donner ; pourrait-il emprunter d'autres cartons illustrés pour travailler un peu avec lui le soir ?

Comme le disait Rebecca, le point de vue actuel n'est plus que ce sont les soins ou, comme le formulerait Kanner, leur absence qui causent l'autisme, mais que ce dernier est naturel, génétiquement déterminé. Il n'y a pas suffisamment de preuves, l'ensemble des sujets potentiels étant relativement restreint et les recherches dans ce domaine, plutôt récentes.

Selon Ira, la tendance des parents à croire que l'autisme est causé par des vaccins ou un empoisonnement au mercure – deux explications populaires et fortement soutenues sur Internet – était due à ce sentiment latent de honte, peut-être réactivé, d'avoir un enfant souffrant d'un trouble du développement. Il serait plus simple pour tout le monde que l'autisme ait une cause physique – idéalement, une cause externe à la relation parents-enfant. On ne remarque généralement pas les symptômes avant que l'enfant soit en âge de parler ou d'être en contact avec d'autres enfants dans une collectivité. Or les vaccins sont administrés environ au même âge. Les deux événements peuvent facilement être associés par les parents qui, de toute évidence, préfèrent une explication à l'autisme de leur enfant qui n'ait rien à voir avec leur propre ADN, ou alors qui souhaitent oublier les regards inquisiteurs de leurs amis se demandant si, par hasard, ils ne seraient pas de mauvais parents.

Ira a déclaré qu'elle avait considéré l'histoire du vaccin oreillons-rougeole-rubéole comme étant dans le droit-fil des anciennes histoires d'enfants volés. Il existe une forte tradition populaire, dans de nombreuses régions du monde, à propos d'enfants enlevés et remplacés par des fées ou d'autres créatures déguisées en enfants. Ira nous a donné un exemple rapporté par le docteur Luther. Je l'ai vérifié depuis, et ça vaut la peine de le citer *in extenso* :

> « Il y a huit ans à Dessau, moi, docteur Luther, j'ai vu et touché un enfant volé. Il avait douze ans et, à cause de ses yeux, aussi parce qu'il avait tous ses sens, on aurait pu croire qu'il s'agissait d'un véritable enfant. Il ne faisait que manger ; en fait, il mangeait comme quatre ! Il mangeait, déféquait et urinait, et chaque fois qu'on le touchait, il criait. Quand il se passait de mauvaises choses dans la maison, il riait et s'en réjouissait ; mais, quand tout allait bien, il pleurait. Il possédait ces deux vertus-là. J'ai dit aux princes d'Anhalt : “Si j'étais le prince ou le dirigeant ici, je jetterais cet enfant dans l'eau de la Moldau qui coule près de Dessau. J'oserais commettre un meurtre !” Mais ni l'Électeur de Saxe, qui était avec moi à Dessau, ni les princes d'Anhalt ne souhaitaient suivre mon avis. J'ai donc dit : “Alors vous devriez demander à tous les chrétiens de répéter la Prière du Seigneur à l'église pour que Dieu exorcise le diable.” Ils l'ont fait

chaque jour et l'enfant volé est mort l'année suivante… Un tel enfant n'est qu'un morceau de chair, une *massa carnis*, il n'a pas d'âme. »

L'enfant en question présente incontestablement des symptômes d'autisme. Les autistes réagissent souvent mal quand on les touche. Ça les dépasse et ils peuvent alors se mettre à pleurer pour s'en protéger. Il semble douteux que l'enfant ait ri chaque fois qu'il se passait de mauvaises choses dans la maison, et qu'il ait pleuré quand l'atmosphère était plus joviale. Néanmoins, il ne serait pas étonnant pour un enfant autiste de n'avoir pas remarqué les sentiments des autres membres de la maisonnée et d'avoir interprété les faits de travers.

En dépit de ses conséquences tragiques, l'exorcisme préconisé comme remède par Luther était plus doux que bien d'autres remèdes trouvés dans des récits semblables, qui pour certains se terminaient par un incendie, une noyade, ou d'autres formes d'infanticide déguisé.

Il existe un exemple dans l'ouest de l'Angleterre : le cadet d'un fermier avait été volé et remplacé par un garçon maladif et silencieux, au teint cireux, un petit diable ! Le fermier et sa femme ont élevé ce drôle d'enfant comme s'il était le leur. Toutefois, quelques années plus tard, un lutin est apparu à leur porte. « Père ! » s'est écrié le garçon, et ils ont filé ensemble. Comme dans tout conte qui se respecte, à partir de ce jour la ferme a été bénie des dieux. L'enfant ne disparaissait ou ne mourait pas toujours, cependant. Souvent, le seul acte de violence, ou même sa simple menace, faisait que l'enfant volé s'enfuyait et que le véritable enfant revenait vers ses parents.

Ira était, comme moi, convaincue que les histoires d'enfants sauvages étaient celles d'enfants ayant des problèmes de développement – pas celles d'enfants ayant grandi en pleine nature et en ayant conçu des problèmes de développement ensuite, mais bien celles d'enfants laissés dans la nature *à cause* desdits problèmes. Les parents désespéraient, les emmenaient dans les bois et les y abandonnaient. Les récits d'enfants sauvages que nous avons ont été recueillis auprès de ceux qui ont survécu suffisamment longtemps pour qu'on les retrouve. Même si nombre d'entre eux ont dû périr quelques jours seulement après avoir été abandonnés, pensait-elle.

Rebecca s'était tue durant cette partie de la conversation, pour se concentrer plutôt sur la seconde moitié de son gâteau. Pourtant, c'était elle qui avait lancé ce thème.

Quand je l'avais vue trois jours plus tôt, elle m'avait parlé d'une mère croisée peu de temps avant, chez une amie commune. Ayant appris que Rebecca travaillait avec des enfants autistes, elle lui avait avoué que c'était le cas de son fils. La femme avait expliqué ensuite, d'une voix plate, que ce dernier avait « attrapé » l'autisme quand, un soir après dîner, elle l'avait emmené sur leur terrasse sur le toit. Là, elle avait remarqué une étoile filante et la lui avait montrée du doigt. Il l'avait regardée attentivement ; après quoi, elle avait disparu de son champ visuel. Elle pouvait toujours la voir mais, en dépit de son doigt resté tendu, lui pas. Suite à cette soirée, il est devenu plus silencieux, plus difficile à gérer.

Il a cassé la porte de la machine à laver au début d'une de ses crises. Elle l'a conduit chez un docteur et le diagnostic posé a été celui d'autisme. À considérer son comportement, il était évident pour Rebecca que la mère avait des tendances autistes elle-même. Elle empoignait ses bras quand elle s'exprimait, comme si on risquait de lui prendre les mains et de lui faire dire quelque chose contre son gré. Sa voix était monocorde. Rebecca l'a entretenue des problèmes de développement du langage auxquels étaient confrontés beaucoup d'enfants autistes, et la mère lui a alors appris qu'elle-même avait parlé tard. Ses parents l'avaient envoyée à l'école à huit ans ! Après son départ, l'amie de Rebecca s'est excusée, lui expliquant que cette femme était soignée pour schizophrénie et que l'enfant vivait maintenant chez son père.

En me rapportant cette histoire, Rebecca a souligné que la mère était sincère dans son récit des origines de l'autisme de son enfant, mais que ce récit était en même temps un aveu d'impuissance et de difficulté d'expression. Et ça, ça lui donnait la chair de poule. Entendre la mère évoquer l'étoile filante, c'était se retrouver confrontée à une femme se sentant coupable et incapable de maîtriser cette culpabilité.

Tandis qu'Ira parlait des mythes d'enfants volés et des enfants sauvages, j'avais l'impression que Rebecca pensait à cette mère, cette mère encore en état de choc depuis que son enfant était tombé malade et réduite à raconter une histoire d'étoile filante. Un peu comme ces parents qui niaient que l'enfant soit le leur, ayant besoin de dire à la place qu'il appartenait aux fées et que leur propre enfant leur avait été enlevé. C'était terriblement triste, ces parents qui débordaient de culpabilité et de honte, utilisant n'importe quelle ressource à leur disposition dans leur culture, n'importe quelle cause externe et reconnaissable, afin de se déculpabiliser.

Et pourtant, Rebecca s'est tue durant l'exposé d'Ira. Je me suis tout à coup alarmé d'avoir organisé non pas une rencontre avec deux de mes anciennes enseignantes, durant laquelle nous pourrions discuter de toutes sortes de choses, mais plutôt une rencontre entre Rebecca et son ancienne directrice. Je m'inquiétais de ce que Rebecca et moi étions parvenus à une espèce de parité quand nous nous étions revus trois jours auparavant, mais qu'elle se sentait inférieure à Ira et que je ne faisais que renforcer ce sentiment en laissant Ira parler avec de grands gestes et en admirant ses compétences.

Lors de notre rendez-vous à deux, Rebecca avait évoqué le temps qu'Ira avait passé dans l'activisme autour de l'autisme. Je réfléchissais à ça tandis que cette dernière faisait une pause. Ira rejetait les théories oreillons-rougeole-rubéole et empoisonnement au mercure comme causes de l'autisme.

« Avez-vous jamais rejoint une organisation militante ? ai-je demandé à Ira, tandis que Rebecca me lançait un clin d'œil appuyé, comme si je venais d'annoncer que la prochaine grande avancée en nanotechnologie serait liée aux peintures des grottes de Lascaux.

– Qui t'a parlé de ça ? » a répondu Ira doucement, après une pause, comme si chaque mot était un galet à polir de ses mains.

Au ton de sa voix, je me suis rendu compte que j'avais fait une bourde. J'avais voulu ramener Rebecca dans la conversation en titillant Ira, en faisant remonter cette partie gênante de son passé, mais ce n'est qu'après avoir ouvert la bouche que je me suis aperçu que Rebecca et Ira se connaissaient bien mieux qu'elles ne me connaissaient, moi, et que donc ce n'était pas vraiment à moi qu'il appartenait de jouer les médiateurs.

Rebecca a détourné la tête et a souri. Aucune des serveuses n'était dans les parages, et ni ma tasse de café ni mon verre d'eau n'avaient besoin d'être remplis. J'ai réalisé que j'avais déjà glissé la main droite dans ma poche, en quête d'une pince crocodile, hélas, introuvable.

« Je crois, ai-je fini par dire, que…

– C'est bon, a fait Ira, pas de problème. »

Elle a tapoté sur la table.

« J'ai effectivement fait partie d'une organisation militante, puis j'ai décidé de revenir au privé. Pourquoi est-ce que j'ai fait ça ? »

Elle s'est renfrognée, puis détendue à nouveau.

« Je préfère le travail intensif. Je pense que ça se résume à ça. Je préfère le travail intensif, le travail que je peux faire directement avec les enfants autistes. »

Et c'était souvent un dilemme, je m'en apercevais à son expression. Il y avait un calcul savant à opérer entre le travail direct et personnel, d'un côté, et le travail global et systématique, de l'autre. Je connais des fonctionnaires qui préfèrent travailler dans des bureaux de la Sécurité sociale, et d'autres à qui l'analyse abstraite des politiques convient mieux. C'est affaire de choix professionnels. Parfois ils sont guidés par l'intérêt à long terme pour une carrière, mais parfois il s'agit de choix sentimentaux et plus profonds. Parfois encore, la question est : « Quel est le mieux que je puisse faire maintenant ? Qu'est-ce qui ferait de moi une personne de valeur ? »

Je me sentais gêné d'interroger Ira là-dessus et d'avoir abordé le sujet de cette manière. Outre le fait que j'essayais de rééquilibrer une conversation entre deux amies, alors que ce n'était pas vraiment mon rôle, il était clair que je ne connaissais pas suffisamment Rebecca et Ira pour leur poser des questions pareilles, susceptibles de les pousser à se lancer dans de grandes explications doublées d'autojustifications. Pourquoi avez-vous passé votre vie comme vous l'avez fait ? Exposez-moi les motivations sous-tendant les choix complexes que vous avez effectués ! C'était indélicat mais je continuais pourtant de le leur demander.

« Tu n'as jamais rejoint une organisation militante, toi ? » m'a lancé Rebecca.

Du coin de l'œil, il me semblait qu'elle observait ma joue.

« Non. »

Craig m'avait parlé d'une réunion à laquelle il avait assisté. C'était le rendez-vous mensuel d'une organisation dont le constat fondateur était que des gens comme Rebecca et Ira essayaient de supprimer une façon bien particulière d'être, et qu'il fallait les en empêcher. D'après cette théorie dissidente, l'autisme n'était pas un trouble du développement et les autistes ne souffraient d'aucun manque. Leurs symptômes n'étaient pas des défauts mais des *caractéristiques* autistes, et le mode de vie de l'autiste, tout comme son mode de pensée, était aussi valable que ce que les cliniciens définissaient comme étant « normal ».

Les membres des organisations de ce genre n'étaient pas les premiers à émettre de telles opinions. Nombre d'intellectuels, y compris le philosophe Jean-Jacques

Rousseau, avaient tiré des conclusions semblables de leur observation d'enfants sauvages.

L'« enfant sauvage de l'Aveyron », ultérieurement prénommé Victor, en a été l'un des plus célèbres exemples, même si Ira l'estime « douteux ». Il fut découvert à la fin du XVIII^e siècle dans les forêts de l'Aveyron, en France, et arriva jusqu'à la cour du roi. Il existe des récits de célébrations officielles où il bondissait dans la pièce, enlevait ses habits, montait aux arbres et gobait des poignées de baies d'un seul coup. Il n'avait aucune manière et aucune idée de ce à quoi elles servaient. Un témoin d'une de ces scènes a noté ce qui suit :

> « Il était à peine conscient de ses yeux splendides qui lui valaient d'attirer l'attention. Quand on a servi le dessert, et après qu'il a adroitement rempli ses poches de toutes les délicatesses qu'il pouvait subtiliser, il a calmement quitté la table. […] Soudain, on a entendu un cri en provenance du jardin. […] On l'a entraperçu qui courait sur la pelouse comme un lièvre… il n'avait plus que sa chemise. Arrivé à l'allée principale du parc […] il a déchiré son dernier vêtement en deux, comme s'il était fait de gaze, et puis, grimpant à l'arbre le plus proche avec une agilité d'écureuil, il s'est perché au milieu des branches. »

De toute évidence, certains étaient choqués par les singeries de Victor, mais il en attirait d'autres qui considéraient son abandon comme authentique, et admiraient sa liberté face aux mœurs sociales, aux distinctions de classe et aux conventions de leur monde.

Un certain nombre de mouvements actuels tournent autour de thèmes semblables. Des schizophrènes soutiennent que leur état est devenu problématique uniquement à cause de la façon dont il est répertorié par la profession médicale et, plus généralement, par la société. Ce sont les autres qui en ont fait une maladie, alors que de leur point de vue il s'agit simplement d'une manière d'être, avec ses bons et ses mauvais côtés. Dans le même ordre d'idées, des associations de sourds estiment que la langue des signes est à mettre dans la même catégorie que les langues des tribus amérindiennes ou des communautés micronésiennes et donc que l'insistance des médecins à leur faire porter les prothèses auditives les plus sophistiquées représente une tentative d'éradication de ce qui fait la particularité de leur vie.

Craig n'est pas resté à cette réunion. Il n'acceptait pas ce parti pris selon lequel vous étiez extraordinaire et spécial, uniquement parce que vous étiez autiste – une façon d'être créative et valable autant que si vous étiez poète ou bûcheron. Il trouvait que ça revenait au même que de croire que tous les autistes étaient retardés, ou capables de multiplier instantanément des nombres à six chiffres. Être autiste ne se limitait pas à des problèmes identitaires, à des questions sur la façon de vivre sa vie ou sur ce qui lui donnait de la valeur. J'étais d'accord avec lui et j'en ai parlé à Rebecca et à Ira.

« Mais il doit bien y avoir des choses que vous faites mieux que les autres, m'a demandé Ira, et où vous devez penser qu'être autiste y est pour quelque chose, non ?

– Je n'y ai pas beaucoup réfléchi. »

Aucun de mes anciens camarades n'offrait d'exemple évident. Randall était un bon coursier, qui comprenait très bien la ville, mais les autres coursiers aussi, et il était donc peu probable que cette capacité soit due à son autisme. Dans la mesure où Elizabeth était incapable de lire un plan et devait compter les arrêts de bus, la capacité de Randall existait, semblait-il, en dépit de l'autisme. Elizabeth était une musicienne compétente, capable de jouer des morceaux qu'elle n'avait entendus que brièvement, mais personne n'a jamais misé sur cette capacité pour qu'elle devienne pianiste. Les seuls exemples que je pouvais retrouver provenaient de ma propre expérience, et ils étaient d'une envergure considérablement moindre que ne l'espérait peut-être Ira.

J'ai évoqué mon bref passage à la radio, en duplex. J'étais assis dans un minuscule studio. C'était la première fois que je me prêtais à ce genre d'exercice et je n'avais pas eu l'occasion de réfléchir à ce que j'allais dire. Sans connaître les questions à l'avance, j'étais tout à coup confronté à un micro et à une voix dans mes oreilles. Puis on m'a offert un café, que j'ai regardé avec intérêt parce que j'ai imaginé comment m'en servir. Je pourrais, par exemple, en prendre une gorgée entre les réponses ; ça m'offrirait de quoi me concentrer, un peu de cohérence. Dans mon esprit, ça voudrait dire que je papotais simplement autour d'un café. Pour finir, j'ai décidé que le bruit que je ferais en sirotant risquait d'être capté par le micro, et que ce ne serait pas forcément agréable pour l'auditeur. C'est alors que j'ai remarqué un téléphone. J'ai posé la main dessus et fermé les yeux quand mon tour est venu. De toute évidence, je suis bien passé. J'étais détendu et je ne m'en suis pas mal sorti. Mais c'était parce que je m'étais convaincu que je parlais au téléphone et que je ne faisais pas quelque chose de nouveau ou d'étrange, ni que j'avais un auditoire bien plus large que d'ordinaire.

Des amis m'ont demandé ensuite si j'avais été nerveux, parce que je n'en avais pas donné l'impression en tout cas ! Je leur ai répondu de manière vague pour ne pas avoir l'air de me vanter, mais j'ai avoué à Rebecca et à Ira que je ne l'avais pas vraiment été. Une fois intégrée la présence du téléphone, je n'étais plus nerveux du tout. Si je n'avais pas su comment utiliser de telles stratégies, si je n'avais pas eu besoin de faire ça tout au long de ma vie d'autiste, alors peut-être aurais-je bien moins réussi ma prestation à la radio.

J'ai aussi repensé à une photo chérie par mes parents et sur laquelle j'étais agenouillé. C'était un week-end, mon père était heureux d'être à la maison, après une mauvaise série de week-ends passés à travailler. Ma mère était sortie voir des amies et il jouait avec moi. Un grand morceau de papier était posé devant moi. J'avais un crayon violet dans la main droite. Ce qui était bizarre. Parce que j'étais gaucher, ai-je expliqué à Rebecca et à Ira, et l'avais toujours été ! Quelques personnes de ma famille parmi les plus âgées y trouvaient d'ailleurs à redire. Je me rappelle avoir dîné dans la maison d'un parent éloigné où un vieil homme assis à côté de moi me tapait sur la main gauche chaque fois que je m'en servais pour prendre quelque chose. Parfois, dans les restaurants sud-asiatiques ou arabes, quelqu'un me rappelait discrètement que le diable faisait son meilleur travail avec la main gauche. Mais impossible d'utiliser la droite ! Encore moins pour dessiner ou pour écrire. Si j'essayais, j'avais l'impression de retranscrire une langue ancienne. Au bout d'un moment, ma main me faisait l'effet de se remplir lentement d'eau, puis de se vider à nouveau.

Malgré tout, sur cette photo, je tenais un crayon de couleur dans la main droite et ce crayon était appuyé contre le papier. De temps à autre, j'y repensais et cherchais à comprendre pour quelle raison j'avais bien pu me servir de cette main. M'étais-je fait mal à la gauche ? Mais mes parents ne se souvenaient pas d'une quelconque blessure. Je me suis alors demandé si je testais ma main droite. Peut-être ne me souciais-je pas de dextérité à cette époque, ou avais-je vu d'autres enfants utiliser leur main droite et voulais-je faire comme eux ? Mais je ne tiens pas très bien le crayon. Ma façon de faire est différente de celle que j'ai sur d'autres photos où je dessine de la main gauche. À l'époque, j'étais de toute évidence conscient d'être incapable de dessiner de la main droite. Et cependant j'essayais.

Je n'en aurais jamais compris la raison si je n'avais pas lu *L'Enfant qui ne disait rien** de Laurent Danon-Boileau, professeur de linguistique générale à l'université de la Sorbonne, à Paris. Il y décrivait six enfants qui ne parlaient pas, ou fort peu. La deuxième s'appelait Kim. Son père était cambodgien et sa mère chinoise, la famille vivant en France. Les parents essayaient de lui parler en cambodgien, en chinois et en français. Kim parlait de temps à autre, mais dans aucune de ces langues. Ses capacités langagières se sont améliorées petit à petit, avec le temps. Elle a appris à alterner parole et écoute. Elle s'est mise à employer des mots de langues connues des autres.

* Calmann-Lévy, 1995.

Mais Danon-Boileau a remarqué qu'elle prenait soin de ne pas attribuer plus d'un sens à chaque mot.

Les gens sont d'ordinaire bien moins précautionneux dans l'utilisation qu'ils en font ! Ça ne les dérange pas si quelques gauchissements et détournements pénètrent dans le lexique, si les mots s'éloignent de leur signification – la plupart des blagues et les meilleures formules reposent là-dessus, d'ailleurs. Néanmoins, pour Kim, le langage était encore tellement fragile qu'elle insistait pour que chaque mot n'ait qu'un seul référent. Chaque nouveau sens demandait un nouveau mot. Le professeur Danon-Boileau a tenté l'explication :

> « Cette recherche de l'univocité se retrouve dans sa façon de dessiner. Comme toute enfant, il lui arrive parfois d'avoir envie d'annuler un croquis qu'elle vient de faire en le raturant d'une croix. Mais de façon étrange, pour barrer, Kim change son crayon de main, comme si son changement de point de vue sur le dessin la contraignait à se désolidariser d'elle-même. Comme si le jugement négatif émanait d'une autre et qu'elle était ainsi le théâtre de deux mouvements juxtaposés : la volonté de faire le dessin exprimée par la main, le jugement négatif exprimé d'une croix par l'autre. À coup sûr, elle ne le fait pas exprès. Il s'agit d'un mouvement machinal. Mais il montre la difficulté de Kim à exprimer deux points de vue contraires. Elle ne sait pas articuler son désir de tracer un dessin et le rejet du tracé. D'où cette curieuse répartition de chacun des deux gestes dans l'une et l'autre mains. »

Quand j'ai lu ce passage, ai-je expliqué à Rebecca et à Ira, j'ai tout de suite repensé à la photo. J'étais agenouillé, le crayon de couleur dans la mauvaise main. Elle était là, l'explication ! Une curieuse division de deux actions entre deux mains. Mon père m'avait photographié essayant d'annuler un dessin que je venais de faire. Je n'arrivais pas à comprendre comment je pouvais l'avoir fait ni comment je pouvais souhaiter ne pas l'avoir fait ! Donc le crayon est passé dans l'autre main. Je savais que je ne pouvais pas en tenir un correctement dans la main droite, mais mon action était mécanique. J'avais besoin de faire une croix sur mon dessin, cette impulsion contredisant la précédente qui m'avait amené à faire le dessin, et je n'arrivais pas à intégrer les deux.

Mon père a pris une photo, captant tout à fait par hasard un de mes premiers essais de cohérence locale.

J'ai souvent repensé à cette photo, et peut-être la question clé était-elle de se demander ce qu'un autre enfant aurait fait. Il aurait pu être contrarié et pleurer. Ou la frustration serait montée, et il aurait gribouillé toute la feuille puis se serait arrêté de dessiner.

Est-ce que c'était seulement parce que j'étais autiste, donc sensibilisé à la cohérence locale, que j'avais songé à changer de main et à résoudre le problème d'une façon remarquablement rationnelle et posée, au bout du compte ?

Mes deux exemples étaient dérisoires – vaincre l'anxiété en parlant à la radio ; dessiner avec un crayon de couleur à l'âge de trois ans –, mais ils laissaient tout de même entendre qu'à certains moments être autiste représentait un avantage.

Néanmoins, il n'y avait pas non plus de quoi pavoiser. Ces questions n'étaient pas les emblèmes d'un mode de vie particulier, ou significatives de certaines valeurs comme peuvent l'être les negro spirituals ou les dreadlocks pour la culture « black », ou encore la méditation pour les bouddhistes.

Mes exploits, si on peut les appeler ainsi, valaient certes la peine d'être retenus, mais ils étaient banals, surtout comparés aux difficultés auxquelles étaient confrontés les autistes, qu'il s'agisse de graves symptômes tels que le retard du développement du langage, un sens atrophié de l'empathie, ou le besoin de cohérence locale satisfait par exemple par des balancements.

Ce que j'ai fini par expliquer à Rebecca et à Ira, avec une excitation croissante, c'était qu'il était arrogant de croire que j'étais mieux que quiconque parce qu'autiste. Peut-être cela me servait-il pour certaines choses, peut-être quelques-unes n'étaient-elles pas insignifiantes, peut-être une partie de mon intelligence était-elle due au fait que j'étais autiste. Mais j'avais tout juste atteint le seuil à partir duquel je pouvais avoir cette conversation avec elles. Ce que je devais sûrement à une aide professionnelle, *leur* aide professionnelle, ainsi qu'à beaucoup d'attention, de travail et de soin.

« On dirait presque que tu n'as pas envie de te sentir détenteur d'un quelconque pouvoir », a remarqué Rebecca, perplexe.

J'ai fait une pause. M'étais-je vraiment retrouvé à argumenter dans ce sens ? Et pourquoi ? Essayais-je d'être le patient qu'elles avaient guéri et dont elles pouvaient se féliciter ? N'y avait-il rien qui vienne de moi ? J'ai secoué la tête. Mon opinion sur le sujet était ferme. J'étais étonné.

« Pas du tout ! ai-je répondu. Je suis capable d'être ici, de participer à cette conversation et de vous parler comme je le fais, même si autrefois vous étiez mes institutrices et que ça devrait être effrayant et paralysant pour moi. »

Ira a hoché la tête. Elle m'a regardé droit dans les yeux.

« Au contraire, ai-je poursuivi, tournant le dos à Rebecca, je me sens bel et bien détenteur d'un réel pouvoir ! »

Ira a joint les mains comme pour applaudir. Je me sentais exalté. J'avais l'impression d'une grande avancée.

« Vous croyez que je suis encore autiste ? » ai-je demandé à Rebecca.

La question est sortie toute seule. Je n'avais pas eu l'intention de la poser.

« Parce qu'elle, non. »

J'ai désigné Ira d'un mouvement de tête.

« Elle, non, en effet », a confirmé Ira.

Rebecca a souri et m'a pris la main.

« Je suis d'accord avec elle. J'y réfléchissais à l'instant. Tu as mené cette discussion plus ou moins du début jusqu'à la fin. Donc, oui, je suis d'accord. C'est important ? »

J'ai secoué la tête. Ça ne l'était sans doute pas, ou alors je ne pouvais l'admettre en face d'elles, mais peut-être y repenserais-je plus tard.

Pour finir, je leur ai parlé d'Elizabeth. Au départ, je ne voulais pas le faire parce que ça risquait de changer l'orientation de nos conversations. Tout comme passer ma main brutalement sur la moquette rouge d'Ira à l'époque. Je comprenais qu'elles ne veuillent pas connaître les histoires des « idiots » avant de les avoir lues. Mais ne pas leur parler du suicide d'Elizabeth et justifier ça en invoquant leur refus premier me paraissait être une dérobade.

Henry et Sheila ne leur en avaient pas soufflé mot. Ils en avaient discuté avec certains des autres parents, ceux qu'ils connaissaient bien. Henry avait écrit un mail à 4 heures du matin environ, à peu près une vingtaine d'heures après le décès d'Elizabeth. Il l'avait rédigé sous le coup de la colère et il y priait les parents de ne pas trop « pousser » leurs enfants autistes, de les garder si possible à la maison, de ne pas leur autoriser amis ou amants, et encore moins des enfants.

J'ai informé Rebecca et Ira par mail également. C'était quelques semaines après notre rencontre autour d'un café et d'un *cheesecake*.

Ira m'a appelé sur-le-champ. J'étais encore devant mon ordinateur, dessinant des cercles avec mon doigt sur le tapis de souris. Je suppose que j'attendais que mon esprit se clarifie. Ira ne m'a même pas salué.

« Pourquoi ne m'ont-ils pas prévenue ? » fut sa première question.

Elle était en colère.

« Est-ce que tu en as la moindre idée ?

– Je suis désolé de ne pas vous l'avoir confié plus tôt. »

C'était à ça que je pensais quand j'avais pris congé d'elles à la fin de notre conversation au café. Elles m'avaient serré dans leurs bras chacune à leur tour et, la tête au-dessus de leur épaule, j'avais gardé les yeux ouverts. Les choses me semblaient de travers ; je savais que j'avais commis une erreur, et que je devrais me rattraper plus tard.

« Ont-ils dit quoi que ce soit à propos du fait qu'ils ne m'aient pas avertie ? »

C'était la voix qu'elle devait utiliser avec les parents qui avaient interrompu les séances individuelles de leurs enfants, me suis-je dit. Elle posait sûrement des questions directes, souhaitant savoir pourquoi ils n'envoyaient plus leurs enfants chez elle, et pas seulement pour tenter de les convaincre de changer d'avis.

« Je n'ai pas demandé, Ira. Je ne suis pas parvenu à trouver un moyen de le faire. »

Elle a médité là-dessus un moment. Je la sentais qui éloignait le combiné de sa bouche en réfléchissant.

« Non, d'accord, a-t-elle lancé après une pause. Mais aucune raison n'a été fournie ?

– Nous n'en avons pas parlé. »

Ira a soupiré, et raccroché peu après.

Rebecca m'a appelé, elle aussi. Comme elle vérifiait ses mails moins souvent, elle l'a fait quelques jours plus tard. La conversation a pris une autre tournure. Elle voulait en savoir davantage et m'a questionné sur les leçons de piano qu'Elizabeth donnait ; elle se demandait également si, une fois adulte, Elizabeth ressemblait à sa mère ou à son père. Nous avons tous deux pleuré un court instant.

Ma dernière image de Rebecca et d'Ira est celle du moment où elles se sont replongées dans New York, après notre longue conversation au café. Étant resté assis pour commencer à mettre en ordre mes notes, je les ai regardées partir après nos adieux. Elles ont pris des directions différentes. J'ai essayé de les suivre du regard aussi longtemps que j'ai pu. Je suis passé d'un côté à l'autre, dans un mouvement de va-et-vient. Ira a vérifié sa montre, est restée immobile à réfléchir un moment, puis elle est descendue du trottoir pour héler un taxi. Elle n'a pas regardé autour d'elle, un homme lui est rentré dedans et elle s'est excusée abondamment. Puis elle est montée dans un taxi et a tourné au coin.

Rebecca a traversé la rue. Elle s'est arrêtée pour lire un panonceau dans la vitrine d'une boutique qui vendait des billets de théâtre, puis a ensuite marqué un arrêt près d'un kiosque. Elle savait que je la regardais. Elle a acheté un journal et l'a agité en l'air. « Faites entrer les idiots », ai-je articulé silencieusement en la saluant de la main, hilare.

# Épilogue

La première personne qui a interviewé André pour son entrée en fac était un homme dont l'écharpe était assortie à son pantalon. L'entrevue a eu lieu dans son bureau. Les vitres étaient divisées en petits carreaux et la pièce était couverte de parallélogrammes de lumière.

L'entretien durait. L'homme tenait un bloc-notes et passait en revue une liste de questions de manière mécanique.

Avant de les poser, il avait informé André qu'il avait le droit de réfléchir à ces questions avant de répondre, et de demander des éclaircissements si besoin était.

André a marqué une pause d'environ quarante-cinq secondes avant chacune de ses réponses. Après les trois premières questions de la série, l'homme a décroisé les jambes, s'est penché en avant et a déclaré à André qu'il n'y avait pas de raison d'être nerveux et que n'importe quelle question pouvait être reposée ou reformulée à sa convenance. André secouait la tête chaque fois et répondait quand il était prêt.

Au bout de vingt-cinq minutes, l'homme a enlevé son écharpe et l'a posée sur ses genoux. Dix minutes après, il a demandé à André s'il avait été en mesure de continuer à étudier durant la période passée dans un centre pour délinquants.

André a pris un peu plus de temps pour répondre, puis il a expliqué qu'il y avait un assistant social spécialisé qui venait au centre une fois par semaine pour lui parce qu'il était autiste.

À nouveau l'homme a décroisé les jambes et s'est penché en avant. Il a demandé à André à quel âge il avait été diagnostiqué, s'il avait une mémoire photographique et s'il s'endormait parfois en écoutant le brouillage d'une radio à son chevet. André a répondu : « Cinq ans ; quand je faisais un effort ; jamais intentionnellement. » Mais il a remarqué que l'homme avait cessé de prendre des notes. Quand il lui en a fait la remarque, ce dernier s'est excusé, a recroisé les jambes d'une autre manière, puis a fait semblant d'écrire quelque chose sur son bloc-notes.

André a quitté l'entretien et retrouvé sa mère qui l'attendait dehors. Il était désemparé et avait posé les mains sur ses oreilles, qu'il n'a enlevées que quand sa mère l'en a prié. Il était certain d'avoir raté l'entretien, il n'aurait pas dû avouer qu'il était autiste, cet homme l'avait sûrement rayé de sa liste. Sa mère s'est détournée, pressant ses mains l'une contre l'autre, puis elle a grimacé. Elle était déterminée à ne pas pleurer devant lui et s'est retenue de lui dire que ceux qui l'interrogeaient pouvaient de toute façon deviner par eux-mêmes qu'il était autiste ; les informations médicales qu'elle avait remplies pour lui y faisaient allusion, c'était obligatoire.

Tous deux ont été étonnés quand, à peine deux semaines plus tard, il a reçu une lettre d'acceptation, la première d'une longue série. Sa mère en a monté et descendu les escaliers de joie et de soulagement. L'université avait fait abstraction du temps passé au centre pour délinquants. Et de celui mis à apprendre.

Même chose du côté de Craig. La chargée des admissions de la fac lui faisait faire le tour du campus quand, au beau milieu d'une conversation, a surgi le sujet de l'autisme. Elle s'est arrêtée et lui a posé une main sur l'épaule.

« Mais ensuite, vous êtes allé dans une école ordinaire ?

– Chez les jésuites. »

Elle a ri.

« C'est merveilleux », lui a-t-elle dit.

À partir de là, l'atmosphère de la visite a changé. Elle s'est mise à lui présenter divers lieux en disant : « Voilà où auront lieu vos cours magistraux », plutôt que : « C'est là que nos étudiants suivent leurs cours magistraux. »

Alors qu'ils étaient normalement en route vers son bureau pour l'entretien, elle a préféré continuer à lui faire faire un tour du campus de trois quarts d'heure. Puis elle l'a ramené à l'accueil.

La lettre d'admission est arrivée en bonne et due forme par la poste.

André s'est retrouvé accepté dans cinq universités et Craig dans sept. Tous deux ont obtenu de bonnes notes aux tests d'admission, mais tous deux connaissaient d'autres gens avec des résultats semblables qui, eux, n'avaient pas été admis. Quand ils m'ont expliqué comment l'autisme les avait aidés à entrer en fac, j'ai repensé à la chargée des admissions à l'université où j'ai fait mes études par la suite.

Lors d'une journée « portes ouvertes », quand je lui ai parlé – j'avais une lettre de mon lycée sous les yeux qui ne se privait pas de souligner le diagnostic d'autisme –, sa première question ou presque a concerné mon âge. Je le lui ai donné – quinze ans – et elle m'a regardé, rayonnante.

« Je ferai de mon mieux, m'a-t-elle assuré en me caressant la joue. Vous devriez sourire davantage », a-t-elle ajouté.

Je me suis souvenu aussi de l'institutrice dans ma première école primaire après celle de New York. Quand elle présentait un nouveau sujet en mathématiques, elle était toujours dans l'expectative, comme si elle estimait que je devais prendre les rênes de la leçon en main, ou qu'elle craigne que je n'explose si elle n'expliquait pas le concept dans les règles.

Ni Craig, ni André, ni moi n'avons de QI hors-normes. Aucun de nous n'a jamais pu remplir une grille de mots croisés ni débiter avec une quelconque rapidité les nombres premiers au-delà de 91. Malgré tout, les gens se sont souvent attendus à ce que nous effectuions de telles prouesses.

Durant ses quatre premières années d'études où Craig ne s'amusait pas particulièrement, un professeur l'avait pris à part après un cours et lui avait suggéré de mieux exploiter son talent. Ce prof n'avait aucune preuve que Craig en ait un quelconque. À ce stade-là, il n'avait lu aucune de ses dissertations ni corrigé aucun de ses partiels – il s'agissait du premier semestre de la première année de Craig –, mais il avait entendu dire par un collègue que Craig était autiste et savait par cœur de longs passages de plusieurs livres de philosophie. Du coup, il aurait aimé qu'en cours Craig pose davantage de questions, qu'il présente des arguments ordonnés en étapes, qu'il partage certaines des citations qu'il connaissait. En fait, il était déçu que son étudiant autiste ne soit pas autiste selon l'idée que lui s'en faisait.

André, Craig et moi sommes de toute évidence très chanceux. Nous nous situons à cette extrémité du spectre autiste où il est plus simple de progresser vers un enseignement, des résultats, et un emploi.

Beaucoup d'autres autistes doivent subir des a priori différents. Il est difficile de se plaindre que l'on vous attribue à tort un esprit extraordinaire : André, Craig et moi avons bénéficié des espoirs que d'autres personnes avaient placés en notre intelligence. Mais beaucoup plus d'autistes font les frais du présupposé inverse comme quoi ce sont des simplets, ou des idiots.

C'est le cas de Randall. Quand je lui ai rendu visite, il se faisait taquiner par des hommes lui ayant demandé de transporter des revolvers à l'autre bout de la ville.

Depuis, il a rompu avec Mike.

Il arrivait à Randall d'appeler chez lui dans la journée pour savoir à quelle heure ils se retrouvaient pour le dîner et, bien que Mike lui ait expliqué plus tard qu'il n'avait pas répondu parce qu'il était sorti courir, Randall remarquait que les tennis de Mike étaient dans la même position que la veille – chaussure gauche sur le côté, le bout de la droite perché sur la plinthe –, et il en déduisait qu'il était peu probable qu'après avoir été bougées les tennis aient été remises exactement dans la même position, ce qui avait surpris Mike. De la même façon, Mike ne pensait pas que Randall se rendrait compte qu'il y avait parfois des cheveux n'appartenant à aucun des deux sur les oreillers de leur lit.

Bien sûr, il savait que Randall notait des détails, mais il n'imaginait pas qu'il les analyserait plus avant. Et donc, il avait tellement peu envisagé cette possibilité qu'il n'avait pas de réponses toutes faites à offrir quand Randall l'a confronté à ses soupçons d'infidélité. Il a amèrement nié toutes les preuves avancées par Randall et lui a même balancé des méchancetés. C'est là que Randall a pris ses cliques et ses claques.

Il est retourné vivre chez ses parents et a envoyé un ami récupérer ses affaires une semaine plus tard. Mike se croyait plus intelligent que Randall, il croyait que l'induire en erreur était facile parce qu'il était autiste, et il s'est trouvé honteux quand ça s'est révélé faux – aussi piteux qu'un maladroit qui viendrait juste de casser l'urne contenant les cendres de sa grand-mère. Mais Randall avait pris sa décision et, au bout de quelque temps, ses parents n'ont plus ouvert leur porte à Mike.

Sheila m'a parlé d'une époque où elle était dans un centre commercial avec Elizabeth. Elles s'étaient séparées pour que Sheila puisse aller regarder des livres de son côté et Elizabeth des vêtements du sien. Quand Sheila est allée chercher Elizabeth, elle a remarqué qu'un groupe de jeunes filles l'entourait. Elizabeth était une acheteuse avisée. Quand elle aimait un vêtement, elle le dépliait et en palpait les coutures, vérifiait la qualité de la doublure et évaluait le nombre de fils.

La mère de Sheila cousait ses propres habits et avait donné de longues leçons à sa fille et à sa petite-fille. Quand Elizabeth était déçue par un vêtement qu'au départ elle avait aimé, elle grognait. Et c'était de ses grognements que se moquaient les filles qui la suivaient. Elles l'imitaient en riant. Elizabeth était trop craintive pour les envoyer paître et tentait donc de poursuivre ses achats, mais elle était perturbée et petit à petit ses grognements se sont faits plus forts et plus soutenus. Certaines filles l'insultaient en prime.

Sheila est intervenue sans faire de drame. Elle s'est avancée vers sa fille et lui a demandé ce qu'elle pensait de la jupe qu'elle inspectait. Elle n'a pas lancé le moindre regard de colère aux filles, qu'elle a plutôt superbement ignorées ; après quoi, elles ont filé.

Quand Elizabeth a emporté quelques articles dans une cabine d'essayage, Sheila a abordé un vigile planté là et lui a déversé sa colère. Il a haussé les épaules et lui a expliqué que les gamins s'acharnaient toujours sur les handicapés mentaux, mais qu'il serait intervenu si elles l'avaient poussée, par exemple. Sheila était estomaquée. Puis, déterminée à ne rien acheter dans ce magasin et à ne jamais y remettre les pieds, elle s'est dirigée vers la cabine d'essayage et a subtilement convaincu Elizabeth qu'aucun des articles qu'elle avait essayés ne lui allait vraiment.

En même temps que ces présupposés de crédulité et de crétinerie, il y a aussi l'idée que les enfants autistes sont condamnés et qu'il n'existe aucune perspective d'amélioration ; ce qui mène soit au désespoir, soit à la conviction que l'autisme est décidément remarquable.

Ira avait souvent des parents qui venaient la voir et lui suggéraient que, puisque leur enfant n'allait pas progresser de manière radicale, ne serait-il pas mieux d'alléger le cursus scolaire ? Cette activité intense n'allait-elle pas tout bonnement les épuiser ? Le point de vue selon lequel l'autisme doit être défendu comme une façon d'être particulière prend sa source dans la même certitude, je pense, qui veut que les autistes ne fassent pas de progrès. Et que donc, au lieu de tenter en vain d'atteindre des normes sociales, ils devraient être autorisés à maintenir les leurs.

Ils sont cependant dans une position différente de celle des sourds, par exemple. En dépit d'avancées technologiques, les sourds peuvent demeurer incapables d'entendre ou de parler avec autant d'éloquence que celle qu'ils déploient pour le langage des signes. Ils sont néanmoins capables d'utiliser ce langage qui est une forme de communication très structurée. On devrait leur permettre de continuer à s'en servir, et les implants auditifs sont peut-être la fausse bonne idée lancée par des entendants afin d'éliminer un défaut que les sourds ne perçoivent pas comme tel.

Cela étant, à moins que les autistes ne reçoivent le traitement *ad hoc* et ne fassent autant de progrès que possible, ils ne pourront tout bonnement pas fonctionner de manière satisfaisante. Il peut y avoir des particularités dans les esprits autistes, mais une partie au moins de cet autisme doit être éliminée, ou traitée, avant que les autistes puissent communiquer de manière sensée, même entre eux, et ouvrir leur esprit au monde. Tant qu'il n'y aura pas d'équivalent autiste de la langue des signes, un certain degré d'intervention extérieure sera nécessaire, et il échoue rarement.

Ira et Rebecca me taquinaient quand elles m'ont déclaré que je n'étais plus autiste. Mais leur remarque allait plus loin : elles voulaient dire que je ne montrais plus autant de symptômes que la dernière fois qu'elles m'avaient vu, vingt ans auparavant, et que je ne souffrais plus des mêmes limitations. J'avais fait des progrès, pour le dire autrement. Ainsi que tous mes camarades de classe, y compris ceux qui n'apparaissent pas dans ce livre.

Il est inhabituel pour des autistes de devenir rédacteurs de discours de premier ordre ou informaticiens comme Craig et André, mais les progrès sont légion.

Ce qui est significatif néanmoins n'est pas simplement le fait que nous soyons tous moins « idiots » qu'avant mais aussi les moyens mis en œuvre, que nous soyons ce que nous sommes aujourd'hui grâce à un certain échange avec le monde qui nous a permis de dépasser l'horizon de nos propres *ego*.

Le terme autisme vient du grec *autos*, qui veut dire « soi-même ». Ce qui relie toutes les préconceptions résumées dans cet épilogue, et qui sont apparues de manière récurrente au fil des histoires de mes anciens camarades, c'est cette même croyance selon laquelle les autistes sont eux-mêmes, et eux-mêmes seulement, fermés sur eux et coupés du reste du monde.

Le présupposé entourant André, Craig et moi-même a été que nos esprits étaient singuliers, lumineux, remarquables et vierges du monde extérieur.

On s'attend à ce que l'on soit asociaux et incapables de gérer les sentiments d'autrui. Et à ce que l'on soit géniaux avec les chiffres, les programmes informatiques, ou encore les idées abstraites.

Il a fallu longtemps à Craig pour retrouver un travail après les élections de 2004. Parce qu'il est démocrate, les possibilités étaient limitées dans un gouvernement redevenu républicain. Cependant, bien que les employeurs aient reconnu que sa prose était sans doute exceptionnelle, ils n'étaient pas convaincus qu'il puisse faire autre chose. Pour les mêmes raisons, Mike a cru que Randall ne s'apercevrait pas de ce qui se passait dans son propre lit. Les filles qui s'étaient moquées d'Elizabeth dans le magasin de vêtements croyaient qu'elle ne se rendait compte ni des bruits qu'elle faisait ni du fait qu'on la suivait, et qu'elle n'était pas suffisamment sensible pour souffrir de leurs railleries.

Il existe une théorie selon laquelle on ne peut pas toucher les autistes, ou qu'il ne le faut pas, que leur fermeture sur eux-mêmes est, ou se doit d'être, permanente.

Ce que j'ai découvert dans chaque cas s'est avéré plutôt différent. Craig écrit des textes géniaux, mais il a aussi appris comment y parvenir ; ses capacités n'étaient certainement pas innées. Il a dû discuter avec beaucoup de rédacteurs afin d'apprendre son art et lire nombre de livres sur le sujet. Avant de se mettre à écrire pour des orateurs, il lit des pages et des pages de ce qu'ils ont pu dire par le passé ; et après, il attend d'entendre leur voix dans sa tête, d'avoir capté leur sonorité bien particulière ainsi que leur tonalité. Il est doué dans son travail, non parce que c'est un autodidacte pur et dur, mais parce qu'il a pris la peine d'étudier et parce qu'il sait se brancher à plusieurs reprises sur l'esprit de ses clients.

Randall avait compris ce que Mike lui faisait. Ça n'a pas été une prise de conscience agréable, mais il sera plus prudent à l'avenir dans ses relations.

Ainsi que le croient Ira et Rebecca, ce sont les autres qui permettent aux autistes de progresser, qu'il s'agisse de professionnels, et de cela elles ont la preuve tous les jours, ou de non-professionnels.

Ces progrès ne sont pas toujours positifs – Randall s'inquiète de ne plus pouvoir faire confiance à un futur partenaire, et puis n'est-ce pas déjà difficile d'être en relation avec quelqu'un comme lui ? –, mais ils peuvent l'être, surtout quand on est guidé par l'expérience et le savoir-faire professionnel. Notre autisme s'est allégé, et dans chaque cas à cause d'autres personnes, que ce soient nos parents, nos amis, ou encore nos enseignants, bien sûr.

Cette prise de conscience éclate parfois en moi tellement fort que j'ai l'impression que mes organes vont se faire des bleus ! Elle marque un grand changement dans la façon dont l'autisme est généralement perçu. J'en ai parlé à Craig. Lui et moi sommes devenus bons amis.

On a lancé l'idée d'acheter un bus, d'y installer des lits et des ordinateurs, un gril ainsi qu'un mixeur pour faire des milk-shakes. On veut démarrer par New York, puis faire le tour des États-Unis en embarquant tous nos anciens camarades, y compris ceux qui n'apparaissent pas dans ce livre, dont le garçon que je n'ai entendu que brièvement, depuis une cabine téléphonique qu'il n'a pas été à même de me situer avant que l'on soit coupés.

Je ne sais pas où nous avons l'intention de nous retrouver. C'est une drôle d'idée. Le bus est une sorte d'arche autiste, mais où avons-nous envie d'aller et pourquoi devrions-nous y aller ensemble ? Et pourquoi nous seulement ? C'est une drôle d'idée, parce que de toute évidence il nous faut rester là où nous sommes, dans les postes que nous occupons, en compagnie des gens avec qui nous avons tissé des liens et qui se soucient de nous.

Les « idiots » n'ont pas besoin d'être envoyés où que ce soit. Nous sommes au bon endroit.

## Remerciements de la traductrice

Édith Soonckindt aimerait remercier Kamran Nazeer pour sa précieuse collaboration lors de la traduction de cet ouvrage, Corinne Molette et Caroline Sers pour une relecture soignée et nombre de trouvailles, ainsi que Jean-Claude Maes pour les informations « psy », Louis et Sabine Soonckindt pour les informations scientifiques, Janine et Thierry Soonckindt pour les informations pédagogiques, Sabrina sans Kevin pour le clin d'œil, Suzy Cohen pour les informations « aéroportées » et Aziz Lachiri pour tout le reste…

COMPOSITION : NORD COMPO À VILLENEUVE-D'ASCQ

GROUPE CPI

*Achevé d'imprimer en octobre 2007*
*par* **BUSSIÈRE**
*à Saint-Amand-Montrond (Cher)*
N° d'édition : 90758. - N° d'impression : 71745.
Dépôt légal : novembre 2007.
*Imprimé en France*

# Collection Points

DERNIERS TITRES PARUS

P1359. Los Angeles River, *Michael Connelly*
P1360. Refus de mémoire, *Sarah Paretsky*
P1361. Petite Musique de meurtre, *Laura Lippman*
P1362. Le Cœur sous le rouleau compresseur, *Howard Buten*
P1363. L'Anniversaire, *Mouloud Feraoun*
P1364. Passer l'hiver, *Olivier Adam*
P1365. L'Infamille, *Christophe Honoré*
P1366. La Douceur, *Christophe Honoré*
P1367. Des gens du monde, *Catherine Lépront*
P1368. Vent en rafales, *Taslima Nasreen*
P1369. Terres de crépuscule, *J.M. Coetzee*
P1370. Lizka et ses hommes, *Alexandre Ikonnikov*
P1371. Le Châle, *Cynthia Ozick*
P1372. L'Affaire du Dahlia noir, *Steve Hodel*
P1373. Premières Armes, *Faye Kellerman*
P1374. Onze Jours, *Donald Harstad*
P1375. Le croque-mort préfère la bière, *Tim Cockey*
P1376. Le Messie de Stockholm, *Cynthia Ozick*
P1377. Quand on refuse on dit non, *Ahmadou Kourouma*
P1378. Une vie française, *Jean-Paul Dubois*
P1379. Une année sous silence, *Jean-Paul Dubois*
P1380. La Dernière Leçon, *Noëlle Châtelet*
P1381. Folle, *Nelly Arcan*
P1382. La Hache et le Violon, *Alain Fleischer*
P1383. Vive la sociale !, *Gérard Mordillat*
P1384. Histoire d'une vie, *Aharon Appelfeld*
P1385. L'Immortel Bartfuss, *Aharon Appelfeld*
P1386. Beaux seins, belles fesses, *Mo Yan*
P1387. Séfarade, *Antonio Muñoz Molina*
P1388. Le Gentilhomme au pourpoint jaune
*Arturo Pérez Reverte*
P1389. Ponton à la dérive, *Daniel Katz*
P1390. La Fille du directeur de cirque, *Jostein Gaarder*
P1391. Pelle le Conquérant 3, *Martin Andersen Nexø*
P1392. Pelle le Conquérant 4, *Martin Andersen Nexø*
P1393. Soul Circus, *George P. Pelecanos*
P1394. La Mort au fond du canyon, *C.J. Box*
P1395. Recherchée, *Karin Alvtegen*
P1396. Disparitions à la chaîne, *'Ake Smedberg*
P1397. Bardo or not bardo, *Antoine Volodine*
P1398. La Vingt-Septième Ville, *Jonathan Franzen*

P1399. Pluie, *Kirsty Gunn*
P1400. La Mort de Carlos Gardel, *António Lobo Antunes*
P1401. La Meilleure Façon de grandir, *Meir Shalev*
P1402. Les Plus Beaux Contes zen, *Henri Brunel*
P1403. Le Sang du monde, *Catherine Clément*
P1404. Poétique de l'égorgeur, *Philippe Ségur*
P1405 La Proie des âmes, *Matt Ruff*
P1406. La Vie invisible, *Juan Manuel de Prada*
P1407. Qu'elle repose en paix, *Jonathan Kellerman*
P1408. Le Croque-mort à tombeau ouvert, *Tim Cockey*
P1409. La Ferme des corps, *Bill Bass*
P1410. Le Passeport, *Azouz Begag*
P1411. La station Saint-Martin est fermée au public *Joseph Bialot*
P1412. L'Intégration, *Azouz Begag*
P1413. La Géométrie des sentiments, *Patrick Roegiers*
P1414. L'âme du chasseur, *Deon Meyer*
P1415. La Promenade des délices, *Mercedes Deambrosis*
P1416. Un après-midi avec Rock Hudson *Mercedes Deambrosis*
P1417. Ne gênez pas le bourreau, *Alexandra Marinina*
P1418. Verre cassé, *Alain Mabanckou*
P1419. African Psycho, *Alain Mabanckou*
P1420. Le Nez sur la vitre, *Abdelkader Djemaï*
P1421. Gare du Nord, *Abdelkader Djemaï*
P1422. Le Chercheur d'Afriques, *Henri Lopes*
P1423. La Rumeur d'Aquitaine, *Jean Lacouture*
P1424. Une soirée, *Anny Duperey*
P1425. Un saut dans le vide, *Ed Dee*
P1426. En l'absence de Blanca, *Antonio Muñoz Molina*
P1427. La Plus Belle Histoire du bonheur, collectif
P1429. Comment c'était. Souvenirs sur Samuel Beckett *Anne Atik*
P1430. Suite à l'hôtel Crystal, *Olivier Rolin*
P1431. Le Bon Serviteur, *Carmen Posadas*
P1432. Traité de savoir-vivre à l'usage des jeunes Russes *Gary Shteyngart*
P1433. C'est égal, *Agota Kristof*
P1434. Le Nombril des femmes, *Dominique Quessada*
P1435. L'Enfant à la luge, *Chris Mooney*
P1436. Encres de Chine, *Qiu Xiaolong*
P1437. Enquête de mor(t)alité, *Gene Riehl*
P1438. Le Château du roi dragon. La Saga du roi dragon I *Stephen Lawhead*
P1439. Les Armes des Garamont. La Malerune I *Pierre Grimbert*

P1440. Le Prince déchu. Les Enfants de l'Atlantide I
*Bernard Simonay*
P1441. Le Voyage d'Hawkwood. Les Monarchies divines I
*Paul Kearney*
P1442. Un trône pour Hadon. Le Cycle d'Opar I
*Philip-José Farmer*
P1443. Fendragon, *Barbara Hambly*
P1444. Les Brigands de la forêt de Skule, *Kerstin Ekman*
P1445. L'Abîme, *John Crowley*
P1446. Œuvre poétique, *Léopold Sédar Senghor*
P1447. Cadastre, suivi de Moi, Laminaire…, *Aimé Césaire*
P1448. La Terre vaine et autres poèmes, *Thomas Stearns Eliot*
P1449. Le Reste du voyage et autres poèmes, *Bernard Noël*
P1450. Haïkus, anthologie
P1451. L'homme qui souriait, *Henning Mankell*
P1452. Une question d'honneur, *Donna Leon*
P1453. Little Scarlet, *Walter Mosley*
P1454. Elizabeth Costello, *J.M. Coetzee*
P1455. Le maître a de plus en plus d'humour, *Mo Yan*
P1456. La Femme sur la plage avec un chien, *William Boyd*
P1457. Accusé Chirac, levez-vous !, *Denis Jeambar*
P1458. Sisyphe, roi de Corinthe, Le Châtiment des Dieux I
*François Rachline*
P1459. Le Voyage d'Anna, *Henri Gougaud*
P1460. Le Hussard, *Arturo Pérez-Reverte*
P1461. Les Amants de pierre, *Jane Urquhart*
P1462. Corcovado, *Jean-Paul Delfino*
P1463. Hadon, le guerrier. Le Cycle d'Opar II
*Philip José Farmer*
P1464. Maîtresse du Chaos. La Saga de Raven I
*Robert Holdstock et Angus Wells*
P1465. La Sève et le Givre, *Léa Silhol*
P1466. Élégies de Duino suivi de Sonnets à Orphée
*Rainer Maria Rilke*
P1467. Rilke, *Philippe Jaccottet*
P1468. C'était mieux avant, *Howard Buten*
P1469. Portrait du Gulf Stream, *Érik Orsenna*
P1470. La Vie sauve, *Lydie Violet et Marie Desplechin*
P1471. Chicken Street, *Amanda Sthers*
P1472. Polococktail Party, *Dorota Maslowska*
P1473. Football factory, *John King*
P1474. Une petite ville en Allemagne, *John le Carré*
P1475. Le Miroir aux espions, *John le Carré*
P1476. Deuil interdit, *Michael Connelly*
P1477. Le Dernier Testament, *Philip Le Roy*
P1478. Justice imminente, *Jilliane Hoffman*

P1479. Ce cher Dexter, *Jeff Lindsay*
P1480. Le Corps noir, *Dominique Manotti*
P1481. Improbable, *Adam Fawer*
P1482. Les Rois hérétiques, Les Monarchies divines II
*Paul Kearney*
P1483. L'Archipel du soleil, Les Enfants de l'Atlantide II
*Bernard Simonay*
P1484. Code Da Vinci : l'enquête
*Marie-France Etchegoin et Frédéric Lenoir*
P1485. L.A. Confidentiel : les secrets de Lance Armstrong
*Pierre Ballester et David Walsh*
P1486. Maria est morte, *Jean-Paul Dubois*
P1487. Vous aurez de mes nouvelles, *Jean-Paul Dubois*
P1488. Un pas de plus, *Marie Desplechin*
P1489. D'excellente famille, *Laurence Deflassieux*
P1490. Une femme normale, *Émilie Frèche*
P1491. La Dernière Nuit, *Marie-Ange Guillaume*
P1492. Le Sommeil des poissons, *Véronique Ovaldé*
P1493. La Dernière Note, *Jonathan Kellerman*
P1494. La Cité des jarres, *Arnaldur Indridason*
P1495. Électre à La Havane, *Leonardo Padura*
P1496. Le croque-mort est bon vivant, *Tim Cockey*
P1497. Le Cambrioleur en maraude, *Lawrence Block*
P1498. L'Araignée d'émeraude, La Saga de Raven II
*Robert Holdstock et Angus Wells*
P1499. Faucon de mai, *Gillian Bradshaw*
P1500. La Tante marquise, *Simonetta Agnello Hornby*
P1501. Anita, *Alicia Dujovne Ortiz*
P1502. Mexico City Blues, *Jack Kerouac*
P1503. Poésie verticale, *Roberto Juarroz*
P1506. Histoire de Rofo, *Clown, Howard Buten*
P1507. Manuel à l'usage des enfants qui ont des parents difficiles
*Jeanne Van den Brouk*
P1508. La Jeune Fille au balcon, *Leïla Sebbar*
P1509. Zenzela, *Azouz Begag*
P1510. La Rébellion, *Joseph Roth*
P1511. Falaises, *Olivier Adam*
P1512. Webcam, *Adrien Goetz*
P1513. La Méthode Mila, *Lydie Salvayre*
P1514. Blonde abrasive, *Christophe Paviot*
P1515. Les Petits-Fils nègres de Vercingétorix, *Alain Mabanckou*
P1516. 107 ans, *Diastème*
P1517. La Vie magnétique, *Jean-Hubert Gailliot*
P1518. Solos d'amour, *John Updike*
P1519. Les Chutes, *Joyce Carol Oates*
P1520. Well, *Matthieu McIntosh*

P1521. À la recherche du voile noir, *Rick Moody*
P1522. Train, *Pete Dexter*
P1523. Avidité, *Elfriede Jelinek*
P1524. Retour dans la neige, *Robert Walser*
P1525. La Faim de Hoffman, *Leon de Winter*
P1526. Marie-Antoinette, La Naissance d'une reine.
Lettres choisies, *Évelyne Lever*
P1527. Les Petits Verlaine suivi de Samedi, dimanche et fêtes
*Jean-Marc Roberts*
P1528. Les Seigneurs de guerre de Nin. La Saga du roi dragon II
*Stephen Lawhead*
P1529. Le Dire des Sylfes. La Malerune II
*Michel Robert et Pierre Grimbert*
P1530. Le Dieu de glace. La Saga de Raven III
*Robert Holdstock et Angus Wells*
P1531. Un bon cru, *Peter Mayle*
P1532. Confessions d'un boulanger, *Peter Mayle et Gérard Auzet*
P1533. Un poisson hors de l'eau, *Bernard Comment*
P1534. Histoire de la Grande Maison, *Charif Majdalani*
P1535. La Partie belle suivi de La Comédie légère
*Jean-Marc Roberts*
P1536. Le Bonheur obligatoire, *Norman Manea*
P1537. Les Larmes de ma mère, *Michel Layaz*
P1538. Tant qu'il y aura des élèves, *Hervé Hamon*
P1539. Avant le gel, *Henning Mankell*
P1540. Code 10, *Donald Harstad*
P1541. Les Nouvelles Enquêtes du Juge Ti, vol. 1
Le Château du lac Tchou-An, *Frédéric Lenormand*
P1542. Les Nouvelles Enquêtes du Juge Ti, vol. 2
La Nuit des juges, *Frédéric Lenormand*
P1543. Que faire des crétins ? Les perles du Grand Larousse
*Pierre Enckell et Pierre Larousse*
P1544. Motamorphoses. À chaque mot son histoire
*Daniel Brandy*
P1545. L'habit ne fait pas le moine. Petite histoire des expressions
*Gilles Henry*
P1546. Petit Fictionnaire illustré. Les mots qui manquent au dico
*Alain Finkielkraut*
P1547. Le Pluriel de bric-à-brac et autres difficultés
de la langue française, *Irène Nouailhac*
P1548. Un bouquin n'est pas un livre. Les nuances des synonymes
*Rémi Bertrand*
P1549. Sans nouvelles de Gurb, *Eduardo Mendoza*
P1550. Le Dernier Amour du président, *Andreï Kourkov*
P1551. L'Amour soudain, *Aharon Appelfeld*
P1552. Nos plus beaux souvenirs, *Stewart O'Nan*

P1553. Saint-Sépulcre !, *Patrick Besson*
P1554. L'Autre comme moi, *José Saramago*
P1555. Pourquoi Mitterrand ?, *Pierre Joxe*
P1556. Pas si fous ces Français !
*Jean-Benoît Nadeau et Julie Barlow*
P1557. La Colline des Anges
*Jean-Claude Guillebaud et Raymond Depardon*
P1558. La Solitude heureuse du voyageur
précédé de Notes, *Raymond Depardon*
P1559. Hard Revolution, *George P. Pelecanos*
P1560. La Morsure du lézard, *Kirk Mitchell*
P1561. Winterkill, *C.J. Box*
P1562. La Morsure du dragon, *Jean-François Susbielle*
P1563. Rituels sanglants, *Craig Russell*
P1564. Les Écorchés, *Peter Moore Smith*
P1565. Le Crépuscule des géants. Les Enfants de l'Atlantide III
*Bernard Simonay*
P1566. Aara. Aradia I, *Tanith Lee*
P1567. Les Guerres de fer. Les Monarchies divines III
*Paul Kearney*
P1568. La Rose pourpre et le Lys, tome 1, *Michel Faber*
P1569. La Rose pourpre et le Lys, tome 2, *Michel Faber*
P1570. Sarnia, *G.B. Edwards*
P1571. Saint-Cyr/La Maison d'Esther, *Yves Dangerfield*
P1572. Renverse du souffle, *Paul Celan*
P1573. Pour un tombeau d'Anatole, *Stéphane Mallarmé*
P1574. 95 Poèmes, *E.E. Cummings*
P1575. Le Dico des mots croisés, *Michel Laclos*
P1576. Les deux font la paire, *Patrice Louis*
P1577. Le Petit Manuel du français maltraité, *Pierre Bénard*
P1578. L'Avortement, *Richard Brautigan*
P1579. Les Braban, *Patrick Besson*
P1580. Le Sac à main, *Marie Desplechin*
P1581. Nouvelles du monde entier, *Vincent Ravalec*
P1582. Le Sens de l'arnaque, *James Swain*
P1583. L'Automne à Cuba, *Leonardo Padura*
P1584. Le Glaive et la flamme. La Saga du roi dragon III
*Stephen Lawhead*
P1585. La Belle Arcane. La Malerune III
*Michel Robert et Pierre Grimbert*
P1586. Femme en costume de bataille, *Antonio Benitez-Rojo*
P1587. Le Cavalier de l'Olympe. Le Châtiment des Dieux II
*François Rachline*
P1588. Le Pas de l'ourse, *Douglas Glover*
P1589. Lignes de fond, *Neil Jordan*
P1590. Monsieur Butterfly, *Howard Buten*